KB045656

작자 미상, 〈셰익스피어〉(1610년경)

에드윈 오스틴 애비, 〈리어 왕 1막 1장〉 (1898)

존 에버렛 밀레이, 〈오필리아〉 (1852)

THE MAP OF SHAKESPEARE

셰익스피어 생애와 문학의 공간

셰익스피어 생가와 묘지
스트랫퍼드

1

영국

2

런던
셰익스피어 글로브 극장

프랑스

3

파리
셰익스피어 앤드 컴퍼니

셰익스피어에게는 온 세상이 하나의 무대였다. 이 책은 그의 문학의 주 무대였던 유럽을
크게 세 지역으로 나누어 셰익스피어 루트를 구성했다. 첫 번째 지역은 영국으로, 셰익스
피어의 고향 스트랫퍼드와 그의 활동 무대였던 런던이 들어 있다. 두 번째 지역은 파리에
서 빈에 이르는 중서부 유럽으로, 『끝이 좋으면 다 좋다』 『햄릿』 등의 무대인 파리, 헬싱외
르, 바이마르 등을 아우른다. 세 번째 지역은 이탈리아에서 그리스에 이르는 지중해 연안
으로, 『오셀로』 『한여름 밤의 꿈』 『줄리어스 시저』 등의 무대인 베네치아, 아테네, 로마 등
으로 이어진다.

덴마크
헬싱외르
크론보르 성

폴란드

우크라이나

독일

바이마르
괴테 하우스

체코

형가리

루마니아

베네치아
산마르코 광장

이탈리아

로마
콜로세움

그리스   **파르테논 신전**
아테네

❶ 셰익스피어 생가와 묘지 스트랫퍼드

"셰익스피어 생애의 시작과 끝"

헨리 가에 위치한 생가는 1847년 찰스 디킨스를 포함한 많은 사람들이 셰익스피어 연극 공연으로 모금한 돈으로 사들여 보존해왔다. 에이번 강을 따라 남서쪽으로 이동하면 그의 시신이 안장된 성삼위일체 교회가 옛날 모습 그대로 서 있다.

❷ 셰익스피어 글로브 극장 런던

"거장의 이름을 따 옛 극장을 복원하다"

원 명칭은 글로브 극장으로 1599년에 창립해 1642년에 문을 닫았다. 1997년에 새로 건립하며 '셰익스피어 글로브'로 이름을 바꿨다. 수용 인원은 예전의 절반 정도이며, 목조로 지은 원통형의 모양은 옛날 모습을 그대로 재현한 것이다.

❸ 셰익스피어 앤드 컴퍼니 파리

"늘 붐비는 유서 깊은 관광 명소"

1919년에 문을 연 유서 깊은 서점으로 어니스트 헤밍웨이, 제임스 조이스 같은 유명 작가들이 즐겨 찾았다. 예상 외로 셰익스피어와 관련된 책은 그리 많지 않지만, 그 명성 때문에 언제 방문해도 책을 찾는 사람들과 관광객들로 가득하다.

❹ 크론보르 성 헬싱외르

"세계문화유산이 된 햄릿의 성"

헬싱외르 역을 빠져나오면 바로 눈앞에 그림 같은 크론보르 성이 보인다. 북유럽에서 가장 유명한 르네상스식 왕궁으로 2000년에 유네스코 세계문화유산으로 등록됐다. 성안으로 들어서면 깃털 펜을 쥔 셰익스피어의 상반신을 부조한 석판이 걸려 있다.

❺ 괴테 하우스 바이마르

"괴테가 본 셰익스피어"

괴테가 1832년에 사망하기까지 50년 동안 살았던 집으로, 입구 간판에 "나는 집에 있소!"라는 재치 있는 문구가 쓰여 있다. 괴테는 시인으로서의 셰익스피어는 최고의 자리에 올려놓고 있지만, 극작가로서의 셰익스피어는 높이 평가하지 않는다.

❻ 산마르코 광장 베네치아

"휴머니즘과 참담한 비극의 무대"

『베니스의 상인』과 『오셀로』의 무대인 베네치아의 운하는 실핏줄처럼 얽히며 바다에 잠길 듯한 낮은 땅을 환상적인 도시로 빚어낸다. 셰익스피어는 이 도시를 배경으로 유대인의 휴머니즘과 무어인의 질투가 빚어내는 비극을 놀랍도록 강렬하게 그려낸다.

❼ 콜로세움 로마

"장군들의 비극적 운명을 탐색하다"

고대 로마는 장군들의 국가였다. 그들은 정복 전쟁의 성과를 스펙터클하게 보여줌으로써 시민들의 불만을 달랠 줄 알았다. 셰익스피어는 『줄리어스 시저』 『코리올라누스』 『티투스 안드로니쿠스』 등에서 로마 장군들의 비극적 운명을 탐구한다.

❽ 파르테논 신전 아테네

"희곡 세계를 관통하는 하나의 흐름"

『한여름 밤의 꿈』과 『아테네의 티몬』은 아테네의 숲과 바다를 배경으로 한다. 셰익스피어는 가까운 영국의 역사에서 시작하여, 인간의 본성을 마음껏 펼쳐보일 수 있는 이탈리아를 거쳐, 철학과 미학을 탐색하기에 알맞은 아테네에 이르고 있다.

일러두기

1. 셰익스피어 희곡 인용문들은 모두 Oxford University Press에서 발행한 'The Oxford Shakespeare' 시리즈를 필자가 번역한 것이다. 인용문 뒤 괄호 속 숫자는 막, 장, 행 표시이다. 예를 들면, '1.5.12-13'은 '1막 5장 12-13행'이다. 장으로만 구성된 작품의 경우에는 괄호 속에 장 번호와 행수를 표시했다.
2. 2부작 또는 3부작으로 이루어진 사극의 경우, 제목 뒤 괄호 속에 숫자를 넣어 구별하였다. 예를 들면, 『헨리 4세(2)』는 『헨리 4세』 2부이다.
3. 다른 책을 인용 또는 재인용하거나 참조한 경우, 문장 끝에 저자명과 쪽수를 밝혔다. 더 자세한 사항은 참고 문헌 목록에 들어 있다.
4. 외래어 표기는 국립국어원의 외래어표기법을 따랐으나 통용되는 일부 표기는 허용했다.

셰익스피어

×

황광수

런던에서 아테네까지, 셰익스피어의 450년 자취를 찾아

arte

포스터로 제작된 셰익스피어의 초상화

02

03

셰익스피어에게는
온 세상이 하나의 무대였다

어슴푸레한 방 안에 한 소년이 웅크리고 앉아 있었다. 밖은 너무 추웠고 함께 놀 친구도 없었다. 그리고 밖에 나가 입을 열면 놀림감이 되기 쉬웠다. 얼마 전까지 스스럼없이 하던 말이 서울에 오자 사투리가 되었다. 어느 날 소년은 가까운 서점에서 책을 한 권 샀다. 겨울방학 숙제를 하기 위한 것이었다. 소년은 눈에 익지 않은 세로쓰기와 까다로운 각주까지 인내심을 가지고 읽어냈다. 감상문을 쓰려면 그렇게 해야 할 것 같았다. 다 읽고 나자 정체를 알 수 없는 뜨거운 느낌이 밀려왔다. 뇌리에는 벌써 맥베스의 독백 몇 마디와 가마솥을 둘러싼 마녀들의 모습이 깊이 새겨져 있었다.

나는 어린 시절부터 셰익스피어의 작품들을 읽어왔다. 그렇지만 '클래식 클라우드' 시리즈의 윌리엄 셰익스피어 편을 집필하는 일을 선뜻 시작하기는 어려웠다. 나는 오랜 시간 내 마음의 향방을 살피며 조용히 기다렸다. 그렇게 꽤 많은 날이 흘러갔다. 셰익스피어의 삶의 흔적과 작품에 나오는 장소에 대한 기행은 존재하지 않는 것들을 찾아다니는 일이기도 하다는 생각이 엄습해왔다. 그의 생애는 고향 스트랫퍼드와 배우와 작가로 활동했던 런던에 집약되어 있지만, 이 두 공간 사이에는 건너뛸 수 없는 심연이 가로놓여 있다. 그리고 작품의 배경은 유럽은 말할 것도 없고 아시아와 아프리카에까지 분포되어 있다. 그 아득한 거리를 답파하는 것도 힘겨운 일이지만, 내가 찾아가야 할 장소들은 변화를 거듭해온 공간과 아득한 시간 저 너머에서 신기루처럼 아른거릴 뿐이었다.

마음을 다잡고 기행에 나선 것은 2014년 여름이었다. 그리고 제일 먼저 향한 곳은 스트랫퍼드였다. 셰익스피어의 생가가 있는 헨리 가로 들어서는 길목에 그의 탄생을 기념하는 플래카드 하나가 걸려 있었다. '450년 젊은 셰익스피어!' 이 짧은 한마디는 나에게 셰익스피어의 사후 400년 동안 이루어진 그의 문학적 위상의 변화를 가늠해보게 했다. 1616년 그의 죽음은 세상의 폭넓은 관심을 끌지는 못했다. 7년 후 그의 동료 배우였던 헤밍즈와 콘델이 그의 희곡들을 모아 2절판으로 출간했지만, 정작 작품들에 대해서는 '하찮은 것들trifles'이라고 썼을 뿐이다. 그 당시에도 셰익스피어 문학의 불멸성을 꿰뚫어본 이가 없었던 것은 아니지만, 현재의 명성은 400년 동안 끊임없이 축적되어온 호평의 결과이다.

왜 우리는 400년도 더 된 셰익스피어의 작품들을 읽어야 하나? 어쩌면 이런 의문에 사로잡힌 독자도 있을 것이다. 나는 이 의문이 '동시대성'이란 개념의 이해를 통해 쉽게 풀릴 수 있으리라 생각한다. '동시대성'은 하나의 시대에 다양한 현상들이 공존하는 것을 지칭하는 개념이 아니다. 오히려 그 반대이다. 시대를 달리하면서도 공통된 (문제)의식을 공유하고 있는 현상을 가리킨다. 셰익스피어가 창조한 언어, 인물, 기법 등은 이후의 작가들에게만 지대한 영향을 끼친 것이 아니다. 영어권 사람들은 어디에서 연유한 것인지도 모른 채 셰익스피어의 말과 표현법들을 일상적으로 사용한다. 이를테면, 우리가 흔히 쓰는 "허공으로 사라져버렸다melted into thin air"는 『폭풍』에서 프로스페로가 처음 한 말이다. 이아고, 에드먼드, 리처드 3세와 같은 악당들이 없었더라면 결코 존재할 수 없었을 근대소설의 주인공들도 부지기수이다. 쥘리앵 소렐, 라스콜리니코프, 스타브로긴 등이 그런 인물들이다. 작품 속 인물들만 그런 것이 아니다. 헤겔, 마르크스, 니체, 프로이트, 데리다 등을 읽을 때 우리는 어쩔 수 없이 셰익스피어와 마주치게 된다. 이런 점에서 셰익스피어와 동시대인이 되는 것은 우리들 자신의 선택 사항이 아니다. 그뿐만 아니라 그의 문학에는 예술성과 대중성이 분리할 수 없을 만큼 자연스럽게 융화되어 있고, 근대문학이 삭제해버린 인간의 세속적 욕망과 본성이 풍부하게 녹아들어 있다. 그래서 그의 문학은 "한 시대가 아니라 모든 시대를 위해 존재"(벤 존슨)하게 된 것이다.

그러나 셰익스피어의 생애에 관한 정보는 알려진 것이 많지 않고, 축적된 것도 별로 없다. 그는 1564년에 태어나서 일곱 살에 초등학교에 들어갔고, 열다섯 번째 생일을 맞이하기 직전에 학업을 중단했으며, 열여덟 살에 결혼했다. 그리고 스물여섯 살에 런던의 극장가에 모습을 드러낸다. 그사이 8년 정도의 기간은 어둠에 묻혀 있다. 그의 전기 작가들은 흔히 그 공백을 자신의 상상으로 메꾼다. 가상의 조건들을 사실인 양 펼쳐가며 무無의 심연을 건너는 것이다. 그러면서 이런 질문을 던지기도 한다. '그사이에 어떤 일이 있었기에, 장갑 장인匠人의 아들로 태어나 보통교육밖에 받지 않은 청년이 옥스퍼드나 케임브리지 대학 출신의 극작가들 속에서 최고의 작가로 발돋움할 수 있었을까?' 이런 의문에도 제도 교육과 창작 능력 사이에 어떤 연관성을 전제하는 편견이 스며 있다. 이런 가정과 편견들이 방만한 상상과 결합되면 끔찍한 결과를 빚어낼 수도 있다. 셰익스피어를 '암호'나 '유령' 또는 '사기꾼'으로 만들어버린 영화 〈위대한 비밀Anonymous〉(롤랜드 에머리히 감독, 2011)이 그런 예에 속한다. 나는 그의 생애를 단층처럼 갈라놓는 그 심연을 억지로 메꿀 필요는 없다고 생각한다. 그것은 밤하늘의 별들을 더욱 빛나게 하는 암흑 물질처럼 다가오기도 한다. 그럴 때면, 이미 알려진 그의 삶과 언어들까지 그 심연에서 새롭게 잉태되는 듯한 느낌이 든다.

셰익스피어는 작가 생활 전반기 10년 동안 영국의 역사를 다룬 사극을 7편이나 썼다. 그 가운데에는 2부작과 3부작도 있으니 공연 단위로 보면 무려 10편이나 된다. 그 밖의 희곡은 대부분 영국 밖이 무대이다. 그 무대들은 지중해 지역, 특히 고대 로마 및 이탈리아에 가장 많이 분포되어 있다. 셰익스피어의 시대에 이탈리아는 문화의 선진국이었고 거기에서 태동한 르네상스적 세계관은 유럽 지식인들의 교양의 원천이었다. 나는 그 작품들을 '지중해,

끝없는 이야기의 바다'라는 제목 아래 여러 꼭지로 나누어 서술했다. 그렇지만 구체적인 장소가 중요할 수밖에 없는 작품들은 베로나, 베네치아, 아테네, 로마 등의 도시들과 연관 지어 따로 서술하였다. 아테네와 로마는 유럽의 고대 문명을 대표하는 도시들이지만 그 문화적 특징은 뚜렷이 다르다. 셰익스피어의 작품들에 비추어보면, 아테네는 철학적 사유(『아테네의 티몬』)와 심미적 깊이(『한여름 밤의 꿈』)가 있는 작품들의 배경지이고, 로마는 수많은 장군들(줄리어스 시저, 안토니우스, 브루투스, 옥타비아누스, 코리올라누스, 안드로니쿠스)의 활동 무대였다.

37편에 달하는 셰익스피어의 희곡은 당시에 유행하던 주제나 극단의 경제적 요구에 맞추어 쓴 것이다. 그렇지만 그의 첫 작품(『헨리 6세』 3부작)에서 마지막 작품(『폭풍』)에 이르는 과정을 세심히 들여다보면, 흐릿하게나마 하나의 흐름이 눈에 들어온다. 셰익스피어는 가까운 영국의 역사에서 시작하여, 인간의 본성을 마음껏 펼쳐 보일 수 있는 이탈리아를 거쳐, 철학과 미학을 탐색하기에 알맞은 아테네에 이르고 있다. 그리고 마지막 작품을 지중해 미지의 섬에서 마무리한다. 나의 기행은 이 흐름을 따라가는 것이었고, 이 책의 구성에도 거의 그대로 반영되었다. 그렇다 보니, 이 책은 셰익스피어의 거의 모든 희곡을 조망하는 전망대의 꼴을 갖추게 되었다. 그렇지만 이러한 구성은 셰익스피어 문학의 전체적 성격을 서술하는 데에는 일정한 한계를 지닐 수밖에 없기에 셰익스피어 문학의 전체적 특징과 현재적 의미에 관한 글을 부록에 실었다. 셰익스피어는 희곡 외에도 4편의 이야기시와 154편의 소네트를 썼다. 그는 원래 시인이었고, 괴테J. W. v. Goethe는 시인으로서의 셰익스피어를 '세계정신Weltgeist'과 동급의 자리에까지 올려놓을 만큼 그의 시적 상상력에 감탄했었다. 셰익스피어의 시에 대한 글은 2장 별면에서 찾아볼 수 있다.

나는 이 책을 통해 '4대 비극'과 같은 축소 지향적 범주화의 틀을 깨고 싶었다. 소년 시절 나는 『로미오와 줄리엣』은 왜 '4대 비극'에 들 수 없는 것일까, 하는 의문에 빠져들기도 했다. 그리고 비극과 희극을 엄격하게 가르는 이분법적 분류도 마음에 들지 않았다. 이런 분류에 따르면, 『베니스의 상인』은 희극이 될 수밖에 없다. 그렇지만 이 작품에는 뼈아픈 상실감이나 쓰디쓴 웃음과 같은 비극적 정조가 짙게 배어 있다. 교묘한 변론으로 샤일록에게 파멸을 안겨준 포샤네 일행은 감미로운 음악 속에서 자신들의 승리를 자축하지만, 모든 것을 박탈당하고 절망에 빠진 샤일록의 모습은 그 어떤 비극의 주인공 못지않게 아프게 다가온다. 이 연극은 보는 이에 따라 주인공이 베니스의 상인 안토니오나 그의 친구 바사니오일 수도 있고, 유대인 대금업자 샤일록일 수도 있다. 그리고 누구를 주인공으로 보느냐에 따라 비극이 될 수도 있고 희극이 될 수도 있다.

중학교 1학년 겨울방학 직전에 서울에 온 나는 자주 외로움에 시달렸다. 그 무렵의 나에게 셰익스피어의 연극들은 크나큰 위안이었다. 드라마 센터에서 〈햄릿〉을 보면서는 가슴을 졸였고, 책으로 읽으면서는 눈물을 흘리기도 했다. 그 시절의 나는 셰익스피어의 희극comedy들은 알지 못했다. 설사 알았다 하더라도 읽지 않았을 것이다. 희극을 그저 우스운 이야기 정도로만 알고 있었으니까. '4대 비극'과 같은 범주화나 비극/희극의 이분법이 없었다면, 셰익스피어의 작품들을 더 폭넓게 읽었을지 모른다. 그래서 나는 어떠한 선입견에도 얽매이지 않고 셰익스피어의 작품들을 하나하나 읽어가는 것이 최선의 독서법이라고 생각한다. 이것은 실현되기 어려운 이상으로 보일 수도 있지만, 우리가 일생 동안 누릴 독서의 풍요로움을 생각하면 쉽게 포기할 수 있는 것도 아니다. 그렇다고 해서 손에 잡히는 대로 아무 작품이나 읽어가는 것은 지도 없이 떠나는 탐험처럼 막막하고 두려울 수밖에 없을 것이다. 그래서 셰익스피어 작품들을 그 배경지와 연관 지으며 한 편 한 편 읽어가는 것도 한 가지 좋은 방법일 수 있겠다는 생각이 들었다. 이것은 무엇보다 아득한 시공간적 거리로 인해 느슨해진 미학적 긴장 관계—텍스트와 감상자 사이의—를 회복할 수 있는 거의 유일한 방법일 것이다.

마을은 세계에서 분리되지 않는다. 이 엄연한 사실을 실감케 해주는 것은 다양한 형태의 길들이다. 그래서 나에게는 마을에 이르는 길들이나 그 이동 자체도 소중할 수밖에 없었다. 나의 여행은 대부분 기차로 이루어졌고, 그 경로 속에는 작품의 배경과 무관한 장소도 두어 곳 들어 있다. 이 길을 따라가는 나의 기행은 크게 세 지역으로 나뉠 수 있다. 첫 번째 지역은 영국으로, 셰익스피어의 고향 스트랫퍼드와 그의 활동 무대였던 런던이 들어 있다. 두 번째 지역은 파리에서 빈에 이르는 중서부 유럽으로 『끝이 좋으면

다 좋다』『햄릿』『법에는 법으로』 등의 무대인 파리, 헬싱외르, 빈이 들어 있다. 그리고 세 번째 지역은 이탈리아에서 그리스에 이르는 지중해 연안으로『오셀로』와『베니스의 상인』의 무대인 베네치아,『로미오와 줄리엣』의 무대인 베로나,『줄리어스 시저』의 무대인 로마,『한여름 밤의 꿈』과『아테네의 티몬』의 무대인 아테네가 들어 있다. 독자들은 이 여정을 그대로 따라가며 이 책을 읽을 수 있지만, 우선 관심이 가는 작품과 관련된 부분부터 읽을 수도 있을 것이다.

내 앞에는 런던·스트랫퍼드·배스, 파리, 브뤼셀, 암스테르담, 함부르크, 코펜하겐·헬싱외르, 베를린·바이마르, 프라하, 부다페스트, 빈, 뮌헨, 베로나·베네치아·피렌체·로마, 아테네, 그리고 거기에 이르는 길들이 놓여 있었다. 셰익스피어에게는 '온 세상이 하나의 무대'였다. 나는 호흡을 가다듬고 그 무대 속으로 걸음을 옮기기 시작했다.

셰익스피어 인물들의 이름을 새긴 보트

영국,
소란스러운 나라의
영광스러운 이야기

런던 시계탑

런던에서 맞이한 불면의 밤

런던이 가까워지고 있었다. 모두 잠들었는지 기내는 조용했다. 비행기 밖은 깜깜했다. 달빛도 별빛도 없었다.

인천공항에서 비행기에 오른 것은 한낮이었다. 안전벨트를 매자, '기행'이 처음 입은 기성복처럼 갑갑하게 느껴졌다. 골방에서 자유로웠던 내 영혼이 어디론가 끌려가는 듯한 느낌이 들기도 했다. 창밖으로 눈을 돌리자, 엷은 구름 사이로 푸른 대지가 까마득히 내려다보였다. 아마 내몽골이었을 것이다. 낮은 구릉지대를 구불구불 뻗어나간 가느다란 강줄기들이 한낮의 햇살을 은빛으로 튕겨내고 있었다. 러시아 땅은 가도 가도 끝나지 않을 것 같았다. 이따금 하늘을 흐릿하게 뒤덮은 매연이 눈에 들어왔고, 저녁나절의 볼가 강은 잿빛 대지 속에 더 깊은 어둠을 새겨 넣고 있었다.

다시 창밖으로 눈을 돌리자 칠흑 같은 어둠이 엄습해왔다. 비행기는 미동도 없이 그 어둠 속을 조용히 날고 있었다. 나는 그 어둠 속을 한동안 응시했다. 한 줄기 빛조차 감지되지 않는 저것을 투명한 어둠이라 부를 수 있을까? 시간도 그렇게 투명할 수 있을까? 그런 시간의 터널을 지나 수천 년 전의 세계가 내 앞에 투명하게 나타날 수 있을까?

그런 몽상에 빠져 있을 때 어슴푸레한 빛 속에서 오디세우스가 떠올랐다. 20년 만에 거지꼴로 집에 돌아온 그를 알아본 사람은 아무도 없었다. 그의 아내 페넬로페조차 자기에게 오디세우스 이야기를 들려주는 사내가 바로 그인 것을 알아보지 못한다. 늙은 유모 에우리클레이아만이 그의 발을 씻기다가 무릎 윗부분의 흉터로 그를 알아보지만, 다른 사람에게 알리면 죽이겠다는 협박 때문에 아무에게도 입을 열지 못한다. 자기가 없는 동안 달라진 집안 분위기를 살피려고 정체를 숨긴 그가 나에게는 꽤나 음험해 보인다. 그런데 자신의 부재 속에 남겨졌던 사람들에게 그가 내놓을 수 있는 것은 도대체 무엇이었을까? 그 파란만장한 이야기 말고 또 무엇이 있었을까? 그래도 그는 행운아였다. 그의 이야기는 호메로스Homeros라는 천재를 만나 영원한 생명을 얻었고, 먼 훗날 셰익스피어라는 사내까지 그의 이야기에 새로운 생명을 불어넣었으니까.

다시 창밖을 내다보았다. 깜깜한 하늘 저 멀리 작은 쟁반 같은 빛무리가 가물거리더니 조금씩 커졌고, 마침내 내 시야를 가득 채웠다. 비행기는 그 다채롭고 화려한 빛 속으로 빨려 들고 있었다. 내 마음속의 '잿빛 도시'는 케케묵은 옛날 것이었다. 활주로를 구르는 바퀴의 진동이 온몸을 뒤흔들었다. 밤 11시가 조금 넘어 있었다.

검은색 지프처럼 생긴 택시는 운전석과 승객석이 차단 벽으로 분리되어 있었다. 호텔은 공항에서 멀지 않은 곳에 있었다. 한밤중의 호텔 로비는 한산한 시골 기차역 대합실만큼이나 을씨년스러웠고, 내가 든 방은 넓고 휑뎅그렁했다. 배낭을 한쪽 구석에 밀쳐두고 침대에 누웠다. 몸은 피곤했고 정신은 환각에 빠진 듯 몽롱했지만 잠은 오지 않았다. 뒤척거리던 나의 귓속으로, 잠 못 이루는 두 사내의 목소리가 환청처럼 파고들었다.

가난에 찌든 수많은 나의 신민들은
이 시간 잠들어 있다! 오 잠이여, 조용한 잠이여,
자연의 부드러운 유모여, 내 그대를 얼마나 놀라게 하였기에,
내 눈꺼풀을 더는 감기게 하지 않느냐,
그리고 내 감각들을 망각에 잠기게 하지 않느냐?
잠이여, 그대는 왜, 위대한 이들의 화려한 지붕 아래,
부드러운 선율의 자장가 소리 들리는,
향기로운 침실보다, 오히려 그을린 헛간,
불편한 짚자리에 몸을 누이고,
그대의 수면을 윙윙거리는 밤벌레와 함께하느냐?

—『헨리 4세(2)』, 3.1.4-14

어떤 소리가 외치는 것 같았어, '더는 잠들지 말라,

맥베스는 잠을 살해했다', 그 죄 없는 잠을,

근심의 해진 옷소매를 다시 짜주는 잠을,

나날의 삶의 죽음, 쓰라린 노동의 목욕,

상처 입은 마음의 향유, 위대한 자연의 두 번째 코스,

삶이란 축제의 중요한 자양분을.

— 『맥베스』, 2.2.34-39

헨리의 불면은 병 때문이고, 맥베스의 불면은 죄의식 때문이다. 그렇다면, 나의 불면은? 이 세상에 얼굴 한 번 내밀지 못하고 사라져버린 어린 생명들이 떠올랐기 때문이다. 나의 의식은 벌써 영국의 어두운 과거 속으로 스며들고 있었다.

그 옛날 영국에서는 두 여왕(메리 1세와 엘리자베스 1세)의 통치기에 종이 한 장 차이에 지나지 않은 종교적 신념 때문에 고문과 살육이 이어졌다. 그러고 나면, 페스트가 인구의 5분의 1을 휩쓸어가기도 했다. 그 당시 영국에서 태어난 아이들은 3분의 1이 열 살을 넘기지 못했다. 셰익스피어의 어머니가 그 이전에 낳은 아이들도 모두 죽었다. 아마 그래서 셰익스피어는 인간의 목숨을 '짧은 촛불'에 비유했으리라. "Out, out, brief candle!" 맥베스의 이 독백은 대개 "꺼져라, 꺼져, 짧은 촛불이여!"로 번역된다. 내가 소년 시절에 읽은 책에는 "꺼져라, 꺼져라, 단명한 촛불이여!"로 번역되어 있었다. 'out'은 두 번 나오지만, 그 이상의 반복을 암시한다. 그래서 나는 "꺼져라, 꺼져"의 종결적 어감보다는 "꺼져라, 꺼져라"의 반복적 어감이 더 좋다. 그렇지만 '단명한 촛불'은 중복의 느낌을

준다. 'brief candle' 자체가 짧은 목숨에 대한 은유이니, 구태여 '단명한 촛불'로 번역할 필요는 없을 것이다.

스트랫퍼드로 가는 길

햇빛이 쨍쨍했다. 런던에서 이런 날씨를 맞게 될 줄이야! 나도 모르게 속으로 중얼거렸다. 내 마음속의 런던에는 늘 비가 내리거나 안개가 끼어 있었다.

나는 셰익스피어의 고향 스트랫퍼드어폰에이번 Stratford-upon-Avon 으로 가는 기차를 타기 위해 메릴본 역으로 가고 있었다. 택시가 역 광장으로 들어서자 적갈색 벽돌로 지은 2층짜리 기다란 건물이 눈에 들어왔다. 회색 타일을 얹은 지붕의 앞쪽에는 박공 세 개가 일정한 간격으로 나란히 얹혀 있었다. 그 박공들이 나에게 특별한 느낌으로 다가온 까닭은 셰익스피어의 생가 때문이었다. 그 집에도 박공 세 개가 있다, 일정하지 않은 간격으로. 나중에 언급하겠지만 거기에는 셰익스피어의 탄생에 얽힌 사연이 있다.

건물 한가운데로 뚫린 통로를 지나자 곧바로 역 구내가 나왔다. 여행객들은 별로 눈에 띄지 않았다. 작은 선물 가게 안을 잠깐 들여다보고 발길을 돌리려는데, 이상한 물건들이 눈길을 끌었다. 해골이었다. 엷은 미색으로 반짝거리는, 손 안에 쏙 들어올 듯 작고 앙증맞은 해골들. 아니, 선물 가게에 웬 해골이람? 혹시, 요릭의 것일까? 고개를 돌리자 10여 미터쯤 떨어진 곳에 연극적으로 분장한 두 사내가 어정쩡한 모습으로 서 있었다. 구경꾼은 없었다. 내가 가까이 다가가자, 한 사내가 한 손으로 무엇인가를 천천히 들어 올리는 듯한 모습으로 입을 열었다. "Alas, poor Yorick." 아하, 햄릿이구나.

> 아아, 불쌍한 요릭. 호레이쇼, 나 이 사람 아네, 재담이 무궁무진하고, 착상이 아주 기발했지. 나를 천 번은 업어줬을걸. 그런데 지금 이렇게 보니 너무 끔찍해! 토할 것 같아. 여기 달려 있던 입술에 얼마나 많이 입 맞췄는지 몰라. 지금은 어디 있나, 그대의 조롱은, 겅중거리던 몸짓은, 그대의 노래는, 좌중에 폭소를 터뜨리던 그대 유쾌함의 섬광은? 이제 그대의 썰그러진 웃음을 조롱할 자도 없는가? 턱이 아예 떨어져버렸나? 이제 내 어머니 방에 가서 말하게, 화장을 1인치 두껍게 하면, 이런 얼굴 모습이 된다고. 그녀가 그걸 비웃게 만들게.
>
> ─『햄릿』, 5.1.175-186

햄릿이 '무덤 파는 사람'에게서 요릭의 해골을 받아 들고 감회에 젖는 장면이었다. 해골로만 등장하는 요릭은 햄릿 부왕의 '재담꾼jester'이었다. 옥스퍼드 판본에는 '무덤 파는 사람'이 '어릿광대clown'로 나온다. 직업이 세분되어 있지 않았던 그 시절, 'clown'은 어릿광대이면서 동시에 교회지기, 특히 교회의 묘지기 일도 했다. 그러니 어릿광대가 묘를 파고 있는 것은 전혀 이상한 일이 아니다. 요릭처럼 왕을 근거리에서 보필하는 재담꾼들은 왕을 즐겁게 하

런던 메릴본 역 구내에서 마주친 〈햄릿〉의 한 장면

스트랫퍼드로 가는 기차가 떠나는 메릴본 역에 도착했을 때 여행객들은 별로 눈에 띄지 않았
다. 작은 선물 가게 안을 잠깐 들여다보는데 이상한 물건들이 눈길을 끌었다. 해골이었다. 엷
은 미색으로 반짝거리는, 작고 앙증맞은 해골들. 혹시 요릭일까? 고개를 돌리자 10여 미터쯤
떨어진 곳에 분장한 두 사내가 어정쩡한 모습으로 서 있었다. 내가 다가가자, 한 사내가 입을
열었다. "오, 불쌍한 요릭." 아하, 햄릿이구나. 햄릿이 '무덤 파는 사람'에게서 요릭의 해골을 받
아 들고 감회에 젖는 장면이었다.

기 위해 재치 있는 말장난을 많이 하지만, 다른 신하들로서는 엄두도 낼 수 없는 직언도 서슴지 않는다. 때로는 왕의 어리석음을 조롱하기까지 한다. 셰익스피어의 수많은 연극에 어릿광대 또는 재담꾼이 등장하는 것을 보면, 그들은 왕이나 귀족들에게 으레 있어야 할 존재로 여겨졌던 모양이다.

'요릭'은 로런스 스턴Laurence Sterne의 소설 『프랑스와 이탈리아로의 감성적 여행A Sentimental Journey through France and Italy』(1768)의 주인공 이름이기도 하다. 이 사내는 여행 허가증도 없이 영국과 전쟁 중인 프랑스에 갔다가 투옥될 위기에 처하지만 이름 때문에 그 위기에서 벗어난다. 그는 도움을 청하려고 프랑스 고관의 집을 방문한다. 그가 자기 이름을 밝히자, 집주인이 놀라며 묻는다, 『햄릿』에 나오는 그 '요릭'이냐고. 그는 그 요릭이 600년 전 사람이라는 대답을 듣고서도, 셰익스피어 전집을 소장하고 있는 애독자의 마음으로 요릭을 구해준다. 고관은 자기네 궁중에는 요릭 같은 재담꾼이 없다며 아쉬워한다. 이 에피소드로 미루어보면, 셰익스피어는 사후 100여 년이 흐른 시점에 이미 세계적인 작가가 되어 있었다.

기차가 들어왔다. 나는 두 사내에게서 눈길을 거두고 기차에 올랐다. 객실에는 승객이 많지 않았다. 기차가 속도를 내기 시작했다. 창밖으로 눈을 돌리자 어느새 런던 교외의 풍경이 지나가고 있었다. 색감이 조금씩 다른 벽돌들로 지은 비슷한 모양의 집들이 드문드문 지나갔다. 집들이 사라지고 나자, 울창한 숲으로 뒤덮인 낮은 언덕들, 그 사이를 빈틈없이 메운 엷은 베이지색 들판―아마 추수를 끝낸 밀밭이었을 것이다 —이 지나갔다. 나무 한 그루 덕분에 밭 가운데에 남겨진 작은 동산도 지나갔다. 풀밭 가장자리에 서 있는 커다란 나무 그늘에 늘어지게 누워 있는 소들도 보였다. 그 녀석들은 한여름의 뙤약볕을 피해 그늘에서 쉬고 있었다. 사람의 모습은 눈에 들어오지 않았다.

땔감을 제공했던 옛날의 숲들은 지금처럼 울창하지 않았다. 셰익스피어 시대에는 인클로저 바람이 불어닥치면서 숲과 들판에 울타리들이 생겨났고, 이유 없이 떠도는 사람들은 범법자 취급을 받았으며, 순례 행위도 금지되었다. 그러니 멀리서 피어오르는 저녁연기를 낭만적으로 바라보는 나그네도 없었을 것이다. 런던 사람들은 전염병이 창궐할 때에나 공기가 맑은 시골로 도피했다.

눈부신 햇살 아래 펼쳐진 시골 풍경은 현기증이 날 만큼 고요하고 평화로웠다. 그렇지만 영국의 산과 들, 강과 바다 그 어느 곳도 전쟁의 피비린내와 아우성이 휩쓸고 지나가지 않은 곳은 없다. 영국의 역사는 전쟁과 내란, 왕족들 사이의 권력투쟁으로 하루도 바람 잘 날이 없었다. 영국의 왕족들은 왕비(헨리 6세의 아내 마거릿)나 대비(존 왕의 어머니 엘리노어)까지 갑옷을 입고 전쟁의 선봉에 나서기도 했다.

『리처드 2세』에서는 궁지에 몰린 왕이 선왕들의 죽음을 떠올린다. 그들은 강제로 폐위되거나, 전사하거나, 자신이 폐위시킨 자의 유령에게 죽거나, 왕비에게 독살당하거나, 잠든 채 살해되었다. 그래서 셰익스피어의 눈에는 그들의 머리에 얹히는 것이 '텅 빈 왕관 hollow crown'(3.2.160)으로 보였을 것이다. 그의 사극들을 연속극으로 만든 영국 드라마 제목도 'Hollow Crown'이다. 『헨리 6세』 3부에서 왕관은 헨리와 에드워드 사이에서 세 번이나 옮겨 다닌다. 왕들은 흔히 내전이나 폭동에 휘말렸고, 외국과의 전쟁에서 헤어나지 못했다. 셰익스피어가 사극을 쓰던 10년 동안에도 영국은 스페인과 전쟁 중이었다. 오죽했으면 한 역사책(사이먼 젠킨스, 『영국의 작은 역사』)의 부제가 '소란스러운 나라의 영광스러운 이야기'이겠는가.

영국을 배경으로 하는 사극들이 그의 창작 생활 전반기 10년에 몰려 있는 까닭은 그 당시 영국 사회를 풍미한 역사 열풍과 맞물려 있다. 1576년에 케임브리지는 자체 출판사를 갖게 되었고, 8년 뒤에는 옥스퍼드 국교회 성직자 회의가 자체 출판사를 세웠다. 이 시기를 전후로 하여 연대기 또는 역사책이 많이 출간되었다. 이 가운데 가장 대표적인 책은 『잉글랜드, 스코틀랜드, 그리고 아일랜드 연감 Chronicles of England, Scotland, and Ireland』(1577, 1587)이다. 이 책은 라파엘 홀린셰드Raphael Holinshed의 것으로 알려져 있지만, 튜더 시대 역사학자들이 70년에 걸쳐 집대성한 것이다. 2절판 세 권으로 이루어진 이 책의 350만 단어는 셰익스피어에게 자료의 대양이었다(Honan, 138쪽). 이 책은 방대한 만큼 혼란스러웠고, 일관성도 결여되어 있었다. 이러한 난맥상이 오히려 젊은 셰익스피어의 상상력에 불을 지폈다. 그는 자신의 상상력으로 역사의 혼돈을 수습했고, 소란스럽기만 한 역사 속의 인물들에게 뚜렷한 심리적 동기를 부여했다.

깊은 잠에서 깨어나듯, 나는 소란스러운 영국의 역사 속에서 빠져나왔다. 기차가 환승역으로 들어서고 있었다. 멀지 않은 숲 기슭에 오래된 집 한 채가 서 있었다. 완만한 슬레이트 지붕 위에는 하얀 새똥들이 점점이 박혀 있었다. 갈아탈 기차를 기다리는 동안, 나는 철로 주변의 들꽃을 들여다보며 시간을 보냈다. 거기에서 스트랫퍼드는 멀지 않았다.

에이번 강과 아덴 숲 ─ 『뜻대로 하세요』

스트랫퍼드에 도착한 첫날, 자투리처럼 남아 있는 저녁나절을 어떻게 보내면 좋을까 생각하다가 시내와 인근 지역을 순회하는 버스에 올랐다. 빨간색의 2층 버스는 스트랫퍼드 시가지를 한 바퀴 돌고 나서 교외로 나갔다. 그리고 셰익스피어와 결혼하기 전까지 앤 해서웨이Anne Hathaway가 살았던 집을 보고 되돌아왔다. 나는 창밖을 내다보며 다음 날부터 가볼 곳들을 미리 점찍어두었다. 셰익스피어 평전의 작가들은 지금의 스트랫퍼드가 번화가를 제외하면 셰익스피어의 청년 시절과 똑같다고 전해준다. 이 작은 도시는 키 큰 나무들과 오래된 집들, 그리고 시가지 한쪽으로 조용히 흐르는 에이번 강만으로도 마음이 조용히 깊어지게 하는 분위기를 간직하고 있다. 그렇지만 번화가를 걷다보면, 셰익스피어와 아무런 관계도 없는 가게들조차 어떤 식으로든 그를 환기시키는 간판이나 포스터를 내걸고 있다. 중고 시계를 파는 가게 이름은 '이아고Iago'이고, 어떤 카페 이름은 '5막Act V'이다. 이 도시는 셰익스피어와 함께, 셰익스피어를 위해 존재하게 된 것을 지극한 행운으로 여기는 듯 보인다.

이튿날, 나는 에이번 강으로 향했다. 유유히 떠가는 유람선들, 조용히 헤엄치는 크고 작은 물새들, 강물 위로 휘늘어진 버드나무 가지들과 작은 관목들이 어우러진 풍경을 오랫동안 바라보았다. 강변을 걷다보니 넓은 공원과 선착장이 나왔다. 나는 유람선에 올라 에이번 강의 물길을 따라가보았다. 시가지를 벗어나자 왼쪽으로는 끝이 보이지 않는 수풀이 이어졌고, 오른쪽으로는 선착장에 보트를 매어둔 그림 같은 집이 두어 채 지나갔다. 반원을 그리며 강 쪽으로 나와 있는 모래톱에서 개와 함께 놀이를 즐기는 청년이 눈에 들어왔다. 청년이 막대기를 던지면, 개는 허덕허덕 헤엄쳐 가서 막대기를 물고 돌아왔다. 청년은 개에게 물을 털어낼 여유도 주지 않고 다시 막대기를 던졌다. 마을을 벗어난 에이번은 자기만의 시간에 잠겨 고요히 흐르고 있었다.

셰익스피어도 청소년 시절 이 강가를 거닐거나 헤엄을 치거나 물고기를 잡은 적이 있을 테지만, 어떤 자료도 그런 얘기는 전해주지 않는다. 그렇지만 『한여름 밤의 꿈』에서 요정 왕 오베론은 에이번 강가의 우거진 수풀을 연상시키는 강둑을 떠올린다.

내가 아는 강둑이 있는데 거기에는 야생 백리향꽃이 피고,
앵초꽃과 고개 숙인 제비꽃도 자라고,
어여쁜 사향 장미, 들장미와 함께,
향기로운 인동덩굴이 지붕처럼 우거져 있지.

스트랫퍼드 번화가에 내걸린 상점 간판들

셰익스피어 평전의 작가들은 지금의 스트랫퍼드가 셰익스피어의 청년 시절과 똑같다고 전
해준다. 이 작은 도시는 키 큰 나무들과 오래된 집들, 그리고 시가지 한쪽으로 조용히 흐르
는 에이번 강만으로도 마음이 조용히 깊어질 것 같은 분위기를 간직하고 있다. 번화가를 걷
다보면, 셰익스피어와 아무런 관계도 없는 가게들조차 어떤 식으로든 셰익스피어를 환기시
키는 간판이나 포스터를 내걸고 있다. 중고 시계를 파는 가게 이름은 '이아고'이고, 어떤 카페
이름은 '5막'이다.

거기에서 티타니아가 가끔 밤에 잠을 자기도 해,

춤과 기쁨에 취해 그 꽃들 속에서 잠드는 거지.

그리고 거기에 뱀이 번들거리는 허물을 벗어놓는데,

그 품이 꼬마 요정 하나가 넉넉히 깃들 만하지.

— 『한여름 밤의 꿈』, 2.1.249-256

이처럼 아름다운 강이 때로는 전염병을 나르는 주범이 되기도 했다. 하기야, 자연과 인간이 주고받는 선물이 언제나 기꺼운 것만은 아니리라.

셰익스피어의 생가가 있는 헨리 가로 접어드는 삼거리 한가운데에 웬 동상 하나가 서 있었다. 가까이 가서 들여다보니 『뜻대로 하세요』에 나오는 어릿광대 터치스톤이었다. 그는 가면이 걸려 있는 막대기를 하늘로 치키며 한 발로 서 있었다. 날아오를 듯 날렵한 그 모습은 작품 속 재담꾼의 이미지보다 훨씬 더 발랄해 보였다. 그 동상은 번뜩이는 재치와 거침없는 언행을 하나의 몸짓 속에 응축하고 있었다. 그 경쾌한 동작 속에는 한순간에 세상의 통념을 뒤집거나 근엄한 표정 아래 숨겨진 위선을 까발려 우스갯거리로 만들어버리는 장난기와 명민한 정신이 배어 있었다.

아덴 숲은 앤 해서웨이의 생가가 있는 쇼터리에서 멀지 않은 곳에 있다. 영국 중부지방을 대표하는 이 숲은 『뜻대로 하세요』에서 무자비한 찬탈자나 몰인정한 형에게 쫓겨난 인물들이 모여들어 그들 나름의 새로운 삶을 일구어가는 장소이다. 그런데 이 연극의 배경을 프랑스로 못 박고 있는 판본도 있다. 프랑스의 북동쪽 끝에 있는 아르덴Ardennes 역시 숲이 울창한 곳인 데다 절반 남짓한 등장인물들이 프랑스 이름을 갖고 있고, 이 작품의 재료가 된 토머스 로지Thomas Lodge의 『로잘린드Rosalynde』(1590) 역시 프랑스가 배경이기 때문이다. 게다가 이 작품의 등장인물인 찰스가, 추방된 공작이 "영국의 옛날 로빈 후드처럼 살고 있다"(1.1.109-111)고 말하는 것을 보면, 이 연극은 프랑스가 배경일 가능성이 크다. 그렇지만 '아덴 숲'을 시공간을 초월한 상상의 장소로 여기는 비평가도 있다. 어쨌든 아덴 숲은 영국 미들랜드의 워릭셔에 실제로 있으니, 그것을 영국의 지명으로 여긴다 해도 별로 이상할 것은 없어 보인다.

『뜻대로 하세요』에서 아덴 숲은 새로운 삶의 가능성과 자유, 그리고 사랑을 시험하는 공간처럼 보인다. 프레드릭 공작(형을 추방한 현재의 공작)의 딸 셀리아는 자기 아버지에게 추방당한 사촌 언니 로잘린드를 따라 나서며 이렇게 말한다. "이제 기쁘게 떠나자,/자유를 향해, 그러면 추방으로 가는 게 아니야."(1.3.136-137)

그런가 하면, 오래전에 추방되어 이 숲에서 살아가고 있는 세뇨르 공작(로잘린드의 아버지)은 그동안의 삶을 이렇게 회고한다.

> 자, 나의 벗들 그리고 추방당한 형제들,
> 옛날 방식이 인공적인 화려함보다
> 우리 삶을 더 즐겁게 해주지 않았소? 이 숲이
> 시기심 많은 궁정보다 위험이 덜하지 않았소?
> (…)

고난도 잘 쓰면 기쁨이 되오,

그것은, 흉측하고 독이 있는 두꺼비 같지만,

머리에 소중한 보석이 있소.

그리고 지금 우리의 삶은, 공무로 찾아오는 이도 없으니,

나무에서 혀를, 흐르는 개울에서 책을,

돌들에서 설교를, 그리고 만물에서 좋은 것을 발견하오.

— 『뜻대로 하세요』, 2.1.1-17

　공작은 숲속의 삶이 세속의 화려함보다 즐겁고, "시기심 많은 궁정보다 위험이 덜하"고, 자연에 대한 지식을 얻을 수 있고, 종교적 사색을 하기에 알맞은 곳으로 생각하고 있다. 그렇지만 이들의 삶과 언행에는 미묘한 모순이 내재해 있다. 공작이 사냥하러 가자고 말해놓고 사슴이 불쌍하다고 탄식하자, 총리대신이 '우울한 사내 자크'도 그 일로 몹시 슬퍼한다고 전해준다. 그러고 나서 자크를 대신해서 이렇게 말한다.

　그래요, 이곳 우리들의 삶에 대해서도 이렇게 단언했어요,

　우리는 찬탈자들, 폭군들, 그보다 더 나쁜 것들일 뿐이라고요,

　동물들의 몫이고 그들이 태어나서 살아온 곳에서

헨리 가에 서 있는 『뜻대로 하세요』의 터치스톤 동상
어릿광대 터치스톤이 가면이 걸려 있는 막대기를 하늘로 치키며 한 발로 서 있다. 날아오를 듯 날렵한 모습이 역동적이고 인상적이다. 세상의 통념을 뒤집거나 숨겨진 위선을 까발리는 장난기와 명민한 정신이 그 동작에 배어 있는 듯하다.

그들을 놀라게 하고 죽여버리니까요.

　ー 2.1.60-63

　'우울한 사내 자크'의 말을 듣다보면, 자연의 '폭군'으로 살 바에야 농경과 목축으로 생계를 꾸려가는 방식이 더 윤리적일 수도 있겠다는 생각이 든다. 아덴 숲 근처에는 그런 사람들이 있다.

　로잘린드, 셀리아, 그리고 터치스톤이 아덴 숲에 이르러 지친 몸을 쉬고 있을 때, 양치기 코린과 시비우스가 나타난다. 목동들은 사랑에 대한 이야기를 하고, 로잘린드와 터치스톤은 우연히 그들의 이야기를 듣게 된다. 젊은 목동이 늙은 목동에게 말한다, 자기처럼 사랑하는 사람은 아무도 없을 거라고. 그리고 "환상에 빠져/ 우스꽝스러운 짓을 얼마나 많이 해보았느냐"(2.4.27-28)고 묻는다. 늙은 목동이 자기는 환상에 "천 번은 빠졌었지만 다 잊었다"고 대답하자, 젊은이는 "그러면 진심으로 사랑한 게 아니"라며 "아주 사소한 바보짓까지 기억하지 못한다면" 그것은 "사랑한 적이 없는" 것이라고 단언한다.

　이들이 펼치는 사랑 이야기의 열기가 로잘린드와 터치스톤에게 옮겨붙는다. 로잘린드가 한탄한다. "아아, 가엾은 목동, 너의 상처를 살피다가,/뼈아픈 우연으로 나 자신의 상처를 찾아냈구나." (2.4.41-42) 그러자 터치스톤도 자신의 옛사랑을 더듬는다.

　사랑에 빠졌을 때 나는 검을 돌에 쳐서 부러뜨리며 밤에 제인 스마일에게 가면 이런 꼴 난다고 을러댔던 게 기억나고, 그녀의 빨랫방

망이에 입 맞추고, 그녀의 예쁜 튼 손이 우유를 짰던 암소 젖통에 입 맞췄던 것도 기억나네요. 그리고 완두 꼬투리를 그녀로 여기고 사랑을 호소하고, 그 알맹이 두 개를 꺼냈다가 다시 넣으며, 울면서 말했어요, '나를 위해 이것들을 감싸고 다녀다오.' 진짜 연인이었던 우리는 이상한 장난에 빠졌어요. 하지만 자연 속 모든 것이 필멸인 만큼이나, 사랑 속 모든 자연들은 방탕하지요.

— 2.4.41~47

터치스톤의 사랑은 소박하면서도 자연적 생명력이 넘쳐흐른다. 그리고 조어나 은어들이 파고들어 성적인 암시를 강하게 응축시킨다. 위 인용문에서 '완두 꼬투리'로 번역한 'peascod'가 그런 예에 속한다. 옥스퍼드 판의 편집자는 각주에서 "사랑에 빠진 남자들은 peascod를 따서 사랑하는 여자들에게 주었고, 그것들을 진짜 사랑과 거짓 사랑을 예언하는 데 이용하기도 했다. 그렇지만 'peascod'는 샅에 차는 주머니인 'codpiece', 또는 'cod' 즉 '불알'의 의미를 함축한다"고 써놓았다. 이런 단어들을 쓸 때, 셰익스피어에게는 자신의 사춘기적 열정이 엉뚱한 방향으로 미끄러졌던 기억도 한 가닥 흘러들어 그의 몸속을 간지럽히지나 않았을까?

농촌의 삶에서는 힘겨운 노동보다 사회·경제적 관계에 더 많이 시달릴 수도 있다. 1596년, 스트랫퍼드 인근의 유일한 장원 소유자였던 에드워드 경의 조카가 아덴 숲을 깡그리 벌채하여, 무단 거주자들에게 큰 타격을 주었다. 양모 가격이 폭등하자 장원 소유자들은 들판과 숲을 목초지로 만들기 위해 울타리를 둘러치기 시작했다. 그 여파로 어떤 사람들은 떠돌이 신세가 되었고, 떠날 수조차 없는 사람들은 굶주림에 직면했다. 유아 사망률도 높아졌다. 인클로저에 반대한 스트랫퍼드 최고 행정관 퀴니는 에드워드 경의 하인들에게 맞아 머리가 깨져 죽었다. 그리고 폭동이 일어났다. 그렇지만 바살러뮤 스티어가 주도한 그 폭동의 불길은 주동자가 처형되기도 전에 꺼져버렸다(Honan, 246쪽).

이 일련의 사건은 『뜻대로 하세요』가 발표되기 4년 전, 다름 아닌 셰익스피어의 고향 인근에서 일어났다. 셰익스피어는 이 작품에 그런 현실을 반영하지 않았지만, 그래도 자유를 찾아 숲으로 들어온 귀족 처녀들의 무지를 깨우쳐줄 만큼의 현실 의식은 심어놓았다. 셀리아와 로잘린드가 먹을 것과 묵을 곳을 청하자, 늙은 목동은 자신의 딱한 처지만 주절주절 늘어놓는다.

> 나도 그러고 싶소, 나 자신보다 이 아가씨를 위해,
> 내 재산이 좀 더 있어 이 아가씨를 도와줄 수 있다면 말이오.
> 그런데 나는 다른 사람에게 고용된 양치기이고,
> 내가 풀을 먹이는 양들의 털조차 깎지 못합니다.
> 내 주인은 성질이 못돼먹은 사람이라,
> 천국 갈 길을 닦는 데에는 관심이 없어서
> 여행자들에게 호의를 베풀지 않는답니다.
> 게다가, 오두막, 그리고 방목권을
> 팔려고 내놓은 상태이고, 주인도 집을 비운 터라
> 지금 우리 양 우리에는

당신네를 대접할 게 아무것도 없습니다.

— 2.4.76-85

이 노인은 보릿대로 피리를 만들어 부는 목동의 이미지와는 거리가 멀다. 그런데 셰익스피어는 아덴 숲을 남녀 간의 사랑이 꽃피고 무르익는 배경으로만 활용한다. 연인들은 서로 짝을 찾아 헤맨다. 남장을 한 로잘린드는 사랑의 시를 써서 나무마다 붙여둔 올란도를 장난스럽게 놀린다. 그리고 올란도에게 자신을 로잘린드로 여기고 사랑을 고백해보라고 말하기도 하고, 가상 결혼식을 올리기까지 한다. 노래와 음악이 산들바람처럼 숲속으로 흐른다. 그리고 네 쌍의 남녀가 차례로 소개되고, 결혼을 하고, 축복을 받는다.

찬탈자인 동생의 참회와 함께 세뇨르 공작은 모든 것을 되찾게 된다. 추방된 자들은 공작과 함께 떠나왔던 곳으로 돌아가게 될 것이다. 문명 세계는 그들의 생각만큼 홀가분하게 벗어버릴 수 있는 낡은 허울이 아니었다. 그렇다면 '뜻대로 하세요'는 대체 누가 누구에게 하는 말일까? 그것은 바로 로잘린드가 세상의 모든 이에게 던지는 '주저하지 말고 마음껏 사랑하라'는 전언이다.

유람선이 뱃머리를 돌렸다. 로잘린드의 '사랑의 전언'과 함께 '우울한 사내 자크'가 떠올랐다. 그 사내라면 로잘린드의 말에 쉽게 동의할 것 같지 않았다. 오히려 이렇게 되물을 것이었다. '폭력적이고 비윤리적인 삶의 방식들을 방치한 채 세상의 모든 사람들이 어떻게 주저 없이 마음껏 사랑할 수 있지?' 그렇지만 낭만적 희극들은 거부하기 어려운 행복한 결말로써 이런 의문을 슬쩍 덮어버린다. 그제나 이제나 사랑은 거부할 수 없는 위력을 지니고 있다.

'450년 젊은 셰익스피어' ― 셰익스피어의 생가

셰익스피어의 생가가 있는 헨리 가로 꺾이는 길목에 그의 탄생 450주년을 알리는 현수막이 걸려 있었다. 그 길을 몇 차례 오가면서도 알아차리지 못했다. 붉은 바탕에 흰 글씨인 데다 2층 높이에 걸려 있었기 때문이다. 게다가 글자들마저 소문자였다. 솜씨로 보아 그곳 주민들이 만든 듯했지만, 그래도 '450년 젊은 셰익스피어'라는 그 짧은 구절은 세월이 흐를수록 젊어지는 셰익스피어의 역설을 간결하게 요약하고 있었다.

윌리엄 셰익스피어가 이 세상에 태어난 때를 알려주는 시간적 지표, 나는 그런 고정된 숫자들의 배열이 늘 낯설다. 늘 잊어버리고 다시 찾아본다. 1564년 4월 23일. 그날 이후, 어쩌면 그 이전부터, 윌리엄의 아버지 존 셰익스피어John Shakespeare는 더 넓은 새집을 구상했을 것이다. 그는 집을 새로 짓는 대신 헨리 가에 나란히 서 있는 이층집 두 채를 하나로 이어 붙였다. 그렇게 하여 두 집 사이의 공간이 집 안으로 들어오게 되었고, 박공이 세 개인 집이 생겨났다.

나는 길 건너편에 서서 박공들이 오른쪽으로 치우쳐 있는 지붕을 한동안 바라보았다. 균형감을 잃은 그 모습이 오히려 정겹게 다

셰익스피어 탄생 450주년을 기리는 현수막

셰익스피어의 생가가 있는 헨리 가로 들어서는 길목에 그의 탄생을 기념하는 플래카드 하나가 걸려 있었다. '450년 젊은 셰익스피어!' 이 짧은 한마디는 나에게 셰익스피어의 사후 400년 동안 이루어진 그의 문학적 위상의 변화를 가늠해보게 했다.

가왔다. 그것은 건축가의 디자인 감각이 빚어낸 것이 아니라 한 사람의 탄생에 따른 더 넓은 공간의 필요성에서 잉태되었다. 존 셰익스피어에게 집은 고정된 용적을 지닌 단순한 사물이 아니라 가족이 늘어나면 몸집을 불릴 수 있는 생명적 공간이었으리라. 나는 그런 생각을 하며 천천히 길을 건넜다.

2층으로 올라가자 오랜 세월을 견뎌낸 마룻바닥이 제일 먼저 눈에 들어왔다. 갈라진 틈을 작은 쇠 띠로 고정시켜놓은 곳들도 있었다. 그리고 볼록한 옹이들, 그것들은 450년의 세월을 건너와 현재의 시간을 빼꼼히 내다보고 있는 눈처럼 반짝거렸다. 침실 유리창으로 스며든 흐린 빛조차 가닿지 못하는 어두운 구석에 아기 윌리엄이 누웠던 작은 침대가 놓여 있었다. 그것이 풍기는 따스하고 부드러운 정감이 아련한 아기 냄새의 환각을 불러일으켰다. 윌리엄은 거기에서 "필리콕(펠리컨), 필리콕, 언덕에 앉아 있네" 같은 자장가를 들었으리라. 이 구절은 『리어 왕』에서 광인의 넋두리로 환기되고 있으니 말이다.

'문학적 순례자들'이라는 제목의 안내판에는 이 집의 보존 내력이 적혀 있었다. 1847년 찰스 디킨스Charles Dickens를 비롯한 많은 사람들이 셰익스피어 연극 공연으로 모금한 3천 파운드로 사들여 보존해왔다는 내용이었다. 나는 평소에 하찮게 여기던 일상적 도구들까지 유심히 들여다보고 나서 햇살 가득한 뒤뜰로 나가 벤치에 앉았다.

마당 공터의 하얀 천막 아래에서는 두 사내가 번갈아가며 셰익스피어 연극의 대사를 읊고 있었다. 그들의 얼굴에는 별다른 감흥이 배어 있지 않았다. 맥락에서 이탈한 대사들이 뜨거운 대기 속으로 나른하게 울려 퍼졌다. 그들은 구경꾼들이 있거나 없거나 자신들의 일을 성실히 해내는 듯 보였다. 그리고 정원 끝자락에 높이 2미터, 길이 10미터쯤 되어 보이는 '월 북Wall Book'이 세워져 있었다. 셰익스피어의 작품 세계를 한눈에 훑어볼 수 있도록 만화 풍으로 그린 그림과 명대사들이 그 벽면을 가득 채우고 있었다.

월리엄의 아버지 존 셰익스피어가 스트랫퍼드로 이사 온 1550년대에, 프로테스탄트 교도들은 가톨릭 신자인 메리 여왕의 통치기에 온갖 고문 끝에 화형에 처해졌다. 그 불길 속에서 갓 태어난 아이는 타들어가는 시체 위로 다시 던져졌다. 스트랫퍼드는 그런 화형장들이 있는 코벤트리, 리치필드, 글로스터, 워튼언더에지, 밴버리, 옥스퍼드, 노샘프턴, 레스터에 둘러싸여 있었다.

1558년 스물다섯 살에 왕위에 오른 엘리자베스 1세의 통치기에는 가톨릭교도들이 유사한 곤경을 치렀다. 이렇게 두 차례에 걸친 종교적 박해로 인해 지역사회들은 서로 반목하고, 우정이 깨지고, 가족이 흩어지며 숱한 생령들이 공포와 연민에 시달렸다. 종교의 광란이 지나가고 나면 페스트가 수많은 생명을 앗아갔다. 헨리 가는 중세 이래 흑사병의 통로였다. 윌리엄이 유아기였을 때에도 흑사병이 창궐했고, 그의 어머니가 윌리엄 이전에 낳은 아이들도 모두 죽었다. 창문들은 모두 봉해졌고, 거리 곳곳이 불탔다. "위안은 하늘에" 있고, "살아 있는 것은 십자가와 근심, 그리고 슬픔뿐"(『리처드 2세』, 2.2.78-79)이었다.

장갑 장인이었던 존 셰익스피어가 스트랫퍼드 최고 행정관의

셰익스피어의 생가 전경

1847년 찰스 디킨스를 비롯한 많은 사람들이 셰익스피어 연극 공연으로 모금한 돈으로 사들여 보존해왔다. 윌리엄 셰익스피어가 이 세상에 태어난 1564년 4월 23일 이후, 어쩌면 그 이전부터 윌리엄의 아버지 존 셰익스피어는 더 넓은 새집을 구상했을 것이다. 그는 집을 새로 짓는 대신 헨리 가에 나란히 서 있는 이층집 두 채를 하나로 이어 붙였다. 그렇게 하여 두 집 사이의 공간이 집 안으로 들어오게 되었고, 박공이 세 개인 집이 생겨났다.

자리에 오른 것을 보면, 그 시대 사람들은 노동을 천하게 여기지 않았던 것으로 보인다. 그렇지만 사업이 기울면서 그는 양모의 불법 거래에 연루되어 곤욕을 치렀고, 많은 부채까지 짊어지게 되었다. 존 셰익스피어는 윌리엄이 열다섯 번째 생일을 맞이하기 직전에 아들의 학업을 중단시켰다. 어떤 평전은 존 셰익스피어에게 일손이 부족했기 때문이라고 써놓았지만, 장갑 사업은 이미 사양길로 접어들었던 것으로 보아 경제적 파탄 때문이었을 가능성이 크다. 윌리엄은 가업을 거들면서 아버지가 처한 경제적 어려움—그 당시 존 셰익스피어는 채권자에게 시달릴 것이 두려워 교회에도 가지 못했다—을 뼈저리게 느꼈을 것이다.

그때의 경험이 셰익스피어에게 무의미한 것만은 아니었던 것으로 보인다. 장갑은 그의 작품들에서 단순한 물건 이상의 의미를 부여받고 있으며, 때로는 빼어난 비유의 매개가 되기도 한다. 『십이야』에서 부드러운 가죽으로 만든 장갑은 너무도 쉽게 뒤집히는 언어의 속성에 대한 절묘한 비유가 된다. 그리고 그의 생애에 일관되게 유지된 근검절약의 태도 또한 그 시절에 몸에 익혔을 것이다.

스트랫퍼드를 떠난 이후 셰익스피어는 집에 오는 일이 드물었지만, 1596년 아들 햄넷Hamnet이 죽자 그는 다시 한번 고향으로 돌아온다. 그때 아이는 열한 살이었다. 아들이 죽은 후 셰익스피어의 내면에 심대한 변화가 찾아온다. 고통에 대한 생각이 지적 복잡성을 띠게 되었고, 등장인물들의 치유할 수 없는 고통도 자신의 것인 양 울림이 깊어진다. 그는 햄넷이 죽은 직후에도 작품을 썼다. 『존왕』이다. 이 연극에서는 아들을 잃은 어머니의 절규가 절절하게 울려 퍼진다.

오 하느님! 내 아이, 내 아서, 어여쁜 내 아들!
나의 생명, 나의 기쁨, 나의 양식, 나의 온 세상!
이 과부의 위로, 내 슬픔의 치료 약!
  ─『존 왕』, 3.4.103-105

아들을 잃은 셰익스피어의 마음도 이와 다르지 않았을 것이다. 햄넷이 죽은 이듬해에 셰익스피어의 가족은 거주지를 다른 곳으로 옮겼다. 새로 구입한 집은 벽돌과 목재로 지은 3층짜리 커다란 집이었다. 이 집은 스케치로 남아 셰익스피어의 세속적 성공을 가늠케 해주는 증거로 거론되기도 한다. 다섯 개의 박공, 벽난로가 있는 열 개의 방, 삼면의 정원과 과수원, 두 개의 외양간과 별채들을 거느린 이 집 '뉴 플레이스New Place'는 이름에 걸맞지 않게 음산한 내력을 지녔다. 그 집의 전전 주인은 딸을 독살했고, 바로 전 주인은 아들에게 독살되었다. 셰익스피어는 예전의 음산한 분위기를 지워버리기라도 하려는 듯 그 집 정원에 여덟 종류의 장미와 사과나무를 심었던 것으로 전해진다. 그 집은 새 주인에 의해 1702년에 재건축되었고, 1759년에 완전히 철거되었다.

셰익스피어의 생가를 뒤로한 채 나는 지향 없이 걸었다. 생가는 거기에서 나고 자란 사람의 존재를 빚어내는 거푸집 같은 게 아닐까? 그렇다면 윌리엄이 집을 떠난 것은 그의 생애에서 가장 중요

생가의 정원

생가 마당 공터의 하얀 천막 아래에서는 두 사내가 번갈아가며 셰익스피어의 연극 대사를 읊고 있었다. 그들은 구경꾼들이 있거나 없거나 자신들의 일을 성실히 해내는 듯 보였다.

월 북 오브 셰익스피어

정원 끝자락에 높이 2미터, 길이 10미터쯤 되어 보이는 '월 북Wall Book'이 세워져 있었다. 셰익스피어의 작품 세계를 한눈에 훑어볼 수 있도록 만화 풍으로 그린 그림과 명대사들이 그 벽면을 가득 채우고 있었다.

한 사건일 수밖에 없을 것이다. 스트랫퍼드를 떠나는 순간부터 이 시골 청년은 한 치 앞도 내다볼 수 없는 어둠 속에서 미래로부터 오는 빛이 희미할수록 더 치열하게 걸었으리라. 그렇게 온몸으로 맞닥뜨린 세계의 단면들이 그의 신체 속으로 침투하여 새로운 정신을 빚어냈을지도 모른다. 그렇다면 그에게 스트랫퍼드와 런던 사이의 거리는 공간적 개념으로 환원될 수 있는 게 아닐 것이다. 그것은 '윌리엄'과 '셰익스피어' 사이의 거리, 스트랫퍼드가 빚어 낸 청년과 세계적인 극작가 사이의 거리일 수밖에 없다. 그러니 그 미지의 8년간은, 그가 어디서 무엇을 했든, 자신의 존재를 새롭게 벼려내려는 의지가 들끓었던 용광로 같은 것이었으리라.

스트랫퍼드, 마르지 않는 기억의 샘물

윌리엄이 다녔던 학교는 '도둑맞은 편지'처럼 눈에 잘 띄는 곳에 숨겨져 있었다. 이미 알고 찾아간 사람이 아니고서는 도저히 알아볼 수 없는 모습으로 비슷한 모양의 다른 집들 사이에 끼어 있었다. 눈에 띄는 표지도 없었고, 문은 굳게 닫혀 있었다. 시커멓게 퇴색한 나무 창살 사이로 들여다보니, 텅 빈 공간에 어둠만 가득했다.

그 학교는 '킹스 뉴 스쿨King's New School'로 불렸지만, 새롭지도 않았고 왕이 세운 것도 아니었다. 마을의 길드가 15세기 초에 세웠다. 이 학교에서 윌리엄은 일곱 살에서 열다섯 번째 생일 직전까지, 여름에는 아침 6시, 겨울에는 아침 7시에서 오후 5시 30분까지, 일주일에 6일, 일 년 열두 달을 한결같이 공부했다. 그렇지만 학교의 기록 문서는 남아 있는 것이 없다. 그래서 보여줄 것이 아무것도 없는 그곳은 텅 빈 어둠을 품은 채 장소의 표지로만 남게 되었을 것이다.

인구가 1,200명 정도였던 당시의 스트랫퍼드에서 그 학교의 학생들은 엘리트에 속했다. 학교의 교육 과정은 라틴어에 편중되어 있었다. 그 당시 라틴어는 교양이자 품위의 상징이었고, 출세의 수단이기도 했다. 윌리엄은 상급생 시절에 베르길리우스, 호라티우스, 오비디우스, 루크레티우스 등의 작품들을 읽었고, 그리스어 신약성서까지 배웠다. 이러한 교재들을 통해 윌리엄은 르네상스의 물결 속에서 복원된 인간의 복잡 미묘한 심성과 인문적 지식들을 터득하고, 위대한 시인들의 유명한 구절들도 암송했을 것이다. 셰익스피어의 작품들 여기저기에 출몰하는 단어 놀이나 말장난을 보면, 그 당시 소년들은 라틴어 단어들과 유사한 발음의 영어를 떠올리거나 동음이의어를 사용한 말장난에 빠져들기도 했던 것으로 보인다. 『윈저의 즐거운 아낙네들』에서 에번스 목사는 윌리엄에게 라틴어에 대한 이런저런 질문을 던진다. 그런데 곁에서 듣고 있던 퀴클리 부인이 발음이 유사한 영어 단어들을 떠올리며 계속 끼어든다. '아름답다'가 라틴어로 뭐냐는 질문에 윌리엄이 '풀케르pulcher'라고 대답하자, 그녀가 "폴캐츠polecats, 긴털족제비! 폴캐츠보다 아름다운 것들도 있단다, 정말이야."(4.1.25) 하는 식이다.

그 당시 영국 아이들은 연극을 쉽게 접할 수 있는 환경 속에서 자랐다. 지방 소도시 장터에서는 늘 다양한 연행이 펼쳐졌고, 극단들은 여러 지방을 순회하며 공연을 했다. 기록 문서에 따르면, 레스터, 워릭, 더비, 스트레인지, 버클리, 에식스 등의 유명한 극단들이 스트랫퍼드를 방문하였고, 존 셰익스피어는 그곳의 최고 행정관으로서 두 극단의 비용을 관할 구에서 치르게 했다. 새로 온 극단이 펼치는 첫 공연은 '시장의 연극Mayor's Play'으로 불렸다. 제일 먼저 시장과 의원, 그리고 다른 공무원들 앞에서 공연되었기 때문이다. 그러니 윌리엄에게도 그런 공연을 볼 기회가 있었을 테고, 어쩌면 그때의 경험이 일생 동안 지울 수 없는 기억으로 남았을 것이다.

셰익스피어의 연극에는 그의 어린 시절에 유행했던 도덕극의 흔적이 흐릿하게나마 남아 있다. 특히, 몇몇 등장인물의 이름은 도덕적 의미를 함축하고 있다. 『헨리 4세』에 나오는 창녀 '뜯어내도 괜찮은 페이지' 돌 테어시트Doll Tearsheet, '밤일' 제인 나잇워크Jane Nightwork, '덫, 올가미' 병장 스네어Snare와 '송곳니' 팽Fang, 『십이야』에 나오는 술꾼 '트림' 토비 벨치Toby Belch, 위선적인 청교도 '악의' 말볼리오Malvolio 등의 이름들이 그렇다. 그렇지만 셰익스피어는 도덕극이 추방해버린 것의 빈자리를 발견했고 그것을 인간의 본성으로 채워갔다. 그렇게 하여, 자신들의 권리를 주장하는 악당들이 무대로 귀환했다. 『티투스 안드로니쿠스』의 무어인 아론, 『리처드 3세』의 리처드, 『리어 왕』의 에드먼드 등이 그런 인물이다. 이들과 함께 무대에는 공포와 전율이 넘쳐흐르게 되었고, 관객은 그런 장면을 보며 위반의 쾌감을 즐길 수 있게 되었다. 그렇지만 관객의 은밀한 기쁨은 악당의 비극적 결말과 함께 끝날 수밖에 없었다. 세

셰익스피어의 생가 뒷벽

앞마당은 온통 꽃밭이었지만, 내 눈길을 사로잡은 것은 그 오래된 건물의 수척한 뒷모습과 그 벽면으로 뻗어올라간 가녀린 덩굴식물이었다. 생가는 거기에서 나고 자란 사람의 존재를 빚어내는 거푸집 같은 게 아닐까? 이 집을 떠나는 순간부터 시골 청년 윌리엄은 한 치 앞도 내다볼 수 없는 어둠 속에서 미래로부터 오는 빛이 희미할수록 더 치열하게 걸었으리라. 그에게 스트랫퍼드와 런던 사이의 거리는 '윌리엄'과 '셰익스피어' 사이의 거리, 스트랫퍼드가 빚어낸 청년과 세계적인 극작가 사이의 거리일 수밖에 없다.

익스피어 역시 당시의 연극적 한계, 이를테면 선과 악 또는 복종과 저항 사이의 간극을 다 메꿀 수는 없었던 것으로 보인다.

결혼을 전후로 하여 스트랫퍼드를 떠난 이후 윌리엄이 런던 극단의 배우 명단에 이름을 올리게 되기까지 무슨 일이 있었는지를 알려주는 단서는 거의 없다. 대부분의 평전 작가들은 상상의 가교를 놓고 그 미지의 심연을 건너간다. 어떤 사람은 그의 법률 지식에 근거하여 법률사무소에서 사환으로 일했을 것으로 추측한다. 또 어떤 사람은 교사가 되어 아이들을 가르쳤을 것이라고 짐작한다. 이런 식으로 추정한다면, 법률 용어뿐 아니라 신학적·의학적·군사적 언어와 개념들에 익숙한 셰익스피어는 성직자·의료인·군인과 같은 직업을 가졌을 것으로 추정될 수도 있다. 또 어떤 사람은 이탈리아를 배경으로 한 희곡들에 나타난 지리적 지식이 그곳에 가본 사람이 아니면 쓸 수 없는 것이라는 전제 아래, 셰익스피어가 이탈리아에 가보았거나 이탈리아에 가본 사람이 그 작품들을 썼을 것이라고 단언한다.* 그렇지만 지금까지의 연구들로 미루어볼 때 셰익스피어는 영국을 떠난 적이 없었다. 이 모든 추정들이 간과하고 있는 것이 있다. 작가적 상상력이다. 빼어난 작가들은 자신이 직접 경험하지 않은 대상에 대해서도 집중적인 공부와 상상을 통해 얼마든지 '현실 효과reality effect'를 빚어낼 수 있다.

셰익스피어에 관한 연구서와 기록물을 모두 읽었다고 자부하

* 리처드 폴 로, 『셰익스피어의 이탈리아 기행』, 유향란 옮김, 오브제, 2013. 이 번역서의 제목은 셰익스피어가 직접 이탈리아에 가보고 쓴 것으로 오해될 소지가 있지만, 원서의 제목은 'The Shakespeare Guide to Italy'이다. 그러니까 이탈리아에 관한 셰익스피어 안내서이다.

는 파크 호넌Park Honan은 10년이란 세월을 바쳐 『셰익스피어 평전 Shakespeare: A Life』을 써냈다. 그 책에서 호넌은 기록에 남아 있는 '셰익세프트Shakeshafte'가 셰익스피어였을 것이라는 전제 아래 그 미지의 심연을 메꾸는 데 얼마간 성공한 것으로 보인다. 그는 윌리엄이 경제력이 왕실 다음가는 더비 백작 알렉산더 호튼 집안의 하인 생활을 하면서 귀족들의 생활 방식과 역사를 배우고, 호튼과 절친한 사이였던 토머스 헤스키스가 후원하는 극단의 배우로 가게 되었을 것으로 추정한다(Honan, 65~68쪽). 스티븐 그린블랫Stephen Greenblatt도 『세계를 향한 의지Will In The World』에서 이와 유사한 추정을 하고 있다. 1581년 '윌리엄 셰익세프트'가 헤스키스 극단의 배우 명단에 이름을 올리고 있는 것을 보면, 이들의 추론은 꽤 그럴듯해 보인다. 그렇지만 미들랜드 지방에는 실제로 '셰익세프트'라는 성을 가진 사람들이 꽤 많았다는 사실을 감안하면, 'Shakespeare'를 'Shakeshafte'로 오기했을 가능성은 그다지 커 보이지 않는다.

저녁나절, 나는 RSCRoyal Shakespeare Company 건물이 건너다보이는 공원을 산책했다. 잘 가꾸어진 꽃밭 사이로 회갈색 길들이 나 있고, 공원 중앙에는 셰익스피어의 연극에 등장하는 인물들의 조각상이 앉아 있거나 서 있었다. 나는 기다란 줄기 위에 주먹만큼 커다란 연보랏빛 꽃대궁을 달고 있는 엉겅퀴들을 유심히 바라보았다. 고개를 돌리자, 집달팽이 한 마리가 눈에 들어왔다. 그 녀석은 길 가장자리에서 화단으로 기어가고 있었다. 『뜻대로 하세요』에는 가방 멘 학생을 달팽이로 비유한 대목이 있다. '우울한 사내 자크'는 인생을 일곱 단계로 나누고, 그 두 번째 단계인 학생 시절에 대해 이렇게 말한다.

> 학교 가기 싫어서
> 책가방을 메며 징징거리는 학생
> 달팽이처럼 기어가는 빛나는 아침 얼굴.
>
> —『뜻대로 하세요』, 2.7.144-146

학생 시절의 윌리엄의 모습이 어른거린다. 그러고 보니 달팽이의 집이 보면 볼수록 어린 아이가 짊어진 책가방 같다. 그런 달팽이들이 여기저기서 기어 다니고 있었다. 달팽이는 이 연극의 다른 장면에서도 언급된다. 로잘린드가 약속 시간보다 늦게 나타난 올란도를 힐난하는 장면이다. 그녀는 차라리 달팽이에게 구애받는 게 낫겠다고 말하면서, "달팽이는 느리지만, 머리 위에 자기 집을 이고 온다"(4.1.49-50)고 말한다. 영국에는 그런 속담이 있다. 다른 작품들에서 다시 음미해볼 기회가 있겠지만, 자연이나 시골 사람들의 삶에 대한 셰익스피어의 풍부한 묘사에는 청소년 시절의 그가 스트랫퍼드에서 보고 듣고 느꼈을 것으로 보이는 경험들이 깊이 스며 있다. 그에게 스트랫퍼드는 마르지 않는 기억의 샘물이었던 것으로 보인다.

셰익스피어의 사랑과 결혼

버스에서 내리자 멀리 앤의 집이 내려다보였다. 그곳으로 내려가는 오솔길에는 키 작은 나무들이 양쪽으로 줄지어 서 있었다. 줄기가 굵지 않은 여린 나뭇가지에는 붉은빛을 머금기 시작한 초록빛 열매가 달려 있고, 나뭇가지를 휘감고 오른 덩굴에는 연보랏빛 꽃들이 피어 있었다. 사과와 완두콩 꽃이었다. 아래쪽으로 드넓게 펼쳐진 완만한 경사면에는 다양한 꽃과 그만큼 다양한 관상용 채소가 눈부신 햇살 아래 절정의 생명감을 뿜어내고 있었다. 화사한 분위기에 감싸여 있는 풍경 속으로 활처럼 굽은 길이 나 있고, 그 끝자락 축대 위에 기다란 초가집이 앉아 있었다. 경사가 가파른 지붕은 소녀의 단발머리처럼 단정하게 다듬어져 있었다.

집 안으로 들어서자 입구 오른쪽에 거실과 부엌이 있었다. 결혼 전 앤이 자주 사용했을 오븐과 화덕은 기름을 칠해놓아 새까맣게 번들거렸다. 집 안은 침침하고 눅진한 분위기에 잠겨 있었다. 2층으로 올라가자, 계단 맞은편 벽면에 붙여놓은 포스터 풍의 그림 하나가 눈에 들어왔다. 물에 빠진 오필리아가 넓게 펼쳐진 풍성한 옷 위에 아주 잠깐 떠 있는 순간을 그린 것이었다. 그녀는 버드나무 가지가 개울 쪽으로 휘늘어져 있는 기슭에서 꽃다발을 만든다. "미나리아재비, 쐐기풀, 데이지, 그리고 자줏빛 난초, 이걸 방종한 목동들은 흉한 이름으로 부르지만, 우리네 정결한 처녀들은 죽은 사람의 손가락이라 부르지."(4.7.144-147) 이런 꽃들로 화환을 만들어 걸어두려다가 나뭇가지가 꺾이는 바람에 그녀는 물에 빠진다. 조용히 흐르는 냇물, 흩뿌려진 꽃들, 넓게 펼쳐진 옷과 풍성한 머릿결에 감싸인 평화로운 얼굴, 그 짧은 시간 속으로 파고드는 노래가 그녀의 비극을 절정의 아름다움으로 끌어올린다.

앤의 집에서 나와 왼쪽으로 내려가자 넓은 공터가 있었다. 나는 커다란 나무 아래 놓인 벤치에 앉아 주변 풍경을 둘러보았다. 키 큰 나무들이 울창한 오래된 숲이었다. 아마 앤과 윌리엄에게도 그 숲속을 거닌 시간이 있었으리라. 1582년의 여름은 뭇 생명들을 풍성하게 키워냈던 것으로 보인다. 통계에 따르면 그해 영국의 곡물 생산량은 12년 만의 최고치를 기록했고, 평균 수확량보다 20퍼센트가 많았다. 셰익스피어의 시에서 '여름날'은 언제나 뜨거운 사랑에 대한 은유로 쓰인다. 그해 여름날 윌리엄은 사랑에 빠졌고, 앤은 아이를 가졌다. 그렇지만 이러한 자연의 축복도 범죄가 될 수 있는 시절이었다. 당시에는 혼전 성관계를 법으로 엄격히 금지했고, 그 법을 위반한 사람은 벌금을 물고 공공장소에서 사죄해야 했다. 미성년자였던 윌리엄도 그런 절차를 피할 수 없었다. 앤과 윌리엄은 그해 11월에 결혼을 했고, 여섯 달 뒤에 큰딸 수재너Susanna를 낳았다.

이들의 결혼을 두고 어떤 전기 작가는 '노처녀'였던 앤이 결혼을 서둘렀을 것으로 추정한다. 그렇지만 1600년의 통계에 따르면, 당시 결혼 적령기는 남성은 28세, 여성은 26세였다. 그러니 앤은 평균 나이에, 윌리엄은 평균보다 10년이나 빨리 결혼을 한 셈이다.

보통 사람으로서는 엄두도 못 낼 윌리엄의 행위는 르네상스 이후의 자연주의적 세계관과 앎을 행동으로 옮길 수 있는 용기 없이

셰익스피어의 아내 앤 해서웨이의 생가

셰익스피어의 시에서 '여름날'은 언제나 뜨거운 사랑에 대한 은유로 쓰인다. 1582년 여름, 윌리엄은 사랑에 빠졌고, 앤은 아이를 가졌다. 당시에는 혼전 성관계를 법으로 엄격히 금지했고, 그 법을 위반한 사람은 벌금을 물고 공공장소에서 사죄해야 했다. 미성년자였던 윌리엄도 그런 절차를 피할 수 없었다. 앤과 윌리엄은 그해 11월에 결혼했고, 여섯 달 뒤에 큰딸 수재너를 낳았다.

는 불가능했을 것이다. 윌리엄에게 이상적인 사랑이 꽃필 수 있는 장소는 이탈리아였다. 이 나라는 젊은이들의 사랑에 너그러웠다. 로미오와 줄리엣은 나이가 어린데 결혼을 서두른다. 첫 만남이 이루어진 다음 날, 로미오는 주례를 부탁하기 위해 라우렌체 수사를 찾아가고, 줄리엣은 로미오의 소식을 전해줄 유모를 기다린다. 그녀는 초조하다 못해 조급해져서 유모의 늙음까지 탓한다. "늙은이들은, 대부분 죽은 사람처럼 군다니까. 둔하고, 느리고, 납처럼 무겁고 창백해."(2.4.14-16) 유모가 들어오자, 줄리엣이 숨 돌릴 틈도 없이 몰아붙인다. 그녀는, 숨넘어가겠다는 유모의 항의조차 공박한다. "숨이 어떻게 넘어가길래, 나한테 숨넘어간다고 말할 숨은 남아 있는 거야?"(2.4.30-31) 어쩌면 임신 중이었던 앤도 줄리엣에 못지않았을 것이다. 그 당시 미혼모는 격렬하고 끈질긴 사회적 비난에 시달렸고, 사생아는 마을 공동체의 천덕꾸러기였으니까. 윌리엄은 앤과 배 속의 아이에게 그런 운명을 감당하게 할 수는 없었을 것이다.

어떤 비평가들은 셰익스피어의 작품들에 나오는 '불행한 결혼'의 예를 들추면서 앤과 윌리엄의 결혼 생활도 불행했을 것이라고 추정한다. 『헨리 6세』 1부에서, 서포크 백작은 '강요된 결혼'은 불행의 첩경이라고 말한다. "강요된 결혼이 지옥이 아니면 무엇이겠소,/불화와 끊임없는 싸움의 시기 아니겠소."(5.6.62-63) 3부에서는 글로스터 공작이 그와 유사한 말을 한다. "서둘러 하는 결혼은 잘되는 경우가 드물지요."(4.1.18)

그렇지만 작품의 특정한 내용으로 작가의 생각과 삶을 유추하

는 것은 과잉 해석의 오류에 빠져들기 쉽다. 파크 호넌은 『뜻대로
하세요』에 나오는 우유 짜는 처녀의 '튼 손'을 두고, 남편의 사랑
없이 집에서 아이들을 키우며 많은 일을 했을 앤의 손도 그랬을 것
으로 추측한다. 이 비평가는 햄릿이 오필리아에게 "나는 너를 사
랑하지 않았다"고 말하는 대목을 들추며 앤을 향한 윌리엄의 감정
도 그랬을 것이라고 추측하기까지 한다. 그렇지만 햄릿은 예견되
는 자신의 비극에 오필리아를 끌어들이지 않으려고 본심을 숨긴
채 그렇게 말했을 뿐이다. 이처럼 작품 속의 특수한 예들을 들추어
내며 앤과 윌리엄의 관계를 유추하는 것은 작품과 작가의 삶 모두
를 왜곡하는 결과로 이어지기 쉽다.

　버스가 공터로 들어왔다. 버스의 2층으로 올라가 자리에 앉았
다. 한동안 우거진 숲길이 이어졌다. 이따금 휘늘어진 나뭇가지들
이 버스의 모서리에 탁탁 부딪혔다. 잘 가라는 손짓 같기도, 붙잡
으려는 손길 같기도 했다. 알 수 없는 아쉬움이 밀려왔다. 전기 작
가들은 앤의 아버지 리처드 해서웨이나 그녀의 오빠들, 그리고 그
집안의 경제적 규모 등에 대해서는 비교적 자세히 서술해놓았지
만, 앤과 윌리엄의 사랑에 대해서는 막연한 추측들만 늘어놓는다.
그런가 하면, 〈셰익스피어 인 러브〉(존 매든 감독, 1998)라는 영화는
앤의 존재를 완전히 삭제해버렸다. 이 영화는 1999년 아카데미상
13개 부문의 후보로 오를 만큼 성공을 거두었지만, 다른 여성과의
가상 로맨스에 초점을 맞추면서 셰익스피어의 삶을 제멋대로 왜
곡해버렸다. 이 영화 속의 '윌'(윌리엄)은 공부 벌레이자 쉼 없이 글

을 썼던 셰익스피어의 모습과는 거리가 멀다. 이 영화에서, 결혼은 했느냐는 점성술사의 질문에 윌은 이렇게 대답한다. "쌍둥이를 낳은 후 부부 관계가 식어버렸죠." 이러한 구도 속에 앤이 들어설 자리는 없다. 그러고 보니 나 역시 셰익스피어의 생가에서 그 집의 안주인이었던 앤의 존재를 까맣게 잊고 있었다. 그녀에 대한 연민과 함께 뒤늦은 후회가 밀려왔다.

'옛날 초가 술집'에서 — 셰익스피어의 친구들과 폴스타프

추적추적 비가 내렸다. 우산도 없이 빗속을 걷다가 고개를 들자 길 건너편에 초가지붕을 얹은 건물이 눈에 들어왔다. 지붕은 인공 소재로 만든 것이 분명해 보였지만 그런대로 옛날 정취를 자아내고 있었다. 앞쪽 벽면에는 '옛날 초가 술집Old Thatch Tavern'이라는 간판 글씨가 맑은 전등 빛 아래 하얗게 빛나고 있었다.

길을 건너 안으로 들어서자 꽤 넓은 공간이 나타났다. 많은 사람들이 식사를 하거나 술을 마시고 있었다. 창가의 큰 테이블에서는 초로의 신사와 숙녀들이 담소를 즐기고 있었다. 나는 맥주를 마시다가 담배를 피울 겸 뒤뜰로 나갔다. 맞은편 담벼락에는 비에 젖은 인동이 휘늘어져 있었다. 흠뻑 젖은 대기 속으로 조용히 내리는 비를 바라보는 동안 마음속까지 촉촉이 젖어들었다. 셰익스피어는 몸이 아프다는 핑계로 자주 친구들을 따돌리고 공부와 집필에 몰두했다고 한다. 그러니 이런 술집에 자주 오지는 않았을 것이다.

그래도 술을 좋아하는 사람이었으니 더러는 이런 곳에서 젊은 작가들의 재담에 귀를 기울이거나 싸움 구경을 할 기회가 없지는 않았을 것이다.

셰익스피어가 극작을 시작할 무렵 그와 동년배였던 크리스토퍼 말로Christopher Marlowe는 이미 극작가로서 명성을 떨치고 있었다. 아버지가 신발 만드는 장인이어서 출신 배경도 셰익스피어와 별로 다르지 않았지만, 그는 케임브리지 대학에서 문학 석사 학위를 받은 재기 발랄하고 급진적인 청년이었다. 1587년 런던 사람들은 그의 『탬벌레인 대왕Tamburlaine The Great』을 보기 위해 로즈 극장으로 몰려갔다. 이 연극의 주인공 가난한 스키타이 목동은 놀라운 카리스마와 결단력으로 무자비하게 세상을 정복해간다. 그의 꿈은 "지상의 왕관이 주는 달콤한 열매"(2.7.29)였다. 이 작품의 영향 아래 쓰였을 것으로 추정되는 셰익스피어의 『헨리 6세(3)』에 나오는 글로스터 공작의 꿈도 탬벌레인의 것과 다르지 않다. "왕관에 대한 꿈으로 나의 천국을 만들 거야."(3.2.168) 행동거지가 거침이 없었던 말로는 그의 절친한 친구 토머스 왓슨Thomas Watson과 함께 살인 혐의로 체포되었다가 정당방위로 풀려나기도 했다. 그의 과격한 행동은 결국 돌이킬 수 없는 파멸을 불러온다. 1593년 5월, 그는 술값 시비 끝에 칼에 찔려 죽는다. 서른 살 생일을 맞이하기 전이었다. 셰익스피어는 그에게 비가 풍의 헌사를 바쳤다.

또 다른 극작가 벤 존슨Ben Jonson은 결투에서 가브리엘 스펜서라는 사내를 죽인 죄로 벌겋게 달군 쇠로 낙인 찍혔다. 그의 왼쪽 엄지손가락에 새겨진 'T'는 사형장이 있는 마을 '타이번Tyburn'의 이

초가지붕을 얹어 옛날 정취를 자아내는 한 술집

이런 술집을 보면 떠오르는 인물이 있다. 로버트 그린이다. 케임브리지 출신에 천부적인 재능
으로 성공적인 작품을 남긴 그는 1592년 죽기 전날 밤 아내에게 편지를 썼다. 그가 남긴 놀라
운 글이 『백만 번의 후회로 얻은, 그린의 서푼짜리 재담』이라는 소책자로 출간되는데, 그 책
은 자신의 삶에 대한 회한으로 시작되지만, 당대의 배우와 극작가들에 대한 경멸과 충고로
이어진다. 셰익스피어의 작품과 인간성에 대한 직간접적인 공격도 있다. "우리의 깃털로 치장
한, 벼락출세한 까마귀가 있으니, 배우의 거죽을 쓴 호랑이의 심장을 가지고, 자네들 중 최고
인 양 무운시를 뽐내지."

니셜이었으니 그 낙인은 다시 살인을 저지르면 타이번으로 가게 된다는 뜻이었다. 벤 존슨은 벽돌공 출신으로 깡마르고 키가 큰 근육질의 사내였다. 그는 희곡을 썼고, 그의 첫 작품이 셰익스피어의 눈에 띄어 극작가가 되었다. 『누구나 제 기질대로Every Man in His Humour』의 제목이 암시하듯, 그는 처음부터 자기만의 독특한 스타일을 선보였다. 그는 셰익스피어의 찬미자이자 신랄한 비판자였다. 그의 비판은 날카롭고 신랄했다. 그는 셰익스피어의 결정적인 단점도 지적했다. "내가 기억하기로, 배우들은 자주, (셰익스피어가 무엇을 쓰든) 글을 쓰면서 한 줄도 지우지 않는 것을 그에게 명예가 되는 것처럼 말했다. 그에 대한 내 대답은, 한 천 줄쯤 지워버렸으면 좋았을 텐데였다. 그들은 악의적인 말이라고 생각했다."(Honan, 253쪽) 그렇지만 셰익스피어가 죽자 존슨은 이렇게 회상했다. "셰익스피어는 (정말) 정직했고, 개방적이고 자유로운 성품을 가졌다. 상상력이 탁월했다. 발상이 과감하고, 표현이 부드러웠다."

이런 술집을 보면 떠오르는 인물이 있다. 로버트 그린Robert Greene이다. 케임브리지 출신인 그는 천부적인 재능으로 성공적인 작품을 몇 편 썼고, 꽤 많은 돈을 벌기도 했다. 1592년 가을, 죽기 전날 밤 그는 아내에게 편지를 썼다. 그가 남긴 놀라운 글을 입수한 체틀이란 사람이 출판권을 얻어, 자기 손으로 옮겨 쓴 후 『백만 번의 후회로 얻은, 그린의 서푼짜리 재담Greene's Groats-worth of Witte, bought with a million of Repentance』이라는 소책자로 출간했다. 책은 자신의 삶에 대한 회한으로 시작되지만, 당대의 배우와 극작가들에 대한 경멸과 충고로 이어진다. 거기에는 셰익스피어의 작품과 인간성에 대한 직간접적인 공격도 있다. 놀라운 비유와 신랄한 문체로 이루어진 그의 글은 죽어가는 사람이 쓴 것인 만큼 솔직한 것으로 읽힐 가능성이 컸다. 그는 셰익스피어를 이렇게 야유했다. "우리의 깃털로 치장한, 벼락출세한 까마귀가 있으니, 배우의 거죽을 쓴 호랑이의 심장을 가지고, 자네들 중 최고인 양 무운시無韻詩를 뽐내지. 그리고 완벽한 요하네스 팍토툼Johannes factotum으로, 저 혼자 나라에서 유일한 셰이크신Shake-scene이란 자만심을 가지고 있지."(Honan, 159쪽) "배우의 거죽을 쓴 호랑이의 심장"은 『헨리 6세(3)』에서 요크 공작이 마거릿 왕비에게 말한 "오 여성의 거죽을 쓴 호랑이의 심장"(1.4.137)에 대한 패러디이고, "팍토툼"은 박식하지만 전문성을 갖추지 못한 사람을 일컫는다. 그리고 "셰이크신"은 셰익스피어의 이름을 가지고 장난친 것으로, '장면을 흔드는 자' 즉 무대를 좌지우지하는 사람으로 해석될 수 있을 것이다.

체틀은 얼마 후 인쇄물을 통해 셰익스피어에게 사과했다. 그래도 셰익스피어는 마음이 많이 아팠던지, 그의 작품들 여기저기, 특히 몇 편의 소네트에 그 흔적을 남겼다.

천박한 추문이 내 이마에 찍혔어요.
그대가 나의 나쁜 점, 좋은 점을 초록으로 뒤덮었으니,
누가 나를 좋게 말하든 나쁘게 말하든,
내가 무슨 걱정을 하겠어요?
— 소네트 112

'초록으로 뒤덮다o'er-green'는 그린의 이름을 가지고 셰익스피어가 만들어낸 말이다, 그린이 '셰이크신'을 만들어냈던 것처럼.

로버트 그린은 허우대가 큰 배불뚝이에 술고래였으며, 재치 있는 언변과 속임수로 수많은 여성들을 홀리고 친구들에게 꾼 돈을 갚지 않은 사기꾼이기도 했다. 그는 자신의 학식과 재능을 오용했다. 셰익스피어는 이런 그린을 모델 삼아 영국 문학사에서 가장 빼어난 희극적 인물, 폴스타프를 빚어냈다. 『헨리 4세』에서 그는 왕자 해리와 함께 사창가로 유명한 이스트칩의 술집에 자주 나타난다. 이 연극의 2부에서 창녀 돌 테어시트는 폴스타프를 이렇게 야유한다. "허구한 날 낮에는 싸움질, 밤에는 찌르기를 하는 늙은 몸을 짜깁기해서 천당에 가겠다고?"(2.4.229-230) 돌의 말에는 폴스타프의 방종한 삶과 이중성이 놀랄 만큼 명징하게 압축되어 있다. 그는 추잡한 사기꾼이면서 동시에 날카로운 비판자이다. 그는 자기 이익을 위해 전쟁에 참여하면서도 애국주의의 허위를 폭로하기도 한다.

폴스타프의 진면목은 비대한 몸과 재기 발랄한 언어에 있다. 그의 배는 포도주를 담는 거대한 술통으로 비유된다. 그는 귀족이면서도 뻔뻔한 쾌락주의자로서 사회의 밑바닥에 머문다. 그는 자신의 육체적 욕구에 충실하며, '명예'라는 관념과 함께 떠오르는 허위들을 단호히 거부한다. 그는 '명예'를 교리문답 형식으로 날카롭게 해부하기도 한다.

명예가 다리를 고쳐줄 수 있나? 아니면 팔을? 아니지. 아니면 상처의 아픔을 가시게 해주나? 아니지. 명예는 수술의 기술이 없어. (…)
명예가 뭔가? 하나의 낱말. 그 명예라는 낱말에 뭐가 들어 있지? 그
명예라는 게 뭐야? 허풍. 바로 그거야. 누가 그걸 갖고 있나? 수요일
에 죽은 자. 그가 명예를 느끼나? 아니야. 그가 명예를 듣나? 아니
야. 그럼 명예는 감지될 수 없나? 있지, 죽은 자에게. 하지만 명예가
산 자와 함께 살 수 있잖은가? 아니야. 왜? 중상모략이 그걸 가만두
지 않으니까. 그래서 난 명예는 사양할 거야. 명예는 상장喪章에 지
나지 않아. 이제 나의 교리문답은 끝.

—『헨리 4세(2)』, 5.1.131-140

폴스타프의 신체적 과잉과 언어적 방종은 절묘한 조화를 이룬
다. 술에 젖어 스스로 즐거운 몸과 사회적 통념을 전복시키는 언어
적 능력을 제거하면, 그는 천박한 배불뚝이 사기꾼일 뿐이다.『헨
리 4세(2)』에서 그는 술집에 혼자 남게 되자 살짝 기분이 상해서
투덜거린다. 그러고는 그 유명한 '술 예찬'에 빠져든다.

좋은 셰리주는 두 가지 기능이 있지. 뇌 속으로 올라가, 그 안의 어
리석고 둔하고 쓸데없는 걱정들을 날려버리고, 머리를 명민하고,
재빠르고, 창조적이게 하고, 날래고, 불같고, 매력적인 형상들로 가
득 채우는데, 이 형상들이 목소리와 혀에 전달되어 탁월한 재치가
되는 거지. (…) 셰리주는 피를 따스하게 하고, 안에서 사지 끝까지
돌게 해주지. 그것이 얼굴을 밝혀, 봉화처럼 이 작은 왕국, 사람의
나머지 모든 부분까지 무장하라는 경보를 보내지. 그러면 생기 넘

『헨리 4세』의 배불뚝이 술고래 폴스타프의 동상

그는 영국 문학사에서 가장 빼어난 희극적 인물로 꼽힌다. 술과 함께 인생을 찬미한 폴스타프가 없었다면 『헨리 4세』는 피비린내만 풍기는 살벌한 사극이 되고 말았을 것이다. 연극을 좋아했던 엘리자베스 여왕은 셰익스피어에게 사랑에 빠진 폴스타프를 주인공으로 작품을 써보라고 권유했다. 셰익스피어는 즉시 응했고, 2주 만에 완성한 것이 『윈저의 즐거운 아낙네들』이다.

치는 평민들과 내륙의 하찮은 사람들까지 모두 자기네 지휘관, 심장에 모여들고, 그것은 자기를 따르는 자들로 거대하게 부풀어 올라, 용기 있는 행동이라면 뭐든지 하는 거지. 그러니까 이 용맹스러움은 셰리주에서 온단 말이지. 그러니 무기 다루는 솜씨는 술이 없으면 아무것도 아니야, 무기를 작동시키는 게 술이니까. 그리고 학식이란 악마가 지키는 보물 창고에 지나지 않아, 술이 그 안에 들어가서 그걸 작동시키고 사용하기 전까지는 말이야. 해리 왕자가 용감한 것도 여기에서 비롯된 거야. 아버지에게서 선천적으로 물려받은 차가운 피는, 메마르고, 척박하고, 헐벗은 땅과 같으니까, 엄청난 양의 술을 잘 마시는 탁월한 노력으로, 거름 주고, 밭을 갈고, 씨를 뿌려서, 그가 아주 화끈하고 용감하게 된 거야. 내게 천 명의 아들이 있다면, 내가 가르칠 첫 번째 인생 수칙은 묽은 술은 멀리하고 셰리주에 중독되어야 한다는 거야.

— 4.2.93-120

이렇게 술과 함께 인생을 찬미한 폴스타프가 없었다면, 『헨리 4세』는 음모와 배반과 전쟁의 피비린내만 풍기는 살벌한 사극이 되고 말았을 것이다. 그는 당시 사회 속으로 술처럼 번져 들어가 상층부와 하층부를 매개하는 역할을 무심히 해낸다. 이런 폴스타프도 왕위에 오른 해리에게 면박을 당하고, 자신을 그렇게 대하는 왕에 대해 옹색한 변명을 하며 군중 속으로 사라진다.

연극을 좋아했던 엘리자베스 여왕은 셰익스피어에게 사랑에 빠진 폴스타프가 주인공인 작품을 써보라고 권유했다. 셰익스피어는 즉시 응했고, 2주 만에 완성한 것이 『윈저의 즐거운 아낙네들』이다. 이 연극에서 폴스타프는 날카로운 위트, 전복적인 지성, 그리고 활달한 쾌락주의자의 면모를 유감없이 드러낸다. 그렇지만 이 작품 속 폴스타프는 사랑에 빠졌다기보다는 파산 상태에서 벗어나려고 유부녀들에게 거짓 편지를 보내는 사기꾼일 뿐이다. 폴스타프의 표적이 되었다가 그의 실체를 알게 된 페이지 부인은 이렇게 말한다. "내가 장담하는데 그는 이런 편지가 수천 통 될 거예요, 서로 다른 이름들을 쓸 자리만 빈칸으로 두는 거지."(2.1.69-70) 사기 행각이 들통난 순간 그는 가련한 놀림감으로 전락하고 만다.

나는 술집 안을 천천히 둘러보았다. 가족이나 친구나 연인 사이로 보이는 사람들이 조용히 앉아 식사나 담소를 즐기고 있었다. 하나같이 점잖은 교양인들처럼 보였다. 400년이란 세월의 흔적 같은 것은 남아 있지 않았다. '옛날 초가 술집'이라, 나는 속으로 중얼거리며 자리를 털고 일어났다.

셰익스피어의 유언과 묘지

셰익스피어의 사위네 집을 찾아간 날에도 비가 내렸다. 수재녀와 결혼하기 직전에 의사로 개업한 존 홀John Hall은 100가지 이상의 약초와 진주 및 산호를 약재로 썼고, 자신의 치료법을 책으로 써내기도 했다. 그런 만큼 홀의 정원은 식물의 종류가 다양하기로 유명하다. 그의 집은 장인의 집보다 번듯하고 컸다. 집 안 구석구석을 살피고 밖으로 나오자 빗줄기는 더 굵어져 있었고, 그 많던 관광객들은 다 어디로 갔는지 정원은 텅 비어 있었다. 꽃밭 가운데를 가로지르는 샛길을 지나자, 낮은 돌담 너머로 잔디가 깔린 드넓은 정원이 보였다. 거기에는 셰익스피어의 집 뽕나무 가지를 꺾어다 심었다고 전해지는 거대한 뽕나무 한 그루가 서 있었다. 그 나무는 '서 있다'는 말이 무색할 만큼 잎이 풍성한 가지들을 넓게 펼치고 있었다. 길게 뻗은 늙은 가지 하나는 제 무게를 가누지 못해 돌무더기 위에 얹혀 있었다. 나는 까맣게 익은 오디 하나를 땄다. 그 농익은 열매가 뭉크러지며 검붉은 즙이 비에 젖은 손바닥 위로 핏물처럼 번졌다. 입에 넣자, 달콤한 맛이 은은히 번졌다. 서늘한 전율이 가슴을 훑고 지나갔다.

그 정원 한쪽에는 셰익스피어의 작품에 나오는 인물들의 조각상이 서 있었다. 『줄리어스 시저』의 세 주인공의 얼굴을 겹쳐놓은 듯 보이는 조각상도 있었다. 시저와 안토니우스의 것으로 보이는 두 개의 얼굴은 찰싹 달라붙어 있고, 브루투스의 것으로 보이는 얼굴은 두 사람과 살짝 떨어진 채 그들을 응시하고 있었다. 아래쪽 글자판에는 브루투스의 독백이 양각되어 있다. '사람들은 꼭대기까지 올라가고 나면 자기를 높은 곳으로 올려준 낮은 것들을 경멸한다. 시저도 아마 그럴 것이다. 그러니, 그러지 못하게 막아야 한다'는 내용이었다. 또 하나의 조각은 묘비처럼 세워진 커다란 청동덩어리에 '에필로그'를 찍어 넣은 것이었다. 『폭풍』의 주인공 프로스페로의 것이었다. "나의 마법은 폐기되었으니 이제 내 힘은 미약하기 그지없습니다. (…) 여러분의 호평이 내 귀향의 돛을 부풀어 오르게 하지 않으면, 여러분을 즐겁게 하려던 나의 계획은 실패한 것입니다.” 이 말이 나에게는 은퇴와 귀향을 준비하고 있던 셰익스피어 자신의 말처럼 들려왔다.

이 작품을 남기고 셰익스피어는 고향으로 돌아갔다. 그리고 1616년 3월 중순 몸져누웠다. 그의 생애와 함께 흘러왔던 모든 것, 그가 이룩했던 모든 것이 절대적 단절을 마주 보고 있었다. 그는 자신의 재산이 먼 미래까지 이어질 수 있는 방법을 궁리했다. 한번 쓰면 고치는 법이 없었던 창작과는 달리, 고칠 때마다 새로 작성한 유서가 무려 134통이나 되었다. 거기에 담긴 뜻이 자신의 재산이 먼 후대까지 이어지는 것이었다면, 존 홀의 집과 정원은 그의 판단이 틀리지 않았다는 증거로 보인다. ‘내 모든 헛간, 마구간, 과수원, 정원, 토지, 주택 그리고 상속 가능한 재산이 무엇이든, 놓인 것, 누운 것과 있는 것 혹은 가져야 할 것 (…) 읍과 부락, 마을 내에 있는 모든 것, 스트랫퍼드어폰에이번, 옛 스트랫퍼드, 비숍턴 그리고 웰쿰의 들판과 땅……’ (Honan, 396쪽) 그리고 뉴 플레이스와 헨리 가의 주택과 런던에 마련한 거처까지 수재너가 받을 것들이었다. 반면 아내 앤에게는 두 번째로 좋은 침대와 은을 입사入絲한 사발 한 개만 남겼다. 아내를 철저히 무시한 것처럼 보이는 이러한 처사에 대해서는 그녀의 정신이 건강한 상태가 아니었기 때문이라는 설이 꽤 유력하게 받아들여지고 있다. 둘째 딸 주디스Judith에게는 한 푼도 남기지 않았다. 그녀가 결혼할 무렵, 남편이 될 퀴니의 애인이 아이를 낳다가 죽었다. 이 사건은 셰익스피어에게 적잖은 불명예

셰익스피어의 사위 존 홀의 정원에 있는 조각상

『줄리어스 시저』의 세 주인공의 얼굴을 겹쳐놓은 듯 보인다. 시저와 안토니우스의 얼굴은 찰싹 달라붙어 있고, 브루투스의 얼굴은 살짝 떨어진 채 그들을 응시하고 있다. 글자판에는 시저를 경계하는 브루투스의 독백이 양각되어 있다. '사람들은 꼭대기까지 올라가고 나면 자기를 높은 곳으로 올려준 낮은 것들을 경멸한다. 시저도 아마 그럴 것이다.'

를 안겨주었을 것이다. 그러니 딸과 사위에 대한 신뢰의 정도가 그의 편파적인 유산 분배에 상당한 영향을 끼쳤을 것으로 보인다.

고향에 돌아가게 된 프로스페로가 자기가 하는 생각이 "세 번에 한 번은 무덤일 것"이라고 말했듯이, 셰익스피어 자신도 죽음과 그 이후의 일들을 많이 생각했다. 그리고 친구들과 어울려 술을 많이 마셨다. 그는 1616년 3월 25일 유언장을 마지막으로 점검하고 떨리는 손으로 서명했다. 구불구불하고 기괴한 그 사인은 죽음이 임박한 그의 몸과 마음의 떨림을 그대로 전해준다. 그리고 4월 23일에 숨을 거두었다. 7년 후 그의 동료 배우였던 헤밍즈와 콘델은 셰익스피어의 희곡을 모아 출판했지만, 정작 작품에 대해서는 '하찮은 것들trifles'이라고 썼다. 그렇지만 셰익스피어를 신랄하게 비판했던 벤 존슨은 자신의 작품집 서문에서 셰익스피어를 "시대의 영혼! 갈채! 큰 기쁨! 우리 무대의 경이!"라고 쓰고 나서 이렇게 덧붙였다. "그는 한 시대가 아니라, 모든 시대를 위해 존재했다!"(Honan, 405쪽) 이것이 셰익스피어를 세계 최고의 작가로 올려놓은 최초의 찬사이다. 그 시대의 모든 작품 목록 가운데에서 지금까지 살아남은 것은 6분의 1에 지나지 않지만, 셰익스피어의 작품은 거의 다 살아남았다. 그럴 만큼 그는 당대에 이미 최고의 작가로 대접받았다. 그의 생애에서 가장 놀라운 사실은 상업적 압박이 오히려 그의 재능을 해방시켰다는 것이다.

존 홀의 정원을 둘러보고 나서, 나는 셰익스피어의 시신이 안치되어 있는 성삼위일체 교회를 찾아갔다. 이 교회는 옛날 모습 그대로 에이번 강가에 서 있었다. 죽은 지 이틀 후 셰익스피어는 이 교회의 성단聖壇에 안치되었다. 예수의 십자가상이 있어야 할 자리를 성직과는 무관한 한 평신도의 관이 차지하고 있는 모습이 너무도 낯설었다. 예배실 안쪽 끝에 배경처럼 펼쳐진 눈부신 스테인드글라스는 그 관의 어두운 분위기를 걷어내기는커녕 둘 사이의 부조화만 두드러져 보이게 했다. 자신의 뼈들을 건드리지 말라는 유언을 남겼던 것을 생각하면, 셰익스피어는 그 수많은 참배객들을 별로 달가워하지 않을 것이다. 타원형 고리들로 연결된 기다란 줄이 가로막고 있어서 참배객들은 셰익스피어의 관에 좀 더 가까이 다가가고 싶은 마음을 억눌러야 했다. 나는 그것이 차라리 잘된 일이라고 생각하며 밖으로 나가 뒤뜰로 발길을 옮겼다. 바로 눈앞에 에이번 강이 유유히 흐르고 있었다.

근원적 욕망과 노년 문제에 대한 통찰—『리어 왕』

윌리엄이 학교에 다니던 시절, '레어' 혹은 '리어'로 알려진 레스터 왕의 전설이 꽤 널리 퍼져 있었다. 그 '레어'는 배은망덕한 두 딸에 의해 브리튼에서 쫓겨나지만, 막내딸 코델리아 덕에 왕위를 되찾는다. 이 이야기는 권선징악을 설파하는 도덕극의 전형적인 소재처럼 보인다. 셰익스피어도 이 전설에서 소재를 취해왔지만, 권선징악의 틀은 제거해버렸다. 그래서 구성이 훨씬 복잡해지고 리어와 코델리아가 맞이하게 되는 결말도 많이 달라졌다.

성삼위일체 교회에 안치된 셰익스피어의 묘지

안내판 뒤쪽으로 "내 뼈를 옮기는 자는 저주받을 것이다"라는 문구가 보인다. 『폭풍』을 마지
막 작품으로 완성하고 셰익스피어는 고향으로 돌아갔다. 그리고 1616년 몸져누웠다. 그의 생
애와 함께 흘러왔던 모든 것, 그가 이룩했던 모든 것이 절대적 단절을 마주 보고 있었다. 그
는 자신의 재산이 먼 미래까지 이어질 수 있는 방법을 궁리했다. 한번 쓰면 고치는 법이 없었
던 창작과 달리, 고칠 때마다 새로 작성한 유서가 무려 134통이나 되었다.

리어는 어리석게도 세 딸의 사랑을 시험한다. "딸들아, 너희들 가운데 누가 짐을 가장 사랑한다고 말하겠느냐?"(1장 45) 이 질문은 두 가지 점에서 이상하게 들린다. 하나는 '누가 가장'이라는 부사구이다. 이것은 딸들의 경쟁심을 유발할 수 있기에 아버지가 입에 올릴 만한 말이 아니다. 다른 하나는 '사랑하느냐'라고 묻지 않고 "사랑한다고 말하겠느냐"라고 묻는 것이다. 그래서 그의 질문은 '사랑'보다는 언어적 표현을 더 중시하는 듯한 인상을 준다. 코델리아의 언니들은 리어의 마음에 쏙 들 만한 말을 지어낸다. 큰딸 고너릴은 자신의 사랑은 언어적 표현과 모든 사물의 가치를 초월하는 것이라고 말한다.

> 폐하, 저는 말로 표현할 수 있는 것보다 더 폐하를 사랑합니다.
> (…)
> 표현을 넘어서고 말을 불가능하게 하는 사랑.
> 모든 비교를 능가할 만큼 폐하를 사랑합니다.
> ─『리어 왕』, 1장 49-55

모든 것을 초월하는 것은 존재하지 않는 것이다. 그러니 고너릴이 말하는 사랑도 존재할 수 없는 것이다. 그런데도 둘째 딸 리건은 언니의 말은 부족하다며, 거기에 '더 나은 것'을 덧붙인다. 그것은 자신이 "감각이 누리는 가장 소중한/다른 모든 기쁨들을 적으로 선포하고,/폐하의 사랑 속에서 홀로 행복을 느낄 줄"(1장 66-69) 안다는 것이다.

고너릴이 초월적인 사랑에 초점을 맞추고 있다면, 리건은 사랑의 유일무이성에 초점을 맞추고 있다. 코델리아의 언니들은 한껏 부풀린 거짓말의 대가로 국토의 3분의 1씩 하사받는다. 그런데 코델리아의 대답은 "아무것도 할 말이 없어요Nothing"(1장 80)이다. 그녀에게는 언니들의 거짓말을 능가할 만한 말이 아무것도 없다. 리어에게 그 대답은 사랑한다고 말할 수 있는 게 아무것도 없다는 뜻으로 들린다. 그와 함께 거짓말 속에서 살아온 그의 생애 전체가 허구가 되어버린다. 그래서 리어는 코델리아에게 이렇게 말한다. "아무것도 없는 것에서는 아무것도 나오지 않을 것이다."(1장 81) 그러고 나서도, 리어는 코델리아에게 다시 말해보라고 명령한다. 코델리아가 대답한다. "불행하게도 저는 심장을 입으로 끌어올릴 수 없나이다./저는, 더도 덜도 아니고, 제 의무에 따라 폐하를 사랑합니다."(1장 82-84) "심장을 입으로 끌어올릴 수 없"다는 말은 그녀에게도 말로는 표현할 수 없는 사랑이 있다는 것을 암시한다. 그렇지만 그녀가 입으로 끌어올릴 수 있는 말은 친족적 의무로서의 사랑뿐이다. 그녀의 대답에는 표현될 수 없는 사랑과 함께 삭제되어버린 것이 있다. 사랑과 존경에 대한 관행적인 표현, 즉 형식화된 거짓말이다.

당시의 브리튼에서는 은퇴한 노인을 법적으로 보호하지 않았다. 그래서 노인들은 굴욕에 직면하고 많은 것을 포기할 수밖에 없었다. 리어가 딸들의 사랑을 시험한 데에는 그런 노년에 대한 불안도 한 가닥 스며 있었을 것이다. 그는 자기 나름의 방식으로 노년에 대비했지만, 피하고 싶었던 일들은 어김없이 닥쳐온다. 고너릴이 리어의 수행원들이 난동을 부린다고 아버지에게 거칠게 항의하며 수행원을 줄이라고 말한다. 그 순간 리어는 왕으로서의 자신의 정체성이 사라져버린 것을 깨닫고 놀란다. "여기 나를 아는 자가 누구냐? 아, 이건 리어가 아니다."(4장 217) 리어는 둘째 딸 리건의 집으로 간다. 그렇지만 리건의 냉대는 고너릴보다 더 노골적이다. 그녀는 리어가 늙었다는 것을 강조하고 나서 이렇게 몰아붙인다. "그러니 제발 언니에게 돌아가세요. 그리고 언니에게 잘못했다고 말하세요."(7장 306-309) 그제서야 리어는 자신에게서 아버지로서의 권위조차 사라진 것을 깨닫게 된다.

> 그 애한테 용서를 빌어?
> 보아라, 이게 어디 집안 꼴이냐?
> 〔무릎 꿇으며〕 "친애하는 따님, 제가 늙었다는 걸 고백합니다.
> 노인은 불필요하지요. 제가 무릎 꿇고 빕니다,
> 저에게 옷, 침대, 그리고 음식을 주시라고요."
> ― 7장 309-313

두 딸은 리어의 수행원들과 함께 그의 정체성을 벗겨버린다. 리어는 이제 아무것도 아닌 존재로서 낯선 세상과 맞닥뜨린다. 리어는 칠흑 같이 어두운 밤의 폭풍우 속으로 뛰어든다. 파멸에 직면한 그의 입에서 무차별적인 저주가 터져 나온다.

> 생각처럼 신속한 그대 유황불들이여,

참나무를 쪼개는 벼락의 선발대들이여,

나의 백발을 태워다오. 그리고 그대 천지를 뒤흔드는 천둥이여,

두껍고 둥근 지구를 내리쳐 납작하게 만들어라.

　ー9장 4-7

　절망과 분노에서 터져 나오는 리어의 저주는 부조리하다. 이미
아무것도 아닌 존재이지만 그의 외침은 여전히 제왕적이다. 그의
극단적인 고통은 일상 언어가 감당할 수 없는 강도를 지니고 있다.
그래서 위의 인용문에는 하이픈을 넣어 새로 조합한 단어가 세 개
나 들어 있다. '생각처럼 신속한thought-executing', '선발대vaunt-courtiers',
'만물을 뒤흔드는all-shaking'.

　셰익스피어는 리어의 운명에 글로스터 백작의 운명을 겹쳐놓음
으로써 부모와 자식 세대 간의 문제를 좀 더 심층적으로 조명한다.
글로스터의 둘째 아들 에드먼드는 사생아이다. 자신의 태생적 약
점을 사회적 관습과 규범을 초월할 수 있는 권리로 여기는 그는 아
버지와 형을 이간질해 그들이 가진 것을 모두 빼앗아버린다. 글로
스터는 리건의 남편 콘월 공작에게 반역자로 몰려 두 눈알까지 뽑
히게 된다. 그렇지만 리어와 글로스터는 자신들의 물질적·신체적
박탈을 통해 가진 것이 너무 많았다는 것을 깨닫게 되고, 자신들의
과잉을 가난한 사람과 나누려는 마음을 갖게 된다.

　치유하라, 풍요로운 자여,

　너 자신을 열어 비참한 자들이 느끼는 것을 느껴라,

그러면 너는 그 과잉을 흔들어 그들에게 이르게 하고,
하늘에게 더 정의로운 것을 보여주게 될 것이다.

— 11장 30-33

재물이 넘쳐 욕망을 마음껏 누리는 자여,
느끼지 않으므로 보지 못하는, 너의 지위를 거부하고,
너의 동정심을 민첩하게 느껴라.
그리하여 과잉을 없애고, 분배를
모든 사람이 넉넉히 가지도록 하라.

— 15장 65-69

앞의 말은 리어의 것이고, 뒤의 말은 글로스터의 것이다. 리어의 '과잉superflux'은 넘칠 만큼 그득한 것을 흔들어서 널리 퍼지게 할 대상이고, 글로스터의 '과잉excess'은 도가 넘게 쌓아 올린 것을 본래의 자리로 되돌려야 할 대상이다. 그렇지만 이들은 분배와 베풂을 혼동하고 있다. 가난한 사람들은 부자들의 '과잉'을 나누어 받아야 할 존재들이 아니다. 문제는 '과잉'을 발생시키는 제도에 있지 넘치게 가진 것을 나누어 주느냐 마느냐에 있지 않은 것이다.

이 연극에서 중요한 것은 자신이 가졌던 것의 박탈을 통해 터득하게 되는 삶의 진리이다. 잔혹하기 짝이 없는 리건 부부에게 두 눈알을 뽑히고 나서 글로스터는 '느낌을 가지고 보는' 능력을 터득한다. 그는 냄새를 맡으며 도버로 가는 길을 찾는다. 몸에 대한 이 고통스러운 재발견은 리어에게도 필요한 것이다.

윌리엄 다이스의 〈폭풍 속의 리어 왕과 어릿광대〉(1851년경, 스코틀랜드 내셔널 갤러리 소장)
셰익스피어가 학교에 다니던 시절, '레어' 혹은 '리어'로 알려진 레스터 왕의 전설이 꽤 널리
퍼져 있었다. 그 '레어'는 배은망덕한 두 딸에 의해 브리튼에서 쫓겨나지만, 막내딸 코델리아
덕에 왕위를 되찾는다. 이 이야기는 권선징악을 설파하는 도덕극의 전형적인 소재처럼 보인
다. 셰익스피어도 이 전설에서 소재를 취해왔지만, 권선징악의 틀은 제거해버렸다. 리어는 어
리석게도 세 딸의 사랑을 시험했고 지위와 권력을 잃어버리고 나서야 비로소 아버지의 권위
조차 사라진 것을 깨닫게 된다.

하, 고너릴! 하, 리건! 그것들은 개처럼 알랑거렸어, (…) 내가 하는 모든 말에 '예'나 '아니오'라고 했는데 '예'와 '아니오'는 덜떨어진 신학이었어. 비가 와서 내가 젖게 될 때, 그리고 바람이 불어 나를 덜덜 떨리게 할 때, 천둥이 나의 간청을 들어주지 않을 때, 거기서 나는 그것들을 발견했고, 거기서 나는 냄새를 맡았어.

— 20장 95-101

이제 리어의 언어에는 더 이상 제왕적 권위도 일상 언어를 초월하는 장엄함도 서려 있지 않다. 관념을 이루었던 허구가 깨어지면서 되살아난 감각으로 '예'나 '아니오'의 진위를 '냄새 맡을' 수 있게 된 것이다. 그렇지만 그의 변화는 세계관의 변화에 이를 만큼 전면적인 것은 아니다. 마지막 장면에서 코델리아의 시신을 품에 안은 리어는 "쥐새끼도 생명을 가졌거늘, 어찌하여/너는 숨을 전혀 쉬지 않는 것이냐?"(24장 301-302)라고 한탄한다. 그는 여전히 '모든 생명은 다 소중하다'는 보편적 원리에는 이르지 못한 것처럼 보인다. 그렇지만 글로스터는 인간도 파리와 다르지 않다고 생각한다. "파리가 악동들에게 당하는 것처럼 우리는 신들에게 당하지./신들은 우리를 놀이 삼아 죽여."(15장 35-36) 그리고 자신의 신체적 결핍까지 그대로 끌어안는다. 그는 길 안내를 자청하는 노인에게 이렇게 말한다. "나에게는 길이 없소, 그러니 눈은 필요 없소./볼 수 있을 때에도 나는 비틀거렸소."(15장 17) 그는 자신의 감각이 접촉할 수 있는 세계의 표면에 닿아 있다.

이 작품에서 리어의 부조리한 언어와 글로스터의 조리 있는 언어는 대비적 관계 속에서 서로를 보완한다. 셰익스피어는 이처럼 이질적 성격을 지닌 인물들을 병렬함으로써 노년 문제를 바라보는 시야를 넓혀놓았고, 모든 노인은 리어와 글로스터 사이에 놓일 수 있게 되었다.

런던 브릿지와 잭 케이드 ─ 『헨리 6세』

스트랫퍼드에서 런던으로 돌아온 다음 날, 나는 제일 먼저 템스 강으로 향했다. 거기에는 언젠가 한번 건너보려고 마음먹었던 런던 브릿지도 있고, 그 강변에는 테이트 모던 갤러리와 셰익스피어 글로브Shakespeare's Globe가 있기 때문이었다. 지하철을 타고 가는 동안 런던 브릿지를 생각했다. 그 다리에는 '갈색 안개'가 자욱했다.

> 비현실적인 도시
> 어느 겨울날 새벽 갈색 안개 속으로,
> 한 무리의 사람들이 런던 브릿지 위로 흘러간다, 저렇게 많은,
> 나는 죽음이 저렇게 많은 사람들을 거둬 가버렸다고는 생각지 못했다.
> ─ Eliot, 57쪽

T. S. 엘리엇은 런던 브릿지를 바라보며 왜 하필 '죽음'을 떠올렸을까? 그 다리가 겪은 2천 년 동안의 참상 때문이었을까? 아니

면 20세기의 문명적 변화가 그에게는 마치 죽음처럼 다가왔기 때문이었을까? 아마 후자 쪽일 것이다. '갈색 안개'가 그런 느낌을 준다. 겨울날 새벽이었으니, 공장이나 가정집들에서 피운 갈탄brown coal의 연기에 오염된 안개가 자욱했을지 모른다. 미국의 남부지방에서 나고 자란 엘리엇은 이 오래된 도시의 오염된 대기에서 죽음의 냄새를 맡았을 것이다. 그와 함께 단테Dante Alighieri의 지옥이 떠올랐을 것이다. "그 뒤로는 한 무리의 기다란 행렬이 따라오는데/나는 죽음이 저렇게 많은 사람들을 거둬 가버렸다고는/생각지 못했다."(『신곡』지옥편 제3곡 55-57)

셰익스피어 시대의 런던에서는 태어나는 사람보다 죽는 사람이 더 많았다. 그래도 도시 인구는 줄지 않고 더 늘어갔다. 농촌에서 삶의 터전을 잃은 사람들이 계속 몰려들었기 때문이다. 1592년 늦여름, 역병이 창궐하여 런던 인구의 14퍼센트가 죽었다. 시 당국은 제일 먼저 사람들이 많이 모이는 극장들을 폐쇄했다. 이런 결정에는 설교자들이 한몫했다. 그들의 논리는 이런 식이었다. 역병의 원인은 죄다, 죄의 원인은 연극이다, 따라서 역병의 원인은 연극이다. 그 당시 런던의 인구는 20만 명에 지나지 않았지만, 거리는 온갖 썩어가는 것들로 악취를 풍겼다. "시 내부와 교외 모두 불결했다. 동물의 썩은 시체들이 널려 있고, 내장 찌꺼기, 똥오줌이 런던 거리에 쌓였다."(Honan, 97쪽) 매음굴도 100여 개에 이르렀다. 런던은 시골에서 인클로저로 밀려난 빈털터리들을 맞이할 준비가 되어 있지 않았다. 생존을 위한 아우성과 억압된 욕망의 파열음이 교차하는 이 도시에서 윌리엄은 냉혹한 삶의 현실과 함께 사랑과 음모, 그리고 반란의 역사에 눈뜨기 시작했을 것이다.

런던 브릿지에는 별다른 장식이 없었다. 나는 그 육중한 돌다리 위를 천천히 걸었다. 수많은 배들의 왕래에도 불구하고 템스 강은 어두운 기억을 간직한 채 조용히 흐르고 있었다. 어두운 강물은 커다란 배들이 물살을 가르며 지나갈 때에만 하얀 포말과 함께 엷은 초록빛을 띄워 올렸다. 런던 브릿지는 18세기 말에 이르러 600여 년의 노쇠를 감당하기 어려워졌고, 1824년 원래의 자리에서 30미터 떨어진 곳에 철골과 석재로 다시 지어지기 시작하여 1831년에 완공되었다. 그 후로도 몇 차례 변화를 겪었다. 대략 기원후 55년에, 로마제국이 런던을 건설하며 세운 최초의 다리는 자연 또는 인간에 의한 붕괴와 재건축을 거듭했고, 1666년 런던 대화재 때에는 불에 타 무너져 내리기도 했다. 자장가의 제목이 〈런던 브릿지가 무너진다London Bridge is Falling Down〉일 만큼, 런던 브릿지는 여러 차례 무너져 내렸다. 이 다리는 화재나 붕괴에 못지않은 무섭고 끔찍한 일도 겪어냈다. 1599년, 파울 헨츠너라는 독일인이 런던을 방문하고 그 다리를 이렇게 묘사했다.

남쪽에 잘 지어진 800피트 길이의 돌다리가 있는데, 그것은 60피트와 30피트 넓이의 네모진 돌로 이루어진 스무 개의 교각들 위에 놓여 있고, 지름이 약 20피트인 아치들과 결합되어 있다. 다리 양쪽은 전체에 걸쳐, 다리가 전혀 아닌 길이 계속되는 것처럼 보이게 하는 집들이 빽빽이 들어서 있다. 이 다리 위에는 탑 하나가 세워져 있는데, 그 꼭대기에 대역죄로 처형된 듯 보이는 사람들의 머리가

템스 강을 가로지르는 런던 브릿지
〈런던 브릿지가 무너진다〉는 제목의 자장가가 있을 만큼 이 다리는 화재와 붕괴로 여러 차례
무너져 내렸다. 다리의 쇠장대 끝에는 처형된 사람들의 머리가 내걸리기도 했다. 셰익스피어
도 이 다리에서 그런 끔찍한 광경들을 목격했을 것이다.

쇠장대들 끝에 꽂혀 있다. 우리가 세어보니 서른 개가 넘는다.[*]

셰익스피어도 이 다리에서 그런 끔찍한 광경들을 목격한 적이 있었을 것이다. 스티븐 그린블랫은 그의 외가 쪽 먼 친척 가운데에 두 사람이 효수되어 런던 브릿지의 쇠장대 끝에 머리가 내걸렸을 것으로 추정한다.

셰익스피어는 『헨리 6세(2)』의 열 개의 장으로 구성된 4막 거의 전부를 잭 케이드에 할애했다. 직물공이었던 잭 케이드는 민중을 선동하여 폭동을 일으키고 '평민의 나라'를 선포한다. 그리고 평민을 위한 경제 개혁을 약속한다. "이제 영국에서는 7페니 반짜리 빵 덩이를 1페니에 사게 되고, 세 되 가격으로 열 되를 사게 될 것이다."(4.2.58-60) 그를 따르는 한 푸주한이 이렇게 제안한다. "제일 먼저, 변호사들부터 모조리 죽입시다."(4.2.71) 폭동에 가담한 노동자들은 읽고 쓸 수 없다는 이유로 차별과 핍박에 시달렸기 때문에, 지식분자들에 대한 증오를 과격하게 드러낸다. 잭 케이드의 졸개들은 장대 끝에 귀족들의 효수된 머리를 꽂고 행진한다. 그렇지만 '깃털처럼 가벼운' 부하들의 배반으로 잭 케이드는 홀로 도망 다니다가 굶주린 배를 채우기 위해 숨어 들어간 집에서 주인에게 잡혀 죽게 된다. 그는 자신이 굶주림 때문에 잡히게 되었다고 투덜거린다. 이런 그에게서 민중의 영웅다운 모습은 눈곱만큼도 찾아볼 수 없다. 집주인은 잭 케이드를 죽이면서 저주를 퍼붓는다.

* The Project Gutenberg eBook, *Travels in England during the Elizabeth; with Fragmenta Regalia*, by Paul Hentzner, et al, Edited by Henry Morley.

죽어라 이 저주받은 놈, 널 낳은 여자의 골칫덩이!

그리고 (그를 다시 찌르며) 내 검을 네놈 몸에 처박듯

네놈의 영혼을 지옥에 처박고 싶구나.

네놈의 발을 잡고 거꾸로 질질 끌어

똥더미까지 갈 터이다, 거기가 네놈의 무덤이니,

그리고 거기서 네놈의 막돼먹은 머리통을 잘라내,

의기양양하게 왕에게 가져가겠노라,

네 몸통은 까마귀 먹이로 남겨두고.

—『헨리 6세(2)』, 4.10.76-83

작가는 잭 케이드에게 추호의 동정심도 내비치지 않는다. 잭 케이드에 대한 저주는 너무 과장되어 어딘지 어색하다. 그래서 검열에 대한 작가 자신의 공포가 서려 있는 듯 보인다. 이 연극에는 나오지 않지만, 잭 케이드의 머리는 효수되어 자신이 불태웠던 런던 브릿지의 쇠장대 끝에 꽂혔다. 효수된 머리들은 부패 방지를 위해 끓는 타르에 담겨졌다니, 그는 칠흑 같이 새까만 얼굴로 템스 강을 굽어보았을 것이다. 이런 운명을 피할 수 없었던 사람들 가운데에는 스코틀랜드 독립 전쟁의 영웅 윌리엄 월리스(1305)를 필두로, 잭 케이드(1450), 토머스 모어와 존 피셔 주교(1535), 토머스 크롬웰(1540) 등이 있다.

런던 브릿지에서 바라보는 밀레니엄 다리는 V자형 교각들 위에 날렵하게 얹혀 있었다. 나는 그 다리도 건너보았다. 맞은편 강변에 서 있는 건물들을 바라보자, 한때 셰익스피어가 알고 지낸 제닛이

라는 여인이 떠올랐다. 그녀의 집은 템스 강을 사이에 두고 글로브 극장Globe Theater을 마주 보고 있었다. 그녀의 남편 존 대버넌트는 중개업자이자 포도주 수입상이었다. 셰익스피어는 이 부부와 사귀면서 무역업에 대해서도 많은 것을 알게 된 것으로 보인다.『헨리 4세』2부에서 돌 테어시트가 폴스타프의 복부 비만을 비아냥거리는 대목에서도 그런 흔적이 엿보인다. "저 사람 안에는 상인 한 명이 배에 싣는 포도주 전량이 들어 있어."(2.4.63-64) 1600년까지 제닛이 낳은 아이들은 사산되거나 태어나자마자 죽었다. 제닛은 위안이 될 만한 사람들을 찾았다. 그 가운데에는 셰익스피어와 점성술사도 있었다. 그녀와 그녀의 남편은 런던 생활을 접고 옥스퍼드로 가서 선술집을 차렸다. 스트랫퍼드에서 가까운 그곳에서 제닛은 아들 일곱을 낳고, 그 아이들은 대부분 노년까지 살았다. 제닛의 아들 로버트에게 셰익스피어는 100번쯤 입을 맞추었다고 전해지는데 그다음에 태어난 윌리엄에게는 대부가 되어주었다. 윌리엄은 존 드라이든John Dryden의 도움으로 셰익스피어의『폭풍』을 각색하기도 했다.

셰익스피어 글로브에서
〈안토니우스와 클레오파트라〉를 보다

셰익스피어 시대의 런던에는 여덟 개 정도의 극장들이 서로 경쟁하고 있었다. 중요한 배역을 맡은 배우들은 하나의 배역에 800행 가량을 암송했고, 인기 있는 배우들은 일주일에 4,800행까지 외고 있었다. 그렇지만 배우들의 수입은 거지보다 나을 게 없었다. 그때까지 극작가는 '시인'으로 불렸다. 젊은 시절의 셰익스피어는 놀라운 속도로 집필했지만 수입은 많지 않았다. 희곡은 한 편당 6파운드에 팔렸고, 하나의 연극은 10회 남짓 공연되었다. 그러니 그가 남긴 원고들은 유산 목록에 들어갈 만한 경제적 가치가 없었다. 그렇지만 셰익스피어는 줄기차게 희곡을 써냈고, 근검절약하며 돈을 모았으며, 1599년 글로브 극장이 창립될 때에는 주주로도 참여했다.

공연이 시작되기 두 시간 전에 도착했지만, 셰익스피어 글로브의 입장권은 비싼 좌석밖에 남아 있지 않았다. 그날 공연될 연극은 〈안토니우스와 클레오파트라〉였다. 극장 안으로 들어가서 고개를 들자 둥근 하늘이 보였다. 극장의 원통형 구조 때문이었다. 회랑석의 좌석들은 기다란 통나무들을 켜놓은 것으로 폭이 좁았다. 자리에 앉으면 무릎이 앞 사람의 등에 닿을 듯 조심스러웠다. 공연 시간이 다가오자 회랑석은 물론이고 무대 앞 바닥석까지 빈자리가 없었다. 바닥석 관객들은 공연 시간 내내 바닥에 선 채로 연극을 관람해야 했다. 3층으로 이루어진 원통형 구조 때문에 글로브는 '지옥'으로 비유되기도 하지만, 진짜 지옥은 바닥석이었다. 나는 세 시간쯤 서 있어야 하는 사람들의 다리가 걱정스러웠다.

1613년 6월 29일, 글로브 극장에서는 〈모든 것은 진실〉이라는 연극이 공연되고 있었다. 목격자의 기록에 따르면, 공연 도중 지붕 위 이엉에서 가는 연기가 피어오르더니 갑자기 불꽃이 일었다. 불길은 원형 지붕을 한 바퀴 돌고 나서 안쪽으로 번졌다. 마침 불어온 바람을 타고 글로브는 한 시간도 채 안되는 사이에 전소되어 그 자리에 주저앉고 말았다. 다친 사람은 없었다. 그 극장은 이듬해에 같은 장소에 재건되었고 1642년에 문을 닫았다. 1997년, 이 극장은 원래 있던 곳에서 약 230미터 떨어진 곳에 새로 건립되었다. 이 때, 이름이 '셰익스피어 글로브'로 바뀌었다. 수용 인원은 그때의 절반 정도밖에 되지 않지만, 목조로 지은 원통형의 모양은 옛날 모습을 그대로 재현한 것이다.

이 극장에는 막이 없었다. 배우들은 무대 뒤 어두운 통로에서 불쑥불쑥 나타났다. 제일 먼저 나타난 것은 안토니우스의 측근인 필로와 데메트리우스이다. 필로가 입을 연다. "그렇지만, 우리 장군의 치정癡情은/도를 넘었어." 그리고 클레오파트라와 함께 등장하는 안토니우스를 가리키며 덧붙인다. "잘 보게, 그러면 세계를 떠받치는 세 기둥 가운데 하나인 그가/창녀의 어릿광대가 되어 있는 게 보일걸세."(1.1.11-13) '세 기둥'이란 로마를 지배하는 세 명의 집정관으로 안토니우스, 옥타비우스, 레피두스를 가리킨다.

클레오파트라 쪽으로 눈길을 돌리던 나는 조금 놀랐다. 배우가 늘씬한 몸매에 하얀 피부와 금발을 지닌 전형적인 북구형 미녀였기 때문이다. 내가 상상하던 이집트 여성의 모습과는 너무 달랐다. 그렇지만 배우의 외모가 문제될 것은 없었다. 『한여름 밤의 꿈』에서 아테네 공작 테세우스도 이렇게 말하지 않았던가. "아무리 나쁜 연극도 상상력으로 고쳐보면 나쁘지 않아요."(5.1.211) 상상을

셰익스피어 글로브 극장의 전경과 내부

원 명칭은 '글로브' 극장으로, 1613년 전소되었다가 이듬해 재건되고, 1642년에 문을 닫았다. 1997년, 원래 있던 곳에서 230미터 떨어진 곳에 새로 건립되며 이름이 '셰익스피어 글로브'로 바뀌었다. 셰익스피어 시대의 런던에는 여덟 개 정도의 극장들이 서로 경쟁하고 있었다. 중요한 배역을 맡은 배우들은 하나의 배역에 800행 가량을 암송했고, 인기 있는 배우들은 일주일에 4,800행까지 외고 있었다. 그렇지만 배우들의 수입은 거지보다 나을 게 없었다. 그 때까지 극작가는 '시인'으로 불렸다.

강조하는 셰익스피어는 연극을 '듣는다'고 말한다. 듣는 사람은 청중이다. 그런데 우리는 연극을 '본다'고 말하는 관객이다. 눈으로 보는 것과 귀로 듣는 것 사이에는 하나의 공간이 있다. 연극을 제대로 감상하려면, 자크 데리다Jacques Derrida의 말처럼, 이 '눈과 귀 사이의 공간'을 열어놓고 마음껏 상상을 펼쳐가야 한다. 이런 생각을 하며 나는 클레오파트라에게 다시 눈길을 던졌다.

그녀가 입을 연다. "나를 얼마나 사랑하는지 말해주세요." 안토니우스가 대답한다. "헤아릴 수 있는 사랑은 보잘것없는 것이오." (1.1.14-15) 그러자 클레오파트라는 사랑의 '경계'를 말해달라고 한다. 안토니우스가 다시 대답한다. "그러려면 새로운 하늘, 새로운 땅을 찾아내야 하오."(1.1.16) 자신의 사랑이 가능한 곳, 즉 "새로운 하늘, 새로운 땅"은 로마가 아니다. 그의 사랑은 로마와 공존할 수 없다. 그래서 안토니우스는 로마제국에 저주를 퍼붓는다. "로마는 티베르 강에 녹아버리고,/질서 잡힌 제국의 거대한 홍예문은 무너져라."(1.1.35-36)

클레오파트라는 도대체 어떤 여성이기에 안토니우스로 하여금 조국까지 저버리게 한 것일까? 로마인들에게는 그것이 의문이다. 아그리파도 그런 로마인 가운데 하나이다. 그의 궁금증을 풀어주려고 안토니우스의 측근인 에노바르부스가 입을 연다.

그녀가 앉아 있는 배는, 광택을 낸 옥좌처럼
물 위에 어리었소. 그 배의 고물은 금박을 입혔고,
자줏빛 돛들은, 어찌나 향내를 풍기는지

바람들이 사랑에 빠져버리지요. 노들은 은이었는데,

피리 소리에 맞춰 저으면, 그것들에 맞은 물은

흥분한 듯 더 빠르게 쫓아오지요. 그녀에 대해 말하자면,

그녀는 모든 묘사를 초라하게 만들어버리지요.

— 『안토니우스와 클레오파트라』, 2.2.198-205

에노바르부스는 여왕이 타고 있는 배만 화려하게 묘사할 뿐 정작 클레오파트라에 대해서는 "모든 묘사를 초라하게 만든다"며 말끝을 흐려버린다. 그러면서도 그녀에 대한 묘사의 욕망을 잠재우지 못한다. 그의 말에 따르면, 클레오파트라의 아름다움은 비너스를 무색게 하고, 자연계에 존재하는 그 어떤 것도 능가한다. 에노바르부스는 그녀의 전혀 다른 면도 말해준다.

한번은 대로에서 그녀가 마흔 번이나

폴짝폴짝 뛰어가는 걸 봤지요.

그러고는 숨이 차서, 헐떡거리며, 말했어요

자기는 아직 완벽하지 않다고.

— 2.2.235-238

여왕이 대로에서 폴짝폴짝 뛰어가는 것은 쉽게 떠올릴 수 있는 모습이 아니다. 하지만 에노바르부스의 이어지는 말을 듣고 나면 고개를 끄덕일 수밖에 없다. "가장 사악한 짓도 그녀에게는 어울리지요."(2.2.245-246) 바로 이것이 클레오파트라의 가장 중요한 특

징이다. 대립적인 운동들의 끊임없는 충돌을 포용하는 자연처럼, 온갖 일탈적 행동과 '사악한 짓'들까지 자신의 본성으로 끌어안는 클레오파트라는 자연적인 존재이다. 그녀에게는 모순과 다중성들을 조화시키는 감각이 있다.

안토니우스는 두 번에 걸친 전투에서 참패한다. 그의 심복인 에노바르부스는 적진으로 넘어가버리고, 클레오파트라의 함대는 약속을 어기고 먼저 도망친다. 절망에 빠진 안토니우스가 부르짖는다. "모두 잃었구나!/이집트 년이 나를 배반했어./(…)/세 번이나 창녀였어!"(4.13.9-12) "세 번이나 창녀"였다는 말은 클레오파트라가 처음 결혼한 이후 줄리어스 시저, 폼페이우스, 그리고 자신과 관계를 맺었다는 뜻이다. 클레오파트라는 자신이 안토니우스의 "이름을 가슴에 묻고 숨을 거두었다"(4.15.33)는 거짓말을 전하게 하여 다시 한번 그의 마음을 사로잡는다. 그 말을 들은 안토니우스는 자신의 검에 몸을 던진다. 안토니우스가 숨을 거두자, 클레오파트라는 통절하게 부르짖는다. "용사의 별이 떨어졌구나."(4.16.67)

안토니우스의 생각과 행동은 무분별하고 반항적이다. 수많은 사람들의 목숨이 달려 있는 전쟁을 결단할 때조차 그는 쉽게 충동에 이끌린다. 이러한 행동은 클레오파트라의 '가장 사악한 짓'에 상응한다. 이 두 사람의 본성에는 모든 특이성들을 무화시키는 죽음이 깃들어 있다. 안토니우스는 앞부분에서 삶과 죽음을 하나의 자연 질서 속에 놓아두고 담담하게 묘사한 바 있다. 그것은 악어가 어떻게 생겼느냐는 레피두스의 물음에 대한 대답 속에 들어 있다.

그놈은 그놈같이 생겼소, 그리고 자기 넓이만큼 넓소. 그놈은 딱

자기 높이만큼 높소, 그리고 자기 신체 기관들로 움직인다오. 그놈은 자기가 먹는 대로 살고, 원소들이 그놈한테서 빠져나가면, 다른 세계로 떠난다오.

— 2.7.41-44

색깔은? "그놈 색깔이오." 그리고 덤 하나를 얹어준다. "그놈의 눈물도 역시 축축하오."(2.7.48) 안토니우스는 덧붙일 것도 뺄 것도 없는 그것 자체를 말하고 있다. 있는 그대로의 세계 속에 있는 그대로의 죽음이 깃들어 있다. 그것은 유기체를 구성한 원소들의 해체일 뿐이다. 안토니우스는 자신의 검에 몸을 던지고 나서 자기가 로마에 승리했다고 말한다. 죽음을 낚아챈 것이 '승리'라면, 그것은 본성의 승리일 수밖에 없다. 그에게 죽음은 '새로운 하늘과 땅'으로 갈 수 있는 유일한 길이었을지 모른다. 이것을 이해할 수 있는 오직 한 사람, 클레오파트라는 안토니우스의 시신을 끌어안고 안토니우스야말로 "상상을 초월하는 자연의 걸작"(5.2.99)이라고 찬미한다. 그리고 스스로 독사에게 물려 최후를 맞이한다. 그녀 역시 옥타비우스에게 자신의 몸을 내주지 않고 '새로운 하늘과 땅'으로 넘어가버린 것이다.

이들이 죽음으로 완성한 사랑에 비하면, 옥타비우스의 역사적 승리는 하잘것없는 노역처럼 무미건조해 보인다. 그런데 웬일인지 연극의 뒷맛이 텅 빈 무대만큼이나 허전했다. 나는 딱딱한 통나무 위에서 뻣뻣해진 몸을 일으키며 기지개를 켰다.

거리에는 어둠이 짙게 깔려 있었다. 나는 피카딜리 서커스로 발길을 옮겼다. 광장의 중심을 향하고 있는 어떤 건물의 모서리가 잘라낸 파이 끝처럼 뾰족했다. 그것이 겨냥하고 있는 광장의 중심에 큐피드의 상이 높다란 받침대 위에 서 있었다. 큐피드는 그리스 신화에서는 에로스로 불린다. 고대 그리스인들은 에로스가 대지의 신 가이아와 함께 혼돈에서 태어났다고 믿었다. 그렇다면 에로스는 모든 신들 가운데 가장 먼저 태어난 늙은 신이어야 하는데, 이탈리아로 넘어가서 점점 젊어지다가 마침내 황금 화살을 쏘아대는 발가벗은 어린아이가 되었다. 밤이 이슥하도록 사람들은 그 아이 앞에서 떠날 줄을 몰랐다. 안토니우스의 말이 떠올랐다. "새로운 하늘, 새로운 땅을 찾아내야 하오." 그래, 사랑에는 그것이 숨쉴 수 있는 새로운 영토가 필요하겠지. 나는 속으로 중얼거리며 발길을 돌렸다.

욕망의 역설에 대하여 —『심벌린』

배스Bath는 온천으로 유명하지만, 로마제국이 건설할 당시에는 온천이 발견되지 않았다고 한다. 런던 서쪽으로 156킬로미터 지점의 에이번 강 골짜기에 자리 잡은 이 기념비적인 도시에는 로마제국의 흔적들이 많이 남아 있다. 그렇지만 나는 제인 오스틴Jane Austen이 살았던 집부터 찾아갔다. 그 집은 이제 제인 오스틴 기념관이 되어 있고, 그녀는 파란 원피스를 입은 인형의 모습으로 집앞에 나와 방문객을 맞이하고 있다. 나는 그녀가 사용했던 길쌈 도구들까지 살펴보고 나서 밖으로 나와 로열 크레센트로 발길을 옮겼다.

산자락을 휘돌아 가는 도로를 따라가자 멀리서도 한눈에 알아볼 수 있는 초승달 모양의 기다랗고 거대한 건물이 나타났다. 나는 그것도 로마제국이 건설한 것인 줄 알았는데, 그렇게 보기에는 너무 깔끔했다. 확인해보니 존 우드John Wood라는 사람이 설계하여 1767년부터 1774년에 걸쳐 지은 것이었다. 그래도 반원을 이룬 건축 양식은 로마풍이 뚜렷했다. 바티칸의 성 베드로 광장에도 그런 모양의 건축물이 있다. 반원을 이룬 두 개의 기다란 건물이 서로 마주 보며 원형의 광장을 감싸고 있다. 로열 크레센트 앞에 펼쳐진 드넓은 광장의 절반은 잔디밭이었다. 나는 거기에 앉아 수많은 사람들과 비둘기 떼를 바라보며 꽤 오랜 시간을 보냈다.

로마인들이 배스를 건설한 것은 기원후 60년이었으니, 그들의 열정은 거의 2천 년의 세월을 건너와 나를 불가항력적인 감탄 속으로 몰아넣고 있었다. 로마제국은 대략 기원전 50년부터 5세기 동안 브리튼을 지배했다. 그들이 물러가고 나자, 라인 강 북쪽에서 샘족이 몰려들었다. 그들은 로마의 군대보다 훨씬 더 잔혹했다. 마을을 불태우고, 산과 들과 강을 피로 물들였다. 브리튼인들은 로마에 구원을 요청했지만, 로마제국은 제 앞가림조차 하기 어려운 상황에 처해 있었다. 샘의 족장들은 제각기 왕국을 건설하여, 브리튼에 일곱 개의 왕국이 생겨났다. 이른바 '앵글로·색슨 7왕국'이다. 브리튼 사람들이 로마에 구원을 요청한 것을 보면, 그들은 로마제국에 대해 공포와 존경이 뒤섞인 양가적 감정을 지녔던 것으로 보인다.

『심벌린』의 주인공은 로마제국의 간섭 아래 놓인 고대 브리튼의 왕이다. 그는 로마제국에 저항하여 전쟁을 일으키지만, 결국 조공을 바치는 쪽으로 가닥을 잡는다. 이 연극의 무대는 오늘날의 관점으로 보아도 꽤나 국제적이다. 그 배경은 브리튼과 이탈리아에 걸쳐 있고, 로마에서 이루어지는 이탈리아·프랑스·스페인·네덜란드 남자들 사이의 여성에 관한 논쟁도 각 나라 여성들을 둘러싸고 펼쳐진다. 그 자리에서 레오나투스(심벌린의 사위, 왕비의 계략으로 추방된다)는 자기 아내 이노젠(심벌린의 딸)을 찬미하다가 그녀의 정절을 시험해보자는 이탈리아 남자 지아코모의 꾐에 걸려든다. 지아코모는 이노젠의 정절을 빼앗기 위해 이탈리아에서 브리튼까지 다녀온다. 그는 목적을 달성하지 못하지만, 거짓 증거들을 내세우며 레오나투스와 친구들에게 자신이 이노젠을 범한 것처럼 떠벌린다.

이노젠이 잠들어 있을 때, 침실에 있는 궤짝이 천천히 열리고 그 안에서 한 사내가 나타난다. 몰래 숨어든 지아코모이다. 그는 그 방의 구조를 눈여겨보고, 사랑의 징표인 팔찌를 훔치고, 그녀의 신체적 특징을 살피고 나서 방을 빠져나간다. 그리고 그럴듯하게 증거를 조작한다. 이 사내의 계략으로 이노젠과 레오나투스는 걷잡을 수 없는 나락으로 굴러떨어진다. 자신이 아내를 죽게 했다고 생각한 레오나투스는 전쟁 중 적진에 뛰어들어 감옥에 갇히는 신세가 된다. 그때 주피터가 독수리를 타고 내려와서 "고통에 의해 훨씬 더 행복해질 것"(5.3.202)이라고 약속한다. 이 구절은 수많은 대립적인 감정들을 병렬하고 있는 이 연극의 기법을 간결하게 요약하고 있다. 이러한 대립적 감정의 공존과 갈등은 셰익스피어의 거의 모든 희극을 관통하는 모티프이기도 하다.

지아코모가 자신의 침실에 숨어든 사실과 그 파장을 알 리 없는 이노젠은 남장을 하고 남편을 찾아 나선다. 자신의 운명을 한 치 앞도 내다볼 수 없는 그녀는 우연히 찾아든 집에서 아버지와 두 아들에게 가족 같은 환대를 받는다. 그리고 두 아들과 의형제를 맺는다. (두 아들은 어린아이 때 심벌린이 잃어버린, 이노젠의 진짜 오빠들이다.) 이노젠은 그들이 집을 비운 사이에 극도의 피로를 느끼고 약을 먹는다. 그리고 죽는다. 의형제들이 그녀의 시신을 내려다보며 위로의 말들을 건넨다.

귀네리어스 이제 두려워 말아라 따가운 햇살도,

독이 뻗쳐오른 겨울의 분노도.

너는 네 몫의 세상 일을 다 마치고,

집으로 돌아가서 보상을 받은 거야.

황금 같은 청년과 아가씨도 모두,

굴뚝 청소부처럼 먼지로 돌아가야 한단다.

아비레이거스 이제 두려워 말아라 왕의 찌푸린 얼굴,

너는 폭군의 손아귀를 벗어났으니.

이제는 입을 것도 먹을 것도 걱정 말아라,

너에겐 갈대와 참나무도 매한가지이니.

왕홀도, 학문도, 의술도, 마침내

이 길 따라 모두 먼지가 된단다.

—『심벌린』, 4.2.259-270

이 가슴 시린 아름다움에 흠뻑 젖어 있을 때, 장면이 바뀌며 관객들의 눈앞에 놀라운 광경이 펼쳐진다. 분명히 죽었던 이노젠이, 그녀 남편의 옷을 입은 목 잘린 시체 곁에서 깨어난다. (그 시체는 이노젠에게 흑심을 품은 계모의 아들이다. 그는 레오나투스로 변장하고 이노젠을 만나러 가는 도중 이노젠의 의형제와 시비 끝에 목이 잘려나갔다. 이노젠이 먹은 약은 계모가 그녀를 죽이려고 지은 독약으로, 몸에 좋은 약이라며 그녀에게 보낸 것이다. 그런데 의사가 지어준 것은 일정한 시간 동안 죽었다가 깨어나는 약이었다.) 이노젠은 자기 눈앞의 끔찍한 광경이 꿈이라고 생각하면서도 복받쳐 오르는 슬픔을 가누지 못한다. 비탄에 빠진 그녀는 신들을 향해 외친다. "그래도 무서운 신들이여, 하늘에 굴뚝새 눈알만큼 작은, 한 방울의 연민이라도 남아 있다면, 그 일부라도 내려주시옵소서!"(4.2.304-306) 시적인 아름다움과 심리적·신체적 공포를 혼합한 이 기괴한 장면은 관객을 놀라게 하는 연극적 기법의 산물이다. 그렇지만 이렇게 말하고 나면, 왠지 이 연극을 훼손하거나 관객을 모독한 듯한 느낌이 든다. 묘사가 불가할 만큼 이 장면은 극적이고 감동적이다.

앞의 두 장면에서 보았듯이, 이 연극의 사건 묘사들은 대단히 충격적이고 인상주의적이다. 그리고 광범위한 공간에서 펼쳐지는 끊임없는 변화는 이미지들의 충돌을 빚어내며 긴장의 끈을 놓지 못하게 한다. 이 연극에는 수많은 사건들이 복잡하게 얽혀 있고,

대립적인 감정들이 병렬되어 있으며, 의미의 층위도 여러 겹이다. 심벌린의 독선과 어리석음, 계모와 그 아들에 의한 끊임없는 음모, 국가적 위기 등의 조건으로 인해 이노젠과 레오나투스의 사랑은 한 치 앞도 내다볼 수 없는 불확실성에 감싸여 있다. 그렇지만 대단원에 이르면 뒤얽힌 운명의 실타래는 가지런히 풀리고, 뿌리 뽑혀 방황하던 사람들도 모두 제자리를 찾게 된다. 잃어버렸던 권리는 회복되고, 악인들에게는 응분의 처벌이 뒤따른다. 사건의 확산과 수렴 과정에 끼어든 크고 작은 가닥들을 어느 것 하나 놓치지 않고 수습해낸 작가의 솜씨가 놀라울 따름이다.

저물어가는 햇살을 받으며 천천히 걸었다. 강 위에 기다란 다리 하나가 놓여 있었다. 나는 다리 한가운데에 서서 아름다운 강변을 하염없이 바라보았다. 지아코모는 왜 여성의 정절을 찬미하면서 그것을 유린하는 데 몰두하고, 레오나투스는 왜 사랑하는 아내의 정절을 걸고 내기를 하자는 지아코모의 제안을 거부하지 못했을까? 도대체 왜 남자들은 '정절'을 찬미하면서 그것을 유린하려는 욕망에서 빠져나오지 못하는 것일까? 이 역설에 매달려 있다보니 벌써 돌아갈 시간이 임박해 있었다. 나는 허겁지겁 기차역으로 달려갔다.

남성적 질서를 교란하는 마녀들 — 『맥베스』

 기차가 도버의 해저터널로 들어선 뒤에도 승차감은 달라지지 않았다. 나는 파리로 가고 있었지만, 자꾸만 뒤쪽으로 당겨지는 듯한 느낌에 시달렸다. 스코틀랜드의 야성적인 들판과 언덕을 밟아 보지 못한 탓이었다. 영상으로 보았던 스코틀랜드의 다양한 풍경이 주마등처럼 지나갔다. 가파른 산줄기와 강, 절벽 아래로 흩날리는 폭포수, 표범 무늬 물범이 떼 지어 앉아 있는 널따란 바위, 푸른 산기슭을 내달리는 사슴 떼, 작은 교회와 묘지, 주상절리 속으로 파고든 핑갈의 동굴…… 그렇지만 맥베스, 아니 마녀들과 어울리는 풍경은 좀처럼 떠오르지 않았다. 시간이 흐르고 그 많은 풍경들이 다 지워지고 나자, 칙칙한 안개 속에서 굼틀거리는 검은 덩어리가 나타났다. 그것은 천둥과 번개 속에서 느릿느릿 셋으로 나뉘었다. '운명의 자매들The Weird Sisters'이다. 19세기 이전까지 'weird'는 '이상한'이 아닌 '운명'의 의미로 쓰였다. 그렇지만 옥스퍼드 판 『맥베스』에는 이 운명의 자매들이 '마녀들witches'로 나온다.

 여행을 하다보면 기억 속의 장면과 눈앞의 광경이 겹쳐지는 순간이 있다. 마녀들에 대한 내 기억은 중학생 시절의 것이 압도적이다. 나 자신의 상상과 결합된 그 기억은 너무도 완강해서 텍스트 속의 장면들을 들이대며 바로잡으려 해도 좀처럼 수정될 기미를 보이지 않는다. 그 기억 속에서는 언제나 안개 긴 황량한 들판이 떠오르고, 한 덩어리의 검은 바위 같은 것이 꾸물꾸물 움직이며 머리칼이 미역 가닥처럼 엉킨 세 여인의 모습으로 서서히 나뉜다. 대지의 음습한 기운이 응축되어 잠시 그런 모습을 이룬 듯 보이는 그녀들은 가마솥을 둘러싸고 있다가 맥베스가 나타나자 예언을 한다. 그렇지만 『맥베스』에서 마녀들은 네 번이나 등장하며, 첫 번째 등장에서는 잠시 나타나 알 수 없는 말들만 몇 마디 나누고 금세 헤어진다. 내 소년 시절의 기억은 두 번째와 네 번째 광경이 하나로 엉겨 붙은 것이다.

이 연극의 첫 번째 대사는 첫 번째 마녀의 것이다. "우리 셋이 언제 다시 만날까?/천둥 속에서, 번개 속에서, 아니면 빗속에서?" 마녀들은 이해할 수 없는 말을 나누고, 마지막에 셋이서 함께 말한다. "아름다운 것은 추한 것, 추한 것은 아름다운 것,/안개와 칙칙한 대기 속을 떠돌자."(1.1.11-12) 아름다운 것과 추한 것의 경계를 칙칙한 안개로 지워버리는 마녀들은 프랑스와 독일에서 한 세기(17~18세기)에 걸쳐 치열하게 전개된 미학적 논쟁을 앞지르는 것처럼 보인다. 이 말을 마치고 그녀들은 사라진다. 아니, 헤어진다. 그녀들은 함께 나타날 뿐 함께 다니지는 않는다.

두 번째 만났을 때 첫 번째 마녀의 첫마디는 "동생아, 어디 있었니?"라는 질문이다. 질문과 대답의 연쇄 속에서 첫 번째 마녀가 대답할 차례는 맨 마지막이 된다.

뱃놈 마누라가 밤알들을 무릎에 놓아두고,
우적우적, 우적우적, 우적우적 먹는 거야.
'나 좀 줘', 내가 그랬지.
'꺼지지 못해, 이 마녀', 그 엉덩짝 펑퍼짐한 못된 년이 악을 쓰더라.

요한 하인리히 퓌슬리의 〈마녀들〉(1785년, 메트로폴리탄 미술관 소장)

『맥베스』에서 마녀들은 맥베스에게 예언의 말을 전한다. 그녀들의 말은 이중적이다. "여자가 낳은 자식은 누구도 그를 해칠 수 없고", "드넓은 버넘 숲이 드높은 던시낸 언덕까지 쳐들어 오지 않는 한 그는 몰락하지 않는다"라는 예언은 어미의 배를 가르고 나온 자가 그를 죽이고, 버넘 숲의 나뭇가지로 위장한 군대가 그의 성을 함락할 것이라는 예언이기도 하다. 그렇지만 맥베스를 파멸의 구렁텅이로 몰아넣은 것은 마녀들의 예언이 아니라 그 자신의 욕망이다.

그년 남편은 알레포에 갔어, 타이거호 선장 말이야.

하지만 내가 채를 타고 그리 날아갈 거야,

그리고 꼬리 없는 쥐처럼,

난 할 거야, 난 할 거야, 난 할 거야.

　　『맥베스』, 1.3.6-10

　여러 판본들의 주석을 참조하며 이렇게 번역했지만, 원문에는 그 이전까지 글로 쓰인 적이 없는 단어가 세 개나 나온다. 그리고 '꼬리 없는 쥐'에 대한 주석들은 중구난방이다. 신빙성이 없거나 '모르겠다'는 것이다. 그렇지만 문맥과 속담 등을 참조하여 해석하면, 붙잡히지 않고(꼬리가 없으니까) 은밀히 해낼 것이라는 의미로 다가온다. 이 두 번째 만남은 꽤 오래 지속되고, 그녀들은 뱅쿼와 맥베스의 눈에 띄게 된다. 아니, 그녀들은 맥베스를 기다리고 있었다. 뱅쿼는 그녀들의 해괴한 모습을 이렇게 묘사한다.

　깡마르고, 입성이 사나운 게,

　이 땅에 사는 것들 같지 않구나.

　(…)

　너희들은 여자임이 분명한데,

　너희들의 수염이

　그런 해석을 가로막는구나.

　　1.3.40-41

그녀들은 이 세상의 존재 같지 않다. 성별에 대한 우리의 관념과도 어긋난다. 이 '운명의 세 자매'는 맥베스를 미래의 이름들로 부른다. 그러자 뱅쿼가 자신의 미래를 궁금해한다. "너희들이 시간의 씨앗들을 들여다볼 수 있다면,/어떤 낱알은 자라게 되고, 어떤 것은 그렇지 않은지 말해보거라."(1.3.58-59) 세 자매가 저마다 한마디씩 대답한다. "맥베스보다는 못하지만, 맥베스보다 위대해." "맥베스만큼은 행복하지 않지만, 더 행복해." "왕들을 낳겠지만, 당신이 왕이 되진 않아."(1.3.65-69) 마녀들은 하나같이 모순어법으로 말한다.

이 자매들의 세 번째 등장은 헤카테 여신과 함께이다. 그녀들은 마법을 준비하라는 헤카테의 지시를 받고 서둘러 사라진다.

그녀들의 네 번째 등장(4막 1장)은 한 편의 단막극으로 꾸며도 좋을 만큼 충분한 길이와 내용을 갖췄다. 등장인물도 헤카테가 데려온 다른 세 마녀, 마녀들이 가마솥 증기 속에서 불러낸 망령들, 그리고 마지막에 맥베스까지 등장한다. 이 가운데 내 소년 시절의 기억이 집중되어 있는 것은 마법을 빚어내는 가마솥과 거기에 들어가는 기괴하고 다양한 재료들이다. 얼룩 고양이와 고슴도치가 시간이 됐다고 알리자, 마녀들은 작업을 시작한다. 첫 번째 마녀가 "가마솥 주위를 빙빙 돌자"고 외치며, 독 넣은 내장, 차가운 돌 밑에서 31일을 지낸 두꺼비를 펄펄 끓는 가마솥에 던져 넣는다. 두 번째 마녀가 늪에 사는 뱀의 살, 영원의 눈, 개구리 발가락, 박쥐의 털, 개의 혀, 살무사의 갈라진 혀, 굼벵이도마뱀의 침, 도마뱀의 다리, 올빼미의 날개를, 그리고 세 번째 마녀가 용의 비늘, 늑대의 이

빨, 마녀의 말린 살, 포식한 상어의 목구멍과 위장, 어둠 속에서 캔 독미나리 뿌리, 불경스러운 유대인의 간, 염소의 담즙, 월식 때에 자른 주목 가지, 터키인의 코, 타타르인의 입술, 창녀가 시궁창에 내다 버린, 태어나면서 질식한 아기의 손가락, 호랑이의 내장을 던져 넣는다. 마녀들은 가마솥을 둘러싸고 주문을 외며 빙빙 돌다가 생각이 나면 또 다른 재료들을 첨가한다.

그때 맥베스가 나타나서 마녀들에게 무슨 짓을 하고 있느냐고 묻는다. 그녀들이 일제히 대답한다. "이름 없는 짓."(4.1.63) 그녀들의 행위는 인간의 말로는 옮겨질 수 없기에 이름이 없다. 그녀들의 예언은 이중적이다. "여자가 낳은 자식은 누구도 그를 해칠 수 없고", "드넓은 버냄 숲이 드높은 던시낸 언덕까지 쳐들어오지 않는 한 그는 몰락하지 않는다"(4.1.94-106)라는 예언은 어미의 배를 가르고 나온 자가 그를 죽이고, 버냄 숲의 나뭇가지로 위장한 군대가 그의 성을 함락할 것이라는 예언이기도 하다. 그녀들의 예언에는 늘 언표된 것과 반대되는 운명이 잠복해 있다. 그녀들의 예언은 맥베스의 욕망을 자극하여 인간의 역사 속으로 침투한다. 맥베스의 고삐 풀린 욕망은 최고 권력을 향해 직진하며 생명을 포함한 모든 가치들을 파괴하고, 마침내 그 자신까지 파멸의 구렁텅이로 몰아넣는다.

서사적 요소를 결여한 마녀들의 말은 무엇보다 가부장제를 교란하며, 궁극적으로 남성들의 전쟁에 의해 수립된 사회질서가 기만적임을 폭로한다. 그런 점에서, 그녀들이 전쟁에서 승리하고 돌아오는 맥베스 앞에 나타나는 것은 의미심장하다. 그녀들의 말은 늘 암시적이거나 이중적이다. 암시적이거나 이중적인 말은 지시성이 없기에, 맥베스의 자율적 의지가 개입될 수 있는 여지는 열려 있다. 따라서, 맥베스의 행동은 결국 그 자신의 선택적 결단에 의해 이루어지는 것이 된다. 그렇지만 맥베스 부인의 말은 강력한 지시성을 띠고 있으며, 맥베스로 하여금 주저 없이 왕을 살해하도록 몰아붙인다.

> 난 젖을 물려봐서, 알아요
> 젖을 빠는 아기는 너무도 부드러워서 사랑할 수밖에 없어요.
> 하지만 난, 아기가 내 얼굴을 보며 미소 짓고 있을 때,
> 그 이 없는 잇몸에서 젖꼭지를 빼내고
> 머리를 바숴버렸을 거예요,
> 당신이 한 것처럼 내가 맹세했다면 말예요.
>
> —1.7.54-59

비수처럼 냉혹한 이 말이 맥베스의 내면에서 망설임의 싹을 도려내버린다. 맥베스는 자신이 받은 충격을 그녀의 기질에 빗대어 표현한다. "사내아기들만 생산하겠구려,/당신의 담대한 기질은 사내아기들밖에/만들지 못할 테니까."(1.7.72-74) 맥베스가 뱅쿼의 유령을 보며 헛소리를 할 때, 그녀는 좌중에 있는 다른 사람들에게 "이 이는 가끔 저런답니다"라고 말하고 나서 남편을 귓속말로 윽박지른다. "당신이 남자예요?"(3.4.557)

맥베스는 왕을 살해하기 이전에 허공에 떠 있는 단도를 보고, 왕

을 살해한 이후에는 악몽에 시달리며 영혼이 참혹하게 분열되는 고통을 겪는다. 그리고 왕위에 대한 불안이 끝없는 살육으로 이어지는 악순환 속에서 그의 감각은 완전히 뭉개져버린다. 그래서 공포를 예민하게 느꼈던 시절을 오히려 그리워한다.

나는 두려움의 맛을 거의 잊어버렸다.
밤의 비명을 듣고 등골이 오싹해진
적이 있었지, 그리고 머리칼이
음산한 이야기에 곤두서고 떨었지
마치 생명이라도 지닌 것처럼. 나는 공포로 충만했어.
— 5.5.9-13

그렇다면 맥베스 부인은? 그녀는, 범행 직후 넋이 나간 채 여전히 단도를 쥐고 있는 맥베스에게 이렇게 말한다. "왜 단도들을 가져왔어요?/그것들은 거기 있어야 해요—그것들을 가져다 둬요, 그리고/잠들어 있는 마부들한테 피를 발라놔요."(2.2.46-48) 맥베스는 자신이 저질러놓은 것을 다시는 볼 수 없다며 거부한다. 그녀는 맥베스를 "의지가 박약하다"며 윽박지르고 나서 이렇게 말한다. "잠자는 자, 죽은 자는/그림들일 뿐이에요."(2.2.53-54) 맥베스가 대양의 물로도 자신의 손에 묻은 피를 씻어낼 수 없을 것이라고 한탄하자, 그녀는 물이 조금만 있으면 자신들의 죄를 깨끗이 씻어낼 수 있다고 말한다. 그러나 이처럼 냉철한 그녀의 의식도 결국 과도한 긴장을 이겨내지 못한 채 산산이 부서져버린다. 그녀는 광기에 사로잡혀 밤의 어둠 속으로 달려나간다. 죄의식이 그녀를 환각의 파편들로 해체해버린 것이다. 루브르 박물관에는 이 장면을 빼어나게 표현한 그림 〈몽유하는 맥베스 부인〉이 있다. 스위스 화가 요한 하인리히 퓌슬리 Johann Heinrich Füßli 가 18세기 말에 그린 것이다. 파란빛을 뿜어내는 그녀의 눈은 공포에 질려 있고, 횃불을 들고 칠흑같은 어둠 속으로 달려나가는 그녀의 모습은 너무도 위태로워 보인다.

아내가 미쳐서 죽고 나자, 맥베스의 허무감은 절정에 이른다. 그리고 인생을 허망한 연극에 비유하게 된다.

> 내일, 또 내일, 또 내일
> 잔걸음으로 하루하루가 기어간다
> 정해진 시간의 마지막 마디까지.
> 그리고 우리의 모든 어제들이 바보들에게 밝혀주었지
> 먼지투성이 죽음에 이르는 길을. 꺼져라, 꺼져라, 짧은 촛불이여,
> 인생은 걸어 다니는 그림자일 뿐, 불쌍한 배우가
> 무대에 오른 시간 동안 으스대며 걷고 안달하고 나면
> 아무 소리도 들리지 않는다. 그것은
> 백치가 들려주는 이야기, 소리와 분노로 가득할 뿐
> 아무 의미도 없다.
> — 5.5.19-28

반복적 울림 속에 깊어지는 허무감에 사로잡혀 나는 고등학생

때부터 이 독백을 원문으로 달달 외고 있었다. 그리고 훗날 윌리엄 포크너William Faulkner의 소설 『소리와 분노 *The Sound And The Fury*』까지 읽게 되었다. 그래서였을까, 이 구절에 이르자 은밀한 기억처럼 웅크리고 있던 소년 시절의 나 자신과 해후한 듯한 느낌이 들었다.

밖을 내다보자, 햇빛 가득한 프랑스 들판이었다. 헨리 5세가 정복 전쟁을 치르며 피바다를 만들었고, 그가 죽고 나서는 잃은 것을 되찾기 위해 잔 다르크가 용맹스럽게 싸웠던 곳이다.

THE FEATURE OF SHAKESPEARE ──────

셰익스피어 사극의 특징

영국을 배경으로 한 셰익스피어의 사극을 가로지르고 있는 것은 전쟁이다. 전쟁은 모든 경계를 먹어치우며 끊임없이 이동하는 괴물이다. 그러니 고정된 배경이 있을 리 없다. 나는 런던에서 스트랫퍼드로 가는 기차 안에서 사극들을 떠올렸고, 돌아와서는 많은 분량의 글을 썼다. 이 책에는 그 사극들을 관통하는 몇 가지 핵심적인 특징들만 서술해두었다.

셰익스피어는 먼저 '역사'가 덧씌운 영웅의 허울을 벗겨버렸다. 『헨리 6세(1)』의 무대는 끊임없는 전쟁으로 다소 어수선하다. 프랑스 땅에서 벌어지는 전투의 중심에는 언제나 톨벗 경이 있다. 그는 후방 부대의 배반으로 프랑스 군에 생포되었다가 포로 교환으로 풀려나 영국 진영으로 돌아온다. 솔즈베리 백작이 톨벗에게 프랑스의 대접이 어땠느냐고 묻는다. 이에 대한 그의 대답에는 영국이 자랑하는 영웅과는 전혀 다른 모습이 들어 있다.

> 비웃고 경멸하고 무례하게 조롱했소.
> 그들은 시장통으로 나를 데려가서
> 대중들 모두의 구경거리로 삼았소.
> 그들은 이렇게 말했소. '여기, 프랑스의 공포,
> 우리 아이들을 그토록 놀라게 한 허수아비가 있다.'
> ─『헨리 6세』, 1.5.17-21

프랑스인들에게 톨벗은 '허수아비'이거나 '피에 굶주린' 살인마일 뿐이다. 보르도의 성문을 열라는 그의 협박─"허리 꼬부라지는 기근, 능지처참의

강철, 타오르는 불길"(4.2.11) — 은 영웅다움과는 거리가 멀어 보인다. 적장의 눈에 비친 그의 모습은 "불길하고 공포스러운 죽음의 부엉이"(4.2.15)일 뿐이다. 전쟁은 결국 양쪽 진영 선봉장의 비참한 죽음과 함께 마무리된다. 톨벗은 아들의 시신을 안은 채 죽어가고, 조앤 퓌셀(잔 다르크)은 '천한 양치기' 아버지를 끝까지 부인하며 형장으로 끌려간다. 두 나라의 역사가 이들을 어떻게 서술하고 있든, 톨벗은 충성심과 명예욕에, 퓌셀은 신적 계시의 망상에 사로잡힌 불쌍한 사람들일 뿐이다. 이것이 셰익스피어가 보여준 전쟁 영웅들의 참모습이다.

셰익스피어는 권선징악의 틀을 해체했다. 그리고 그 자리에 인간의 본성을 불러들였다. 이와 함께 추방되었던 악당들이 귀환하고, 무대에는 공포와 전율이 넘쳐흐르게 된다. 그 가운데 가장 대표적인 인물은 『리처드 3세』의 주인공이다. 리처드는 자신의 신체적 불구가 운명적인 것이듯이 왕권에 대한 자신의 야심도 운명적인 것으로 여긴다. 그는 형들과 어린 조카까지 죽이고 제 손으로 머리 위에 왕관을 올려놓는다. 그렇지만 그의 야심이 밖으로 드러나자, 그는 타자들의 표적이 된다. 그는 최후의 결전을 앞둔 마지막 밤, 비몽사몽간에 자신이 저세상으로 보낸 사람들과 조우하며 공포와 죄의식에 사로잡힌다.

내 떨리는 살에 차가운 공포의 방울들이 맺히는구나.
내가 뭘 두려워하지? 나 자신? 곁에 아무도 없는데.
리처드는 리처드를 사랑해. 그래, 나와 내가.
여기 살인범이 있나? 아니야.—그래, 나야.

그럼 도망가.—뭐야, 나 자신으로부터?—도대체 왜.

내가 복수할까 봐.—이런, 내가 나 자신한테?

아아, 나는 나 자신을 사랑해.—무슨 이유로?—내가

나 자신한테 해준 좋은 일 때문에.—

오 없구나, 슬프게도, 난 오히려 나 자신을 미워해.

나 자신이 저지른 혐오스러운 짓들 때문에.

나는 악당이야.—아직도 난 거짓말을 하네. 난 악당이 아니야.

—『리처드 3세』, 5.4.160-170

그의 의식은 심하게 분열되어 있다. 이 극심한 죄의식 또는 돌연한 내면
의 분출은 그 역시 다른 사람들과 다를 것이 없는 본성을 지녔다는 사실을
극적으로 드러낸다. 그는 자신의 불구에 대한 세상의 경멸을 뒤틀린 본성
으로 되받아쳤지만, 최후의 순간에 그가 맞닥뜨린 것은 자신의 순수한 본
성이다. 이렇게 셰익스피어는 역사가 악인으로 낙인찍은 사람들에게까지
내밀한 심리적 동기를 불어넣었다.

셰익스피어는 역사적 인물들의 언어를 현실의 토대 위에서 심문했다.
『리처드 2세』를 관통하고 있는 것은 언어와 현실 사이의 연관 또는 괴리
이다. 리처드 2세는, 서로를 반역자로 고발한 조카 볼링브로크와 모브레
이(노포크 공작)에게 추방 명령을 내린다. 그런데 모브레이를 절망에 빠뜨린
것은 권력으로부터의 이탈이 아닌 모국어의 상실이다. "이제 제 혀의 쓸
모는 현이 없는 비올이나 하프보다/나을 게 없습니다."(1.3.161-162) 이처
럼 모브레이에게 추방은 언어의 숨이 끊어지는 것을 의미한다.

　볼링브로크에게는, 선심 쓰듯, 여섯 번의 겨울이 지나면 돌아와도 좋
다고 말한다. 그렇지만 볼링브로크는 '낱말' 하나의 위력에 놀랄 뿐이다.

센트럴 파크의 셰익스피어 조각상

"작은 낱말 하나에 얼마나 긴 시간이 들어 있는지요!/네 번의 지루한 겨울과 네 번의 화사한 봄이/한 낱말로 끝나는군요—과연 군왕의 말씀이옵니다."(1.3.213-216) 볼링브로크의 아버지는 '추방'을 "즐거운 여행으로 생각하라"며 아들을 위로한다. 그렇지만 볼링브로크는 아버지가 건네는 위로의 말조차 반박한다. 얼어붙은 땅을 상상하며 누가 "손에 불을 쥐겠어요", 잔칫상을 상상하면서 누가 "굶주려 날선 식욕을 물리게 하겠어요", 한여름의 더위를 상상하면서 누가 "십이월의 눈 속에서 발가벗고 뒹굴겠어요?"(1.3.294-299) 볼링브로크의 언어에는 비유나 상상이 침투할 수 없는 견고한 물질성이 서려 있다.

리처드의 추방 명령은 반역의 싹을 미리 도려내기 위한 것이지만, 오히려 볼링브로크의 반역을 재촉하는 결과로 이어진다. 볼링브로크에게 왕위를 빼앗기고 감옥에 갇힌 리처드는 자신의 내면을 들여다보며 자신이 빼앗긴 세계와 감옥 사이에 상상적 가교架橋를 건설하는 데 몰두한다. 그러다가 만족할 줄 모르는 세상 사람들의 욕망과 자신의 머릿속에서 끊임없이 잉태되는 생각들의 유사성을 발견한다. 그렇지만 리처드의 시적 언어는 볼링브로크의 물질적 언어에 부딪쳐 난파되고, 그의 군왕적 상징성은 허망하게 사라져버린다. 그는 자신을 '전하'라고 부르는 노섬벌랜드 백작에게 이렇게 소리친다. "나는 이름도, 호칭도 없소―/세례받을 때 내게 주어진 이름이 아닌, 이름은 없소―/그것은 찬탈되었단 말이오."(4.1.255-257) 이것이 시적 언어와 군왕적 언어를 휘두르던 자의 종말이다.

셰익스피어는 왕족들의 역사를 평민들의 삶과 의식에 투사했다.『헨리 4세 (2)』첫머리에는 '소문'이란 이름의 진행자가 등장한다. 그는 자기의 임무는 소문을 퍼뜨리는 것이고, 세상 사람들이 알고 있는 이야기들은 모두 자신이 퍼뜨린 거짓말이라고 선언한다. 그리고 '떠도는 소문'이 위력적인 까닭은 귀가 열려 있으니 듣지 않을 수 없기 때문이라고 말한다. 그의 말처럼, 소문은 듣고 싶은 욕망과 말하고 싶은 욕망에 실려 걷잡을 수 없이 퍼져 나가 온 세상을 거짓말로 뒤덮어버린다. 그래서 셰익스피어는 역사의 허구를 심문하는 한편, 왕족과 귀족들의 세계를 하층민의 삶과 의식에 투사하였다. 그는 영국 문학사에서 가장 탁월한 희극적 인물로 평가되는 폴스타프를 왕자 해리와 함께 런던 이스트칩의 사창가에 등장시키고, 하층민의 세계를 전경前景으로 끌어올린다. 당시의 지배계급은 해리 왕자가 그런 곳에서 불량배들과 놀며 세월을 허송하고 있다고 말하지만, 그곳에서 쌓은 경험은 해리가 헨리 5세로 등극하고 빼어난 정치술을 발휘할 수 있게 한 바탕, 잡다한 인간 유형들로 이루어진 사회에 대한 이해의 바탕이 된다. 폴스타프와 함께 온갖 못된 장난을 하며 세상 물정을 익힌 해리가 왕위에 오르고, 관객들은 다음 작품(『헨리 5세』)에서 사회의 밑바닥에서 성장한 영혼이 역사 속으로 힘차게 뻗어나가는 장관을 보게 된다.

파리에서 빈까지,
영원과 사랑을 향한
발걸음

파리 에펠 탑

사랑의 감정을 표현하는 거장의 기법
— 『끝이 좋으면 다 좋다』

파리다! 무심결에 튀어나온 이 소리가 내 귀에 도달하기도 전에 나는 머쓱해졌다. 내가 파리에 언제 와봤다고! 내 마음속의 파리는 소설이나 시에서 얻은 인상들이 제멋대로 조합되고 변형된 것일 뿐이었다. 그 파리는 칙칙하고, 어둡고, 아프다. 『고리오 영감』의 파리는 방향감각을 상실한 귀족들의 부패로 악취를 풍기고, 보들레르Charles Baudelaire의 파리에서는 으리으리한 식당 안을 들여다보는 '가난한 가족의 눈빛'이 유리창에 어린다. 그리고 『목로주점』의 파리는 '도살된 짐승들의 피비린내와 악취'를 풍긴다.

역사를 빠져나오자, 비라도 내릴 듯 하늘이 우중충했다. 호텔은 파리 8구역에 있는 막달레나 성당에서 가까운 골목 안에 있었다. 택시 안에서 내다본 그 건축물은 그리스에서 옮겨온 신전처럼 거대한 돌기둥들—높이 20미터짜리 코린트식 기둥 쉰두 개—이 지붕을 떠받치고 있었다. 실제로 그 성당은 나폴레옹의 명령에 따라 제우스 신전의 모습을 그대로 본떠 지었다. 기둥의 아랫부분은 시커멓게 때가 끼어 있고, 건물이 서 있는 돈대의 모서리들은 너덜너덜 부스러져가고 있었다. 나중에 알게 되었지만, 때에 찌든 기둥들은 이 사원의 뒤쪽이었고, 현관이 있는 앞쪽 기둥들은 깨끗했다. 앞쪽과 뒤쪽의 상반된 모습, 그것이 나에게는 파리의 두 얼굴을 압축하고 있는 듯 보였다.

여장을 풀고 나서 나는 센 강으로 나가 유람선부터 타보았다. 비가 내리자 개폐식 지붕이 스르륵 선실 위를 덮어버렸다. 밀폐된 공간에 앉아 있다보니 사방을 둘러볼 수 없었고, 별다른 감흥도 일지 않았다. '셰익스피어 앤드 컴퍼니SHAKESPEARE AND COMPANY'는 선착장에서 멀지 않은 곳에 있었다. 유서 깊은 서점이어서 그런지 관광객이 많았다. 서점 1층과 2층까지 샅샅이 뒤져보았지만, 셰익스피어와 관련된 책은 한곳에 모아놓은 문고본 20여 권과 양장본 12권이 전부였다. 그들이 자랑하는 '희귀본' 같은 것을 찾으려고 애쓴 나 자신이 무색해졌다.

돌아올 때에는 거리 구경도 할 겸 호텔까지 걸었다. 일찍 잠자리에 들었다가 깨어보니 새벽 4시가 조금 넘어 있었다. 주섬주섬 옷을 걸치고 밖으로 나갔다. 골목 안은 깜깜했다. 큰길로 나오자 가로등이 흐릿한 빛을 뿌리고 있었다. 방향도 모른 채 무작정 걸었다. 아무도 없는 텅 빈 길이 너무 스산하고 을씨년스러웠다. 길을 잃을 것 같은 불안감에 나는 발길을 돌려 왔던 길을 되짚어 걸었

셰익스피어 앤드 컴퍼니의 전경과 내부

1919년에 개업한 유서 깊은 서점으로 어니스트 헤밍웨이, 제임스 조이스 같은 유명 작가들이 즐겨 찾았다고 한다. 그 명성 때문에 언제 방문해도 책을 찾는 사람들로 가득하다. 서점 1층과 2층까지 살살이 뒤져보았지만, 셰익스피어와 관련된 책은 한곳에 모아놓은 문고본 20여 권과 양장본 12권이 전부였다. 다음 날 새벽잠을 설치고 나섰던 산책길에서 난치병으로 사경을 헤매는 왕을 살려내기 위해 파리로 왔던 한 여자가 떠올랐다.『끝이 좋으면 다 좋다』의 주인공 헬렌이다.

다. 탁 트인 네거리에 이르러 고개를 들자 길 건너편에 우뚝 서 있는 막달레나 성당이 눈에 들어왔다. 아름다움이나 따스한 정감 같은 것은 느껴지지 않았다. 그래도 내 발은 어느덧 길을 건너 성당의 현관 앞에 나를 데려다놓았다. 계단에 엉덩이를 내려놓자 싸늘한 냉기가 엄습해왔다. 나는 다시 일어나 천천히 걸으며 담배 한 개비를 빼어 물었다.

한 여자가, 난치병에 걸려 사경을 헤매는 왕을 살려내기 위해 파리로 온다. 『끝이 좋으면 다 좋다』의 주인공 헬렌이다. 명의였던 아버지가 죽고 나서 루시용 백작 부인의 집에서 살게 된 헬렌은 부인의 아들 버트럼을 사랑한다. 그녀의 사랑은 당시의 계급적 관념을 거스르는 것인 데다 버트럼은 그녀를 거들떠보지도 않는다. 헬렌은 혼자서 속만 태우다가 왕을 치유하고 자신의 뜻을 이루기 위해 파리까지 오게 된다. 많은 의사들에게 시달렸던 왕은 헬렌에게 만약 자기가 죽으면 어떻게 하겠느냐고 묻는다. 그녀는 끔찍한 고문을 받거나 처형당해도 좋다고 대답한다. 그리고 자기가 왕을 살려내면 자신이 원하는 남자와 결혼시켜달라고 말한다. 왕은 그녀의 조건을 수락한다.

헬렌은 아버지에게 전수받은 의술로 왕을 치료하고, 왕은 그녀와의 약속을 이행하기 위해 버트럼에게 헬렌과 결혼하라고 명령한다. 그렇지만 버트럼은 "가난한 의사의 딸"(2.3.116)과는 결혼할 수 없다며 버틴다. 왕이 그를 회유한다. "가장 낮은 곳에서 미덕이 자라면,/그 자리는 그 사람의 행동으로 명예롭게 되느니라."

(2.3.126-127) 그래도 버트럼이 말을 듣지 않자 왕은 그들을 강제로 결혼시킨다. 그러나 결혼식이 끝나기가 무섭게 버트럼은 이탈리아로 달아나 피렌체 공작 휘하에서 공을 세우고 기병 대장이 된다. 헬렌에게 보낸 편지에서 버트럼은 자신이 조상에게서 물려받은 반지를 그녀가 갖지 못하거나 그녀가 자신의 아이를 낳지 못한다면 아내로 받아들이지 않겠다고 선언한다. 그리고 아내가 있는 한 자기는 프랑스에서 얻을 게 아무것도 없다고 단언한다. 헬렌은 버트럼이 프랑스에서 모든 것을 얻게 해주겠다고 다짐하며, 그를 파리로 데려올 계략을 짠다. 그녀는 순례의 길에 오른다는 편지를 남겨놓고 피렌체로 간다. 그리고 버트럼이 사랑에 빠져 있는 디아나인 척 버트럼의 잠자리에 들어 그가 제시한 조건들을 모두 충족시킨다. 그녀는 불안해하는 디아나의 가족들을 "끝이 좋으면 다 좋다"(4.5.35)는 말로 안심시키고, 그들을 데리고 프랑스 왕의 궁전에 나타난다. 그리고 자신의 뜻을 다 이룬다.

동화 같은 줄거리이다. 그렇지만 이 연극은 겉보기와는 달리 해석하기 어려운 몇 가지 난제를 품고 있다. 이를테면 결혼이라는 제도 속에 얽혀드는 사랑과 혐오, 군대의 전략·전술과 유사한 헬렌의 행동 방식이 그렇다.

마음속으로만 사랑을 고백하던 헬렌이 과감한 행동에 나서게된 결정적 계기는 다름 아닌 사유와 깨달음이다.

우리가 하늘의 뜻으로 돌리는
우리의 구원들은 우리 자신에게 달려 있을 때가 많아. 운명을 좌우

하는 하늘이

우리에게 자유의 재량을 허락하는 거지, 우리 자신이 아둔할 때

우리의 지리멸렬한 계획을 주저앉히는 것뿐이야.

—『끝이 좋으면 다 좋다』, 1.1.218-223

헬렌이 생각하는 '자유'는 "운명을 좌우하는 하늘이" 허락한 것
이다. 그래서 헬렌은 마음속에서만 들끓던 사랑을 행동으로 이끌
어내게 된다. 그녀는 자신의 뜻을 이루기 위해 왕의 권력까지 이용
하고, 버트럼의 계략에는 더 정밀한 계략으로 대응한다.

그렇지만 나는 그녀에게 이렇게 묻고 싶다. 당신은 왜 제도적 통
념에 결박되어 있고 성적으로 방종한 버트럼을 사랑하는가? 당신
은 왜 버트럼을 사랑하는 당신의 자유는 인정하면서 디아나를 사
랑하는 버트럼의 자유는 인정할 수 없는가? 헬렌은 이런 의문을
품지 않는다. 이것이 그녀의 행위가 독선적으로 보이는 이유이다.
헬렌은 버트럼을 자유와 정체성을 지닌 독립적인 존재로 인정하
지 않는 것처럼 보인다. 그녀의 침대 계략에는 두 가지 문제가 있
다. 하나는 사랑의 정체성에 관한 문제이다. 헬렌은 깜깜한 어둠
속에서 디아나 대신 버트럼의 침대에 든다. 그러니까 버트럼이 품
고 있다고 생각하는 여성은 디아나이지 헬렌이 아니다. 이 침대 계
략이 정당한 것이라면, 성적 대상은 얼마든지 교환될 수 있어야 한
다. 또 하나는 사랑과 결혼의 문제이다. 결혼은 두 사람의 사랑이
사회적 승인을 얻는 과정이지만, 헬렌은 사랑과는 무관하게 버트
럼과 잤다는 이유만으로 버트럼에 대한 권리를 획득한다. 결혼의

조건이 사랑에서 성관계로 전도된 것이다.

프랑스가 배경이 된 셰익스피어의 작품은 이 작품뿐이지만, 프랑스의 공주와 그녀의 시녀 및 신하가 대거 등장하는 연극이 있다. 현재의 스페인 바스크 지방에 해당하는 나바레가 배경인 『사랑의 헛수고』이다. 이 작품에서 프랑스 공주 일행은 일종의 외교 사절로 나바레 왕의 궁정에 와 있고, 그녀들은 나바레의 왕과 신하들의 사랑의 표적이 된다. 사랑 이야기는 늘 눈부시게 타오르는 감정으로 시작되지만, 무수한 사람들이 이미 써왔고 쓰게 될 진부하기 짝이 없는 주제이다. 사랑 이야기를 쓸 때에는 대부분 뻔한 이야기들을 부자연스러운 기법들로 치장한다. 셰익스피어도 이 연극에 '뒤바뀐 편지'의 기법을 끌어들여 사랑에 빠진 남녀들의 애를 태우며 관객들을 안타깝게 만든다. 이 연극에서 남성들은 허세를 부리는 시적 표현을 남용한다. 이러한 언어적 남용은, 공부를 위해 3년 동안 여자를 멀리하기로 맹세한 왕과 신하들이 프랑스 여성들이 내방하자 사랑의 찬미자들로 돌변하는 것만큼이나 어색해 보인다. 관객은 사랑 자체가 그러한 허장성세와 자신까지 속이는 거짓 맹세들을 남발하게 한다는 사실을 인정하면서 즐기고 있는 것일까? 이것이 희극에 대한 작가와 관객 사이의 암묵적 규약일까?

나는 걸음을 멈추고 다시 담배 한 개비를 빼어 물었다. 결국, '사랑'이 문제였다. 연인들은 화려한 언어의 주렴珠簾으로 자신과 상대의 모든 허물을 가린다. 작가들은 '사랑'이란 걷잡을 수 없는 감정을 표현하기 위해 언어적 과잉과 상투적인 기법들을 끌어들인다. 셰익스피어는 자신의 낭만적 희극들에 침대 계략, 변신, 편지

뒤바꾸기와 같은 기법을 썼다. 이는 사랑을 괜한 웃음거리로 만들어버리기도 한다. 아니, 사랑이 연인들을 우스꽝스러운 광대로 만들어버린다. 무엇보다 침대 계략은 사랑의 정체성을 조롱거리로 만든다. 그래도 그런 것을 탓하는 관객은 없다. 행복한 결말이 주는 만족감이 모든 허물을 덮어버리기 때문이다.

몽파르나스 묘역에서
―『햄릿』의 유령과 유럽의 장례 문화

유럽의 석조 건축물들은 밀도가 높은 물질적 시간성을 간직하고 있지만, 나는 그 웅장하고 정교한 건축물들에 다소 물려 있었다. 왕궁과 성을 우러러보기도 했지만, 그와 동시에 알 수 없는 위화감에 사로잡히기도 했다. 석조 건물 특유의 견고함이 안과 밖을 완전히 단절하는 듯한 느낌이 들었기 때문이다. 안에 있는 사람과 밖에 있는 사람 간의 상대에 대한 이미지는 시선의 방향만큼이나 정반대였을 것이다. 성이 거대하고 높을수록, 견고하고 정교할수록 둘 사이의 거리는 멀어지고 숭배와 예속의 관계가 이분법적으로 강고해졌을 것이다. 그런가 하면, 교회 건축물과 장식들은 보이지 않는 것들에 대한 상상, 이를테면 "나의 왕국은 이 세상의 것이 아니다"라는 말이 불러일으키는 상상에의 강박과 결부되어 있다. 교회의 문은 누구에게나 열려 있고, 그 안으로 들어서는 사람들은 성스러운 분위기에 감전된다. 그렇지만 거기에도 거룩과 비속의 이분법이 작동하고 있다. 그렇다면, 묘지들은? 보이고 들리고 만질 수 있었던 사람들의 시신을, 보고 듣고 만질 수 없도록 땅속 깊이 묻어두는 곳이다. 그것은 죽은 자들을 잊지 않고 기억하려는 마음이 빚어낸 것이지만, 거기에는 죽은 자들의 영혼을 유령이나 까마귀와 같은 영물들로 현시했던 사람들의 공포가 서려 있다.

나는 그런 생각을 하며 몽파르나스 묘역의 갓길에 앉아 있었다. 성삼위일체 교회의 성단에 안치된 셰익스피어의 관 뚜껑에는 "내 뼈들을 옮기면 저주받을지어다"라는 문구가 새겨져 있다. 그래서 2008년에 교회를 복원하면서도 뼈를 건드리는 일은 조심스럽게 피했다고 한다. 그의 관은 땅속이 아닌 단 위에 놓인 채 우러름의 대상이 되고 있다. 그렇지만 몽파르나스의 주민들은 땅속에 묻히고 육중한 돌들에 눌린 채 중음重陰에 들어 있다.

이러한 묘지 풍속에는 죽은 자의 존엄보다는 그들의 유령에 대한 공포가 더 많이 스며 있는 듯 보인다. 햄릿도 아버지의 유령이 나타나자 공포에 사로잡힌다. "천사들과 하늘의 전령들이여 우리를 보호하소서!" 그렇게 외치고 나서 그는 유령을 다그친다.

오 대답하시오!
나를 무지로 애타게 하지 말고, 말해보시오.
그대의 축성된 뼈들이, 죽음의 관 속에 들어갔는데,
왜 수의를 찢어발겼는지, 그대가 고요히 안장되는 것을 우리가 보았는데,
그 무덤이 왜 그 육중한 대리석 턱을 벌리고

파리 14구에 자리한 몽파르나스 묘역

참배객들이 많이 찾는 사르트르, 보부아르 부부의 무덤은 이 묘역에서 유일하게 연분홍빛 대리석이다. 이들을 비롯해 모파상, 보들레르 등 여러 유명인이 이곳에 안장되어 있다. 유럽의 묘지 풍속에는 죽은 자의 존엄보다는 그들의 유령에 대한 공포가 더 많이 스며 있는 듯 보인다. 햄릿도 아버지의 유령이 나타나자 공포에 사로잡힌다. "천사들과 하늘의 전령들이여 우리를 보호하소서!" 그렇게 외치고 나서 그는 유령을 다그친다. "오 대답하시오! 나를 무지로 애타게 하지 말고, 말해보시오. 그대의 축성된 뼈들이, 죽음의 관 속에 들어갔는데, 왜 수의를 찢어발겼는지, 그대가 고요히 안장되는 것을 우리가 보았는데, 그 무덤이 왜 그 육중한 대리석 턱을 벌리고 그대를 토해냈는지."

그대를 토해냈는지. 도대체 무슨 뜻으로
그대, 죽은 시신이, 완전무장을 하고,
어른거리는 달빛 속에 다시 나타나,
밤을 소름 끼치게 하고, 우리를 자연의 노리개로 만들며
우리 영혼이 파악할 수 없는 뜻을 품게 하고
우리의 멀쩡하던 마음을 공포로 뒤흔드는 것이오?
말하시오, 왜 그러는 것이오? 무슨 이유로? 우리더러 어쩌란 말이오?
—『햄릿』, 1.4.24-36

가톨릭의 교리에 따르면, 천국이나 지옥에 떨어진 영혼은 되돌아올 수 없다. 그래서 햄릿의 외침에는 아버지 유령에 대한 강한 공포와 함께 한 가닥의 의문이 서려 있다.

직육면체로 다듬은 돌의 날카로운 모서리들이 서늘한 냉기를 뿜어내고 있었다. 그 돌에는 사형선고만큼 냉정한 마음들이 응고되어 있는 것처럼 보였다. 아니, 그 자체가 차라리 죽음이었다. 나는 이런 느낌들을 빠르게 메모했다. 압축해서 쓰다보니 겉모양이 시처럼 되었다.

죽은 자들의 도시
살아 있는 것은 나무들뿐.

고통의 구렁에서 헤매다
때로는 갈채에 들뜨기도 했을

예술가와 지식인들,
세상을 위해 목숨을 바쳐야만
이곳에 올 수 있었다는
경찰관들과 소방대원들이
단단하고 무겁고 차가운
돌 속에 갇혀 있다.

날카로운 모서리들 사이로
가녀린 몸을 비틀며 손짓하는
새빨간 꽃들,
새파란 꽃들,
새하얀 꽃들의
절규가 아지랑이처럼 피어오른다.

살아 있는 것은 나무들뿐,
공기처럼 가벼운 혼령들조차
빠져나갈 수 없을 듯 육중한 돌들,
닿으면 베일 듯 날선 모서리들을
무심히 굽어보고 있다.

길 하나 건너면 태양이 작열하는 거리,
나는 그곳 카페에서
프랑스식 쇠고기 육회,

버터 맛이 감도는 물컹물컹한 생살을
질겅질겅 씹었다.

내 안의 야만성이 꿈틀거리는 것이 어렴풋이 느껴졌다. 이따금
욕지기를 느끼면서도 나는 무엇엔가 저항하듯 그 물컹한 생살을
남김없이 먹어치웠다. 메뉴에서 '쇠고기boeuf'란 단어를 발견하고
그게 어떤 음식인지도 모른 채 주문한 것이었다. 나는 "시신도 똥
처럼 내다 버려야 한다"는 헤라클레이토스의 말도 곱씹었다. 몽파
르나스 묘역은 너무도 아름답게 치장되어 있어서 더욱더 혼란스
러웠다.

매장 문화는 한 사회의 계급적 위계질서와도 맞물려 있다. 로마
황제의 이중장二重葬은 그 계급적 위상의 정점을 보여주는 극적인
예이다. 로마 황제는 밀랍 인형('존엄'의 표상)을 만들어 다시 한번
장례를 치른다. 나에게는 그 절차가 오히려 죽은 자의 '존엄'을 결
정적으로 훼손하는 것처럼 보였다. 나는 자신에게 이렇게 물었다.
인간은 자신에게 가당치 않은 존엄을 벗어버릴 때 비로소 자기 본
성에 맞는 윤리를 사유할 수 있지 않을까?

지상의 화려와 지하의 암흑, 햄릿의 성 크론보르

바닷길로 가면 덴마크는 영국에서 먼 거리에 있지 않다. 500년
에 걸친 로마제국의 지배(기원전 50~기원후 450)가 끝난 후 데인족Danes:

덴마크와 노르웨이인은 그 바다를 건너 여러 차례 브리튼을 침략했다. 클로디우스의 명령을 받은 햄릿도 그 바닷길로 잉글랜드에 조공을 독촉하러 떠난다. 그런데 나는 기차를 타고 에둘러 가야 했기에 머나먼 여정이 될 수밖에 없었다.

브뤼셀에서 하루를 보내고 암스테르담행 기차에 오르자 알 수 없는 감상이 밀려왔다. 새로운 사물들이 눈에 익기도 전에 떠나고 또 떠나야 하는 이동에 대한 심리적 반작용 때문이 아니었을까? 그것이 아마 잠시 나그네가 된 듯한 느낌을 불러일으켰으리라. 브뤼셀은 벌써 내 기억 속에서 아련히 멀어지고 있었다. 그랑 플라스 광장에서 외부 장식이 화려한 시청 건물을 바라보고 있을 때 갑자기 비가 내렸다. 광장과 사방으로 뚫린 골목들이 순식간에 텅 비어버렸다. 비를 피할 겸 어떤 레스토랑의 차양 아래 앉아 있을 때 어디선가 트럼펫 소리가 들려왔다. 그 청아하고 구슬픈 소리는 텅 빈 골목과 비에 젖은 건물과 그 속에 웅크린 사람들을 투명한 슬픔으로 적시며 한없이 흘렀다.

덜컹, 기차가 움직이기 시작했다. 창밖을 내다보자 수많은 갈래로 뻗어나간 철길들이 눈에 들어왔다. 그것들은 어느 나라든 마음대로 갈 수 있다고 손짓하고 있었지만, 나는 정해진 곳으로 가야 했다. 그래도 나는 기차 여행이 좋았다. 무엇보다 스쳐가는 풍경에 몰입할 수 있어서 좋았다. 눈을 감으면, 어김없이, 어디론가 가고 있다는 느낌을 불러일으키는 기차 바퀴의 진동도 좋았다. 때로는 한순간도 날아오르지 못하는 기차의 속성조차 묵직한 감동으로 다가왔다. 그것은 롤에 감겼다가 풀리는 필름처럼 제한된 풍경들만 펼쳐 보이지만, 순간순간의 만남에 어떤 숙명적인 기분을 불어넣는 것 같았다.

암스테르담에서는 꽤 많은 것을 보았지만 셰익스피어와 무관한 것들이다. 그래도 반 고흐 박물관에 있는 그의 〈자화상〉 앞에는 꽤 오래 머물러 있었다. 멀리에서 달려온 햇살이 얼굴 중심에서 폭발, 파문을 일으키며 사방으로 퍼져나간다. 그 빛의 집중과 분산의 임계점에서 그의 자아가 한순간 반짝 빛난다. 존재와 무 사이의 촌음寸陰을 꿰뚫어 보는 그 새까만 눈동자는 호텔로 돌아온 후에도 내 마음속에 깊이 박혀 있었다. 나는 비좁은 발코니로 나가 작은 철제 의자에 앉았다. 밤 11시가 넘었는데도 하늘의 푸른빛이 다 가시지 않은 채 흐릿하게 남아 있었다. 그 검푸른 하늘을 배경으로 거대한 포플러들의 시커먼 우듬지가 너울너울 흔들렸다. 이따금 나뭇가지를 흔드는 바람 소리가 지붕과 창문을 휩쓸며 지나갔다.

함부르크 역에서 갈아탄 기차는 배에 실려 바다를 건너게 되어 있었다. 그 기차가 바다와 만나는 대륙의 끝자락에서 거대한 도마뱀 같은 배 속으로 천천히 기어 들어가 정지했다. 승객들은 안내 방송에 따라 객실에서 빠져나와 갓 부화한 도마뱀 새끼들처럼 가파른 철제 계단을 기어 올라갔다. 갑판에 오르자 탁 트인 바다가 눈앞에 펼쳐졌다. 오오, 바다! 섬에서 태어난 내 마음속에는 언제나 유년의 바다가 출렁이고 있었다. 먼바다에는 컨테이너를 산더미처럼 적재한 배가 서북쪽으로 가고 있었다. 나는 하루의 마지막 빛을 향해 부풀어 오른 검은 바다를 향해 셔터를 눌렀다. 덴마크 해안에 도착하자 기차는 배에서 천천히 빠져나와 다시 달리기 시작했다. 코펜하겐에 도착했을 때에는 밤 9시가 넘어 있었다.

이튿날 한낮, 헬싱외르 역에서 빠져나오자 바로 눈앞에 바다가 펼쳐졌고, 그 위에 그림 같은 성 하나가 떠 있었다. 크론보르였다. 검푸른 바다에 둘러싸인 성 위에는 흰 구름이 뭉게뭉게 피어 있었다. 판타지 영화에나 나옴직한 그 비현실적인 아름다움에는 알 수 없는 쓸쓸함이 배어 있었다. 20분쯤 걸어가자, 육지와 섬 사이에 걸려 있는 짧은 다리가 나왔다. 다리를 건너 외성外城을 지나자, 높은 성곽에 둘러싸인 크론보르가 성큼 다가왔다. 성 둘레에 깊게 파놓은 초록빛 해자에서는 백조 몇 마리가 유유히 헤엄치고 있었다. 그리고 성벽 가까이 대포 몇 문이 바다를 향해 놓여 있었다. 성 안으로 들어가려면 해자 위에 걸쳐 있는 또 하나의 다리를 건너야 했다.

궁전 건물들에 둘러싸인 넓은 안마당에는 나무 한 그루 서 있지 않아 삭막한 느낌이 들었다. 궁전 안의 거실에는 날씬하고 갸름한 얼굴의 햄릿이 한쪽 손에 하얀 장갑을 든 채 서 있었다. 어떤 방의 벽에는 깃털 펜을 쥔 셰익스피어의 상반신을 부조한 석판 하나가 걸려 있었다. 이 궁전은 지하 감옥까지 개방했다. 나는 앞사람의 꽁무니를 따라 지하의 어둠 속을 헤맸다. 칠흑 같은 지하의 어둠은 지상의 화려함과 대칭을 이루는 것이 아닐까? 지하의 신음 소리가 음산할수록 지상의 웃음소리는 밝고 명랑하지 않았을까? 그런 생각을 하며 밖으로 나오자 한낮의 햇살이 동공 속으로 아프게 파고들었다.

성벽 끝으로 다가가자 탁 트인 푸른 바다가 한눈에 들어왔다. 그 바다에는 하얀 돛단배 한 척이 떠 있고, 그 너머 수평선 멀리 스웨덴의 해변과 집들이 가물가물 떠 있었다. 그 바다는 덴마크와 스웨덴 사이에 놓여 있는 외레순 해협의 폭이 가장 좁은 곳이었다. 크론보르는 그 엄청난 성벽과 해자로도 적을 막아내지 못하고 몇 차례인가 국적이 바뀌며 오늘에 이르렀다. 『햄릿』의 마지막 장면에서도 이 성은 노르웨이의 왕자 포틴브라스를 새로운 주인으로 맞이한다. 근대에 이르러서는 군대의 주둔지로 사용되기도 했다. 크론보르는 1420년대에 에릭 7세가 요새로 지은 것을 1574~1585년에 프레데릭 왕이 르네상스 양식의 웅장한 왕궁으로 개축한 것이다. 이 성은 북유럽의 가장 유명한 르네상스식 왕궁들 가운데 하나이며, 2000년에 유네스코 세계문화유산으로 등록되었다.

성을 떠나려 하자 한 가닥 아쉬움이 밀려왔다. 크론보르에 가면 꼭 확인해보려고 했던 것을 보지 못했기 때문이다. 나는 『햄릿』을 읽으면서 '아라스arras'가 어떻게 생긴 것인지 무척 궁금했었다. 햄릿은 어머니 방의 아라스 뒤에 숨어서 엿듣고 있던 폴로니우스를 (클로디우스로 오인하고) 검으로 찌른다. 폴로니우스는 그 자리에서 즉사한다. 'arras'는 대개 '벽걸이 양탄자'로 번역되는데, 그것이 양탄자만큼 두꺼운 데다 허공에 걸려 있다면 그 뒤에 있는 사람을 일격에 찔러 죽일 수는 없을 듯했다. 사전에는 아라스가 여러 가지 색실로 그림을 짜 넣은 직물로서 벽 쪽의 가재도구들을 가리는 데 사용하는 것으로 설명된다. 그렇다면 그것은 양탄자만큼 두꺼운 직물은 아닐 것이다. 크론보르의 침침한 회랑이나 방의 벽에는 풍경이나 인물들을 짜 넣은 꽤 많은 양탄자가 부착되어 있었다. 내

코펜하겐 북쪽에 위치한 크론보르 성의 전경

성벽 끝으로 다가가자 탁 트인 푸른 바다가 한눈에 들어왔다. 그 바다에는 하얀 돛단배 한 척
이 떠 있고, 그 너머 수평선 멀리 스웨덴의 해변과 집들이 가물가물 떠 있었다. 그 바다는 덴
마크와 스웨덴 사이에 놓여 있는 외레순 해협의 폭이 가장 좁은 곳이었다. 크론보르는 그 엄
청난 성벽과 해자로도 적을 막아내지 못하고 몇 차례인가 국적이 바뀌며 오늘에 이르렀다.
『햄릿』의 마지막 장면에서도 이 성은 노르웨이의 왕자 포틴브라스를 새로운 주인으로 맞이
한다. 이 성은 북유럽의 가장 유명한 르네상스식 왕궁들 가운데 하나이며, 2000년에 유네스
코 세계문화유산으로 등록되었다.

눈에는 바닥에 깔려 있는 양탄자와 달라 보이지 않았다. 그러니 그것들은 아라스가 아니었을 것이다.

영원한 현대인─『햄릿』

　호텔로 돌아와서 자리에 눕자 북풍이 휘몰아치는 크론보르의 성루城壘가 떠올랐다. 가슴속까지 얼어붙을 듯 추운 겨울밤, 햄릿이 아버지의 유령이 나타나기를 기다리고 있을 때 성안에서는 클로디우스와 거트루드가 결혼 축하연을 벌인다. 한밤중인데 축포까지 울린다. 고해성사조차 하지 못한 채 지옥에 떨어진 영혼과 형제 살해의 죄악을 저지른 채 생의 열락에 빠져 있는 형제간의 대비가 극명하게 드러나는 장면이다.

　햄릿은 이 장면 이전부터 심한 우울증에 빠진 것처럼 보인다.

　오, 이 너무너무 단단한 살이 녹아,
　이슬이 되어버린다면,
　아니면 영생자이신 하느님께서
　자기 살해를 금하는 법을 정하지 않으셨다면! 오 하느님! 하느님!
　이 세상 모든 짓들이 나에게는
　정말 지겹고, 퀴퀴하고, 시시하고, 무익하구나
　이 세상의 온갖 일들이 다 그래 보여!
　　─『햄릿』, 1.2.129-134

햄릿에게는 세상의 모든 것, 사람들이 하는 모든 짓이 다 무의미해 보인다. 그래서 그는 '자기-살해self-slaughter'의 충동에 사로잡히지만, 하느님의 계율이 그것을 금지한다. 그런데 아버지의 유령까지 나타나서 자신이 "가장 더럽고, 이상하고, 끔찍한 살인"(1.5.28)을 당했다며 복수를 당부한다. 그렇지만 햄릿은 사태의 전말부터 알고 싶어한다.

> 어서요, 어서 말씀해주세요, 그러면 제가, 명상 또는
> 사랑의 생각만큼이나 빠른 날개로
> 복수를 향해 날아갈 수 있어요.
>
> ― 1.5.29-31

유령은 자기가 정원에서 잠을 자다가 독사에게 물려 죽었다고 발표된 것은 거짓말이고, 그 '독사'는 지금 왕관을 쓰고 있다고 일러준다. 그리고 자신이 살해된 것은 '근친상간'의 '반역'에 의한 것임을 암시한다. 그렇지만, 햄릿은 복수를 향해 "생각만큼이나 빠른 날개로" 날아가지 않는다. 그는 궁에 들어온 극단에게 아버지의 피살 정황과 유사한 장면을 보여주게 하고, 클로디우스의 반응을 살핀다. 극 중의 배우가 잠자는 공작의 귓속에 독을 부어 넣는 장면에서 클로디우스는 자리를 뜨고, 폴로니우스(추밀원 원로)는 연극을 중단시킨다. 확실한 증거를 잡았다고 생각한 햄릿에게 복수의 기회가 찾아온다. 클로디우스가 혼자 기도를 하고 있다. 그렇지만 기도하는 그를 죽이면, 그를 천당으로 안내하는 꼴이 된다. 그래서

복수는 지연된다.

대다수의 비평가들은 이 연극의 진행 전체를 '복수의 지연'으로 보고, 그 이유에 대해 다양한 견해를 피력한다. 가장 일반적인 것은 햄릿의 우울증과 사색적인 성격이 복수를 끝없이 지연시킨다는 것이다. 그렇지만 정신분석적 해석자들은 햄릿이 오이디푸스 콤플렉스 때문에 자신의 무의식적 욕망을 앞서 실현한 클로디우스를 죽일 수 없다고 주장한다. 그리고 정치적 이유를 들어 복수의 지연을 설명하는 카를 슈미트Carl Schmitt는 햄릿을 제임스 1세와 결부시킨다. 제임스 1세의 어머니 메리 스튜어트는 1566년 남편 헨리 단리 경이 살해된 지 3개월 만에 남편을 살해한 보스웰 백작과 결혼했고, 당시의 영국인들은 그녀를 남편 살인의 공모자로 의심했다(임철규, 439쪽). 그래서 셰익스피어는 자신이 지지하는 제임스 1세를 의식하고 거트루드의 공모를 모호하게 흐리면서 복수를 지연할 수밖에 없었다는 것이다.

내가 보기에, 지연된 시간은 작가의 미학적 의도와 더 많이 관련되어 있다. 덴마크의 실제 역사에서 햄릿에 해당하는 인물 암렛Amleth은 복수를 할 수 있는 어른이 되기까지 미친 척하며 기나긴 인고의 세월을 보낸다. 그렇지만 셰익스피어는 이 연극에서 그 긴 세월을 삭제해버렸다. 그래서 연극이 시작되기도 전에 저질러진 부왕의 피살과 '복수'(진정한 의미의 복수와는 거리가 있다)가 이루어지는 마지막 장면 사이에 방대한 시간적 공백이 생겨났다. 작가는 이 공백을 풍부한 시적 언어와 교묘한 말장난, 재기 발랄한 대사들을 펼쳐가면서 인간의 근원적 욕망과 타락한 현실, 복수에 대한 고뇌

배스에서 보았던 햄릿의 동상

덴마크의 실제 역사에서 햄릿에 해당하는 인물 암렛은 복수를 할 수 있는 어른이 되기까지 미친 척하며 기나긴 인고의 세월을 보낸다. 셰익스피어는 『햄릿』에서 그 긴 세월을 삭제해버렸다. 그는 피살과 복수 사이의 공백을 풍부한 시적 언어를 펼치며 삶과 죽음의 문제를 다층적으로 성찰하는 데 활용했다. 그리고 그 중심에 햄릿의 고뇌 어린 내면 풍경을 심어두었다. 그의 내면을 관통하고 있는 것은 복수가 아니라 삶과 죽음에 대한 뿌리 깊은 의문이다. "살 것이냐, 죽을 것이냐, 그것이 문제이다." 이 의문은 유령이나 복수와는 거리가 멀다.

와 형제 살해의 죄의식, 정치의 보편적 차원, 그리고 삶과 죽음의 문제를 다층적으로 성찰하는 데 활용했다. 그리고 그 중심에 햄릿의 고뇌 어린 내면 풍경을 심어두었다. 그의 내면을 관통하고 있는 것은 복수가 아니라 삶과 죽음에 대한 뿌리 깊은 의문이다. "살 것이냐, 죽을 것이냐, 그것이 문제이다."(3.1.58) 이 의문은 유령이나 복수와는 거리가 멀다.

햄릿의 독백 또는 방백들은 고뇌로 가득하지만 세련되고 우아하다. 그래서 인구에 회자되는 것들이 많다. 한 가지 예를 들어보자. 아버지의 극진한 사랑을 받았던 어머니가 남편이 죽고 나자 "거짓 눈물의 소금기가 가시기도 전에"(1.2.154) 숙부와 결혼해버린다. 이런 어머니에 대한 착잡한 감정을 햄릿은 한마디 짧은 독백 속에 응축한다. "약한 자여, 그대 이름은 여자다."(1.2.146) 이 말에는 어머니를 비롯한 여성 일반에 대한 혐오까지 함축되어 있다. 문장 구조는 간단하지만 매우 함축적이어서 해석이나 번역이 무척 까다로운 예도 있다. 이를테면, "The time is out of joint"(1.5.96)가 그렇다. 이 구절은 "시간의 마디가 어긋났구나"로 직역될 수 있지만, 흔히 "시간의 톱니바퀴가 어긋났구나"로 번역된다. 그렇지만, 'time'은 '시대'로도 번역될 수 있다. 문맥으로 보아도, 이 문장에는 자기 시대를 저주받은 시대로 여기는 의식이 관통하고 있다. 그 시대에는 종교적 세계관이 과학적 세계관으로 대체되면서 구시대의 관념과 도덕으로는 이해할 수 없는 행위, 또는 사회적 현상들이 속출했기 때문이다.

햄릿의 말장난에도 '어긋난 시대'의 의식이 파고든 흔적들이 허다하다. 한 가지 예를 들어보자. 왕의 명령을 받고 햄릿의 속마음을 떠보기 위해 나타난 친구들에게 햄릿이 어떻게 지냈느냐고 묻는다. 로젠크란츠는 "대지의 무심한 아이들처럼" 지냈다고 간단히 대답하지만, 길덴스턴은 좀 복잡하게 대답한다. "과도한 행복이 아니어서 다행이지요,/우리는 행운의 여신 모자 꼭대기 단추 위에 있는 건 아닙니다."(2.2.225-227) 그러자, 햄릿이 묻는다. "신발 밑창에 있는 것도 아니겠지?" 로젠크란츠가 그렇다고 하자, 햄릿이 다시 묻는다. "그럼 그녀의 허리 근처, 아니면 그녀의 호의favours 한가운데?" '호의'로 번역한 'favours'는 여성의 성적인 친밀감을 의미한다. 그러자 길덴스턴이 대답한다. "실은, 우리는 그녀의 평범한 신민privates이지요." '신민'으로 번역한 'privates'에는 두 가지 의미가 있다. 하나는 관직이 없는 '평범한 백성'이고, 다른 하나는 여성의 '음부'이다. 햄릿이 이런 것을 놓칠 리 없다. "그녀의 은밀한 곳? 아 정말 그럴듯해, 그녀는 창녀니까."(2.2.232-233) 이 문장에는 모든 남성들의 청원을 들어준다는 점에서 행운의 여신은 뭇 남성들을 품어주는 창녀와 다를 바 없다는 의미가 함축되어 있다.

우울증 환자의 내면에서는 세상의 모든 일들이 무의미의 수준에서 평준화된다. 이런 점에서 햄릿의 내면은 무의미의 바다로 은유될 수 있다. 그 바다는 무차별적이다. 거기에서는 왕이라고 해도 안전할 수 없다. 클로디우스가 폴로니우스를 죽인 햄릿에게 묻는다. "폴로니우스는 어디 있느냐?" 햄릿이 대답한다. "저녁 식사 중입니다." 왕이 다시 묻는다. "저녁 식사? 어디에서?" 햄릿이 대답한다. "자신이 먹고 있는 데가 아니라, 자신이 먹히고 있는 곳에서

요."(4.3.20) 이 말은 폴로니우스가 벌써 구더기 밥이 되었다는 것을 암시한다. 그리고 나서 햄릿은 변증법적인 논리로 자신의 말을 뒷받침한다. 인간은 모든 생물을 먹고 살고 인간은 왕이든 거지든 구더기의 밥이 된다. 인간은 그 구더기로 물고기를 낚으니 왕도 거지의 창자 속으로 행차할 수 있다는 것이다.(4.3.30-31) 이렇게 왕을 조롱하고 나서, 햄릿은 왕의 죄의식을 자극한다. 클로디우스가 다시 묻는다. "폴로니우스는 어디 있느냐?" 햄릿이 대답한다. "천당에요. 거기 사람을 보내서 알아보세요. 폐하의 사신이 거기에서 그분을 찾지 못하면, 폐하 자신이 다른 곳에서 그분을 직접 찾아보세요. 그래도 이달 안에 그분을 찾지 못하면, 로비로 올라가는 계단에서 그분 냄새를 맡게 될 것입니다."(4.3.33-37) '다른 곳'은 천당과 다른 곳, 즉 지옥이다. 그렇게 햄릿은 클로디우스가 지옥에 갈 것임을 암시하고 나서, 폴로니우스의 시체가 있는 곳을 넌지시 알려준다.

햄릿은 혼자 있을 때에는 사색적이지만, 다른 사람과의 대화에서는 신랄하고, 장난스럽고, 때로는 교묘하게 성적인 농담을 즐긴다. 엘리자베스 시대의 영어에서 'thing'은 남성의 성기, 'nothing'은 여성의 성기를 의미하기도 했다. 그 시대 사람들은 여성을 두 다리 사이에 아무것도 없는 존재로 여겼기 때문이다. 그래서 햄릿이 오필리아에게 'no-thing'이란 낱말로 성적 암시를 드러낼 때 나는 무척 놀랐다. 이 낱말이 나오게 된 정황은 이렇다. 햄릿이 극을 보러 가서 오필리아 곁에 앉으며 네 무릎에 누워도 되느냐고 묻는다. 오필리아가 안 된다고 하자 햄릿이 '성교country matters'를 생각했느냐

햄릿을 연기하는 프랑스의 전설적인 배우 사라 베르나르

그가 배역을 맡아 연기한 '여성 햄릿'은 '여신 사라'라는 별명을 얻을 정도로 큰 성공을 거두
었다. 햄릿의 독백 또는 방백들은 고뇌로 가득하지만 세련되고 우아하다. 말장난 하나에도
'어긋난 시대'의 의식이 파고든 흔적들이 허다하다. 당대의 세계관이나 통념을 전도시키는
역설을 함축할 때도 많다. 그가 그리는 '세계'는 무한하기에 오히려 거머쥘 수 없는 신기루처
럼 보인다. 타락한 현실에 안주할 수 없었던 햄릿의 언어는 새롭게 열리는 시간 속에서 늘 새
로운 의미로 되살아난다. 햄릿은 그러므로 영원한 현대인이다.

고 묻는다. 오필리아가 "아무 생각도 안 했다I think nothing"고 대답하자 햄릿이 더 짓궂게 오필리아를 건드린다. "처녀의 다리 사이에 눕는 건 즐거운 일이지."(3.2.254) 그러자 오필리아는 "뭐가요?" 하고 묻고 햄릿이 대답한다. "아무것도 아니야No-thing." 'no'와 'thing' 사이에 하이픈을 넣은 것은 옥스퍼드 판의 편집자이지만, 그렇게 하면 여성의 성기는 '물건 아닌 것'이 되어 좀 더 복잡한 함의를 갖게 된다. 그렇지만 오필리아는 햄릿의 성적 농담을 제대로 알아듣지 못한 것으로 보인다.

햄릿의 말장난은 당대의 세계관이나 통념을 전도시키는 역설을 함축할 때가 많다. 때로는 난해하기까지 해서 주석자들까지 혼란에 빠뜨린다. 한 가지 예를 들어보자. 5막의 첫 장면에서 무덤 파는 사람이 오필리아가 자살을 했다면 기독교식 장례는 치를 수 없는데, 왜 기독교식 매장을 하느냐는 뜻으로 동료에게 질문을 한다. "그녀는 제멋대로 자신의 구원을 추구했는데, 기독교식으로 매장해야 하나?"(5.1.1-2) 어떤 주석자는 이 문장에서 '구원'을 의미하는 'salvation'이 'damnation'(지옥살이)의 잘못이라고 해석했다. 그렇지만 기독교의 교리를 배제하고 보면, 자살 또는 '자기-살해'는 행위 주체가 스스로 자기 구원을 추구한 행위로 볼 수 있다. 무덤 파는 사람은 이렇게 덧붙인다. "그것은 자기-공격이지, 다른 것일 리 없어."(5.1.9) 이 문장에서 '자기-공격'은 'se offendendo'의 번역인데, 이것이 'se defendendo'(자기방어 또는 정당방위)의 잘못이라고 단언하는 주석자도 있다. 그렇지만 무덤 파는 사람은, 햄릿이 자살을 '자기-살해'로 표현했듯이, 자살을 '자기-공격'으로 표현한 것일 뿐이다. 이처럼 셰익스피어는 일상적 어법을 비틀면서 종교적 관념이 의심받기 시작하는 시대, 즉 '톱니바퀴가 어긋난 시대'의 정신적 풍경을 날카롭게 벼려냈다.

이 연극에서 '복수의 지연'으로 일컬어지는 시간적 공백을 채워주는 것은 세계의 부조리와 인간의 심리적 깊이를 드러내는 햄릿의 언어, 특히 풍부한 은유와 역설적 표현들이다. 이 작품의 표면적 모티프인 '복수'는 햄릿의 고뇌와 사유를 작동시키기 위한 하나의 장치일 뿐이다. 그의 복수에 대한 생각과 감정은 모호하고, 마지막 장면의 '복수' 자체도 우발적인 사고처럼 보인다. 클로디우스는 레어티스에게 햄릿과의 검술 시합을 제안하면서 시합용이 아닌 진짜 검을 사용하라고 말한다. 햄릿 때문에 아버지와 여동생까지 잃는 레어티스는 그 제안을 복수의 기회로 받아들이고, 자신의 검에 치명적인 독까지 발라놓는다. 그와는 달리 햄릿은 그 제안을 친구와 화해할 수 있는 기회로 여긴다.

시합이 시작되자 예기치 않은 사태들이 급박하게 몰아닥친다. 레어티스가 햄릿을 죽이지 못할 경우에 대비하여 클로디우스가 마련해둔 독배를 거트루드가 마신다. 독 묻은 검에 햄릿이 찔리고, 혼전 중에 검이 뒤바뀌어 레어티스도 그 검에 찔린다. 거트루드가 쓰러지며 잔에 독이 들어 있다고 말하고, 레어티스도 죽어가며 클로디우스와 자신의 계략을 실토한다. 분노한 햄릿이 클로디우스에게 상처를 입히고 그의 입안에 독배를 붓는다. 햄릿은 아버지에 대한 복수와는 무관하게 예기치 못한 사태에 떠밀려 클로디우스를 응징한 것일 뿐이다. 클로디우스가 마신 독배조차도 그가 마련한 것이 아니다. 그러니 그것은 엄밀한 의미에서 '아버지에 대한 복수'일 수 없다.

햄릿이 복수를 의도했다면, 클로디우스에게 한마디쯤 했을 것이다. '당신이 내 아버지를 독살했어!'라고. 그렇지만 햄릿은 죽어가면서 호레이쇼에게 아버지가 독살된 사실을 세상에 알려달라고 부탁한다. 왕족들의 죽음과 함께 덴마크의 왕위는 노르웨이의 왕자 포틴브라스에게 넘어가게 된다. 어차피 왕위는 햄릿의 관심사가 아니었다. 그는 이미 로젠크란츠와 길덴스턴에게 이렇게 말한 바 있다. "나는 호두 껍질 속에 갇혀 있다 하더라도, 나 스스로 무한한 세계의 왕이라고 생각할 수 있네, 내가 나쁜 꿈을 꾸고 있는 게 아니라면 말이야."(2.2.252-254) 그 '세계'는 무한하기에 오히려 거머쥘 수 없는 신기루처럼 보인다. 하지만 그것은 다름 아닌 미래의 시간 속에 예비되어 있었다. 타락한 현실에 안주할 수 없었던 햄릿의 언어는 새롭게 열리는 시간 속에서 늘 새로운 의미로 되살아나기 때문이다. 그래서 햄릿은 영원한 현대인이다.

바이마르, 괴테가 본 셰익스피어

"나는 집에 있소!" 괴테 하우스의 입구에 붙여놓은 간판 속의 문장이다. 그 문장이 친근한 목소리처럼 나를 맞아주었다. 1층 로비로 들어서자 정말 그가 거기에 있었다, 창가 탁자 위에 목상의 모

바이마르의 괴테 하우스

입구 간판에 쓰인 "나는 집에 있소!"라는 문장이 인상적이다. 길 건너 공터에 있는 기다란 등
나무 벤치에 앉자 셰익스피어에 대한 괴테의 말들이 하나둘씩 떠오르기 시작했다. 셰익스피
어에 대한 괴테의 첫 번째 언급은 소설의 주인공인 빌헬름 마이스터의 입으로 피력된다. 빌
헬름은 『햄릿』을 읽은 감동을 이렇게 표현한다. "어떤 천상적 창조 정신의 작품인 것 같이 생
각됩니다. 그것은 문학작품이 아닙니다! 마치 운명에 관한 가공할 책을 펼쳐놓고 그 앞에 앉
아 있는 것 같고, 그 책 속에서 격동하는 인생의 폭풍우가 몰아치는 듯합니다."

습으로. 원래 색을 입힌 것인지, 아니면 갈라진 틈들을 메우고 보존하기 위해서인지, 그 반신상에는 무광택 페인트가 입혀 있었다. 셔츠는 하얀색, 그 위에 걸친 겉옷은 검은색, 얼굴은 살구색, 머리칼은 잿빛, 입술은 붉은색, 그리고 가슴에 수놓인 노란 별 모양 꽃의 한가운데 둥근 선은 빨간색. 너무 원색적이라는 느낌은 들었지만, 그런 모습의 괴테는 꽤나 다감해 보였다.

괴테는 1832년에 서거하기까지 50년 동안 이 집에서 살았다. 이 50년에는 이탈리아에 체류한 기간도 들어 있다. 셰익스피어의 생가에는 가재도구와 생활용품밖에 없었지만, 괴테의 집에는 미술품과 같은 수집품이 많았다. 현관이나 강당 이외에 그가 일상적으로 사용한 작업실이나 거실, 식당과 같은 방들만 해도 열 개가 넘었다. 그렇지만 정원은 셰익스피어 생가의 정원보다 좁고 식물의 종류도 많지 않았다. 나는 1층의 서점까지 둘러보고 나서 밖으로 나갔다. 길 건너 공터에 있는 기다란 등나무 동굴 속 벤치에 앉자 셰익스피어에 대한 괴테의 말들이 하나둘씩 떠오르기 시작했다.

『빌헬름 마이스터의 수업 시대Wilhelm Meisters Lehrjahre』와 요한 페터 에커만Johann Peter Eckermann이 쓴 『괴테와의 대화Gespräche mit Goethe』에 등장하는 셰익스피어는 괴테에게 대체로 열광의 대상이다. 그렇지만 「셰익스피어와 무한Shakespeare ad Infinitum」이라는 글에서 괴테는 시인으로서의 셰익스피어는 시의 역사에서 최고의 자리에 올려놓고 있지만, 극작가로서의 셰익스피어는 높이 평가하지 않는다. 괴테는 『햄릿』을 희곡과 소설 사이에 어정쩡하게 자리하는 것으로 보았다.

셰익스피어에 대한 괴테의 첫 번째 언급은 소설의 주인공인 빌헬름 마이스터의 입으로 피력된다. 빌헬름은 『햄릿』을 읽은 감동을 이렇게 표현한다.

어떤 천상적 창조 정신의 작품인 것 같이 생각됩니다. 그것은 문학작품이 아닙니다! 마치 운명에 관한 가공할 책을 펼쳐놓고 그 앞에 앉아 있는 것 같고, 그 책 속에서 격동하는 인생의 폭풍우가 몰아치는 듯하며, 그 폭풍우가 책장을 이리저리 마구 넘기는 것 같습니다. 저는 그 작품들의 강렬함과 부드러움에, 그 강력한 힘과 고요함에 놀라고 제정신을 잃게 된 나머지, 언젠가 그것들을 계속 읽어나갈 수 있는 정신 상태를 회복할 때를 간절히 기다리고 있을 따름입니다.

— 괴테, 『빌헬름 마이스터의 수업시대 1』, 안삼환 옮김, 민음사, 1999, 290쪽

빌헬름은 『햄릿』을 읽으면서 폭풍우가 휘몰아치는 듯한 느낌에 제정신을 잃었을 뿐만 아니라, 그 등장인물들을 "가장 신비스럽고 가장 복잡한 자연의 창조물"(같은 책, 291쪽)처럼 받아들인다. 그래서 그는 자신의 감동을 조국의 관중과 조금이라도 나눌 수 있게 되기를 바란다. 셰익스피어를 읽은 괴테의 감동을 가장 솔직하게 대변하고 있는 것처럼 보이는 이 청년은 햄릿의 성격적 특징을 예리하게 포착해내기도 한다. 아버지가 '근친상간'의 '반역'에 의해 피살되었다는 사실을 알게 된 햄릿은 이렇게 외친다. "시간의 톱니바퀴가 어긋났구나. 오 저주받은 악운이여,/나는 그걸 바로잡으려

고 태어난 것이었구나!"(1.5.196-197) 빌헬름은 이 탄식 속에 "햄릿의 모든 행동의 열쇠가" 들어 있다고 단언한다.

제 생각에는 바로 이 탄식 속에 햄릿의 모든 행동의 열쇠가 숨어 있다고 봅니다. 그리고, 여기서 셰익스피어가 묘사하고자 한 것이 저에게는 분명해지는데, 그것은 한 연약한 영혼이 자신에게는 벅찬 행위를 짊어지게 된 상황입니다. 그리고 저는 이 작품이 이런 의미에서 수미일관하게 씌어졌다고 봅니다. 여기서 문제가 되는 것은 단지 섬약한 화초나 심을 수 있는 진귀한 화분에다 떡갈나무를 심는 격이라는 점입니다. 떡갈나무의 뿌리가 뻗어나게 되면 그 화분은 깨어지게 마련이지요.

— 같은 책, 374쪽

이 '떡갈나무 화분' 비유는 햄릿의 성격에 관한 언급들 가운데 가장 유명한 것이지만, 햄릿의 탄식에는 영혼의 연약함보다는 자신의 '악운'과 함께 덴마크 왕실의 도덕적 타락을 바로잡으려는 의지가 더 많이 함축되어 있다. 내가 보기에, 빌헬름의 언급들 가운데 가장 탁월한 것은 오필리아의 성격에 대한 분석이다. 오필리아 역을 맡고 싶어 하는 배우 아우렐리아가 빌헬름에게 묻는다. 작가가 "그 고귀한 아가씨의 입에서 그런 모호하고 음탕한 헛소리가 나오게 하는 까닭이 무엇일까요?"라고. 그러자 빌헬름이 이렇게 대답한다.

그런 이상한 점에도, 언뜻 보기에는 어색하게 보이는 그런 점에도, 큰 의미가 숨어 있기 때문입니다. (…) 그녀는 조용히 혼자서 살아 가고 있었지만, 그녀의 동경, 그녀의 소망은 숨길 수가 없었습니다. 육욕을 갈구하는 소리들이 남모르게 그녀의 영혼 속으로 울려 들어갔던 것입니다. 그래서 그녀는 마치 아이 보는 서투른 여자와도 같이 노래라도 불러서 자신의 깨어나려는 육욕을 잠재우고자 얼마나 많은 애를 썼습니까? 그러나 그 노래는 오히려 그녀의 육욕을 더욱 깨어나도록 만들었던 것입니다. 마침내 그녀가 자기 통제력을 잃고 그녀의 가슴속의 말이 혀끝에서 맴돌자, 그 혀가 그녀를 배반하게 되는 것이지요. 왕과 왕비의 면전에서 그녀는 미친 사람의 순진한 상태로 자기가 평소 좋아했던 노래들, 즉 정조를 빼앗긴 처녀의 노래, 살금살금 총각을 찾아가는 처녀의 노래 등 그 방종한 노래들의 여운을 즐기는 것입니다.

— 같은 책, 389~390쪽

'아이 보는 여자' 비유는 재미있고 날카롭다. 그렇지만 음탕한 노래가 그녀의 욕망을 깨웠다는 것과 "혀가 그녀를 배반하게" 되었다는 것은 언제나 선후 관계 속에 놓인 것은 아니다. 노래와 욕망의 관계는 쌍방향적이다. 노래가 오필리아의 잠재된 욕망을 깨우기도 하고, 그녀의 욕망이 "통제력을 잃은" 의식을 뚫고 음탕한 노래로 터져 나오는 것이기도 하다.

햄릿을 염탐하는 로젠크란츠와 길덴스턴의 연극적 효과에 대한 빌헬름의 성찰은 매우 독창적이다. 이 두 사람은 언제나 함께 다니기 때문에, 빌헬름의 동료들이 공연할 대본에서는 한 사람으로 하자는 의견이 나온다. 빌헬름은 그 의견에 단호히 반대한다.

> 그 두 사람의 본성과 행동을 '한 사람'이 연기해낼 수는 없어요. 이런 사소한 것에서 셰익스피어의 위대성이 드러나고 있습니다. 그렇게 살금살금 하는 행동, 그렇게 설설 기고 굽실거리는 처신, 그렇게 네네 하면서 비위를 맞추는 아첨, 그 기민함, 그 꼬리를 치는 아부, 그 공허한 전체성, 그 합법적인 파렴치 행위, 그 무능함을 어찌 '하나의' 인물로 표현할 수 있단 말입니까? 될 수만 있다면, 그런 인물이 적어도 한 다스쯤은 있어야 할걸요. 그런 인물은 단지 집단으로만 무슨 역할을 할 수 있는 데다, 그들이 곧 사회 자체거든요.
>
> ― 같은 책, 460쪽

셰익스피어는 이 두 인물을 통해 그 사회에 널려 있는 저열한 사람들의 행동 양식을 압축적으로 보여주면서, 혼자서 훌륭한 일을 해내는 호레이쇼와 대비시킨다는 것이다.

빌헬름은 『햄릿』을 무대에 올리기 위해 각색하는 과정에서 이 작품의 구성상의 느슨함을 지적한다. 그는, 이 작품에는 두 가지 구성적 요소가 있는데, 하나는 "인물들과 사건들의 위대한 내적 관계들"이고, 이것은 완벽하기 때문에 손볼 필요가 없다고 말한다. 그리고 또 하나의 구성적 요소는 "인물들의 외적 관계"인데, 이것은 장소의 이동이나 '우연한 사건'들에서 발생하는 다양한 인연들이다. 이것들은 '가늘고 느슨한' 것들이지만, "이것들이야말로 전 작품을 꿰뚫고 뻗어 있는 것이어서, 이것들이 없으면 붕괴되고 말 전체 구조를 함께 지탱해주고 있는" 것이다. 그렇게 말하면서도, 빌헬름은 이런 복잡하고 사소한 사건들을 무대에 올리기는 부적절하다고 생각한다. "이 모든 상황들과 사건들은 족히 한 편의 광대무변한 소설은 이룰 수는 있겠지만, 특히 그 주인공이 아무런 계획도 갖지 않은 이 희곡에서는 그 통일성을 위해서 지극히 장애가 되고 매우 큰 결함이 될 수밖에 없는 것입니다."(같은 책, 454~455쪽) 그래서 그는 그 부분을 개작에 가까울 만큼 본격적으로 수정한다.

그렇지만 사소하고 느슨해 보이는 것들은 빌헬름의 생각보다 더 본질적인 존재 이유를 지니고 있다. 거기에는 중요한 것과 사소한 것, 의미와 무의미, 미와 추 등의 이분법적 차이를 넘어서는 작가 자신의 세계관이 침투해 있다. 이 세계관으로 보면, 의미는 무의미의 바다에서 건져 올린 작은 부분에 지나지 않은 것일 수도 있다.

「셰익스피어와 무한」은 괴테가 셰익스피어의 연극을 전체적 구도에서 좀 더 비판적으로 구체화한 글이다. 이 글에서 괴테는 셰익스피어의 모든 작품들을 고대와 근대 사이의 대립 개념들―자연적/감상적, 이교도/기독교도, 고전적/로마적, 현실적/이상적, 필연성/자유, 의무/의지―로 사유한다. 그는 고대극은 필연성에 바탕을 두고 근대극은 의지에 바탕을 둔다고 단언하면서 이렇게 쓰고 있다. "필연성의 동기를 통해, 비극은 강력해진다. 의지의 동기를 통해, 유약해진다." 괴테는 이 원칙을 셰익스피어 연극들에 그대로 적용한다. "그의 연극들에서 의지와 필연성은 평형을 유지하려고 투쟁한다. 둘은 힘차게 겨루지만, 언제나 그렇듯이 의지는 불리한 처지에 놓인다."(Eastman, 88쪽) 그래도 괴테는 이러한 노력에서 셰익스피어를 따를 만한 작가는 없다는 것을 분명히 지적한다. 그리고 셰익스피어의 언어적 특성, 즉 외적 감각에 호소하기보다는 내적 감각에 호소하는 상상력을 높이 평가한다.

> 셰익스피어는 언제나 우리의 내적 감각을 향해 말한다. 이것을 통해, 상상의 그림 세계가 활성화되며, 완벽한 효과가 나타나게 되는데, 우리는 이것에 대해 어떠한 생각도 덧붙일 수 없다. 정확하게 여기에 모든 것이 우리 눈앞에서 일어나는 환상의 바탕이 놓인다. 그렇지만 셰익스피어의 작품들을 충분히 공부하면, 우리는 이 작품들이 스펙터클한 행동보다는 훨씬 더 많은 정신적 진리를 내포하고 있다는 것을 알게 된다. 그는 상상력으로 쉽게 포착될 수 있는 것, 정말 보이는 것보다 더 좋게 상상될 수 있는 것을 일어나게 만든다. 햄릿의 유령, 맥베스의 마녀들, 많은 공포스러운 사건들은 오직 상상력을 통해서만 가치를 부여받고, 작은 장면들 대다수가 동일한 원천으로부터 그 힘을 얻는다. 읽을 때, 이 모든 것들은 우리들 마음속에 쉽게 떠오르고, 아주 그럴듯해 보이지만, 무대에서의 재현에서는 우리에게 불편한 충격을 주면서 불쾌할 뿐만 아니라 역겹게 나타난다.
>
> — Eastman, 90쪽에서 재인용

요제프 카를 슈틸러가 그린 괴테의 초상(1828년, 노이에 피나코텍 소장)

괴테는 셰익스피어의 언어적 특성, 즉 외적 감각에 호소하기보다는 내적 감각에 호소하는 상상력을 높이 평가했다. "셰익스피어는 언제나 우리의 내적 감각을 향해 말한다. 이것을 통해, 상상의 그림 세계가 활성화되며, 완벽한 효과가 나타나게 되는데, 우리는 이것에 대해 어떠한 생각도 덧붙일 수 없다. 정확하게 여기에 모든 것이 우리 눈앞에 일어나는 환상의 바탕이 놓인다."

이러한 현상은 읽는 것과 보는 것 사이에서 일어나는 효과상의 차이이다. 대본이 읽는 이의 마음속에 불러일으킨 상상적 이미지들이 모두 무대로 옮겨지는 것은 불가능하다. 다양한 상상적 이미지들은 결국 하나의 이미지로 고정된 채 무대에 오른다. 이것이 연극의 장르적 한계이다. 뱅쿼는 마녀들을 이렇게 묘사한다. "깡마르고, 입성이 사나운 게,/이 땅에 사는 것들 같지 않네./(…)/너희들은 여자임이 분명한데,/너희들의 수염이/그런 해석을 가로막는구나."(1.3.40-47) 이 말을 들으면서 대다수의 관객들은 뱅쿼의 묘사가 자신들이 보는 것과 다르다고 생각하면서도 '뱅쿼의 눈엔 저것들이 그렇게 보이는구나' 하고 만다. 그래서 셰익스피어는 극 중의 인물을 통해 연극을 상상하면서 보라고 권유한다. 그런데 빌헬름은 『햄릿』을 읽을 때에는 "천상적 창조 정신"이 빚어낸 작품이라고 극찬하면서도 연출자의 입장에서는 '불편한 충격'을 주는 '불쾌하고' '역겨운' 것이라고 단언하는 모순을 드러낸다.

괴테는 셰익스피어의 시적 상상력을 높이 평가했다. 그런데 이러한 찬사가 연극 공연 쪽으로 옮아가면 환멸이 된다. 괴테가 생각하는 연극은 무엇보다 보이는 것이고, 중요한 것은 잘 짜인 구성이다. 소설에서는 느슨한 구성이나, 여기저기로 건너뛰면서 장소, 시간, 인물, 사건들을 중첩시키는 것도 허용된다. 이와는 달리, 연극은 더 좁은 단위로 이루어진 집중적인 관계를 일관성 있게 끝까지 끌고가기를 요구한다. 그렇지만 이러한 장르적 요청은 절대적인 것이 아니다. 셰익스피어는 맥락에서 벗어난 것처럼 보이는 사소한 것들을 통해 작품 속에 일상적 삶의 실감이나 이질성을 끌어들

였고, 거기에는 대중의 흥밋거리 또는 일상의 세목細目도 포함되어
있다.

프라하 카를 다리 위에서
―카프카의 벌레와 셰익스피어의 당나귀

베를린에서 출발한 프라하행 기차는 강과 산맥이 사이좋게 동
행하는 기적 같은 풍경 속을 달려가고 있었다. 나라가 바뀌어도 산
줄기, 강줄기, 철길의 삼자 동행은 끝나지 않았다. 강은 폭이 점점
넓어지며 시야에서 잠깐씩 사라졌다가 다시 나타나곤 했다. 언제
부터인지 내 마음속에 스메타나Bedrich Smetana의 「블타바 강」이 조
용히 흐르고 있었다. 프라하가 다가오고 있었다. 블타바 강 양안에
자리 잡은 이 도시는 보헤미아 분지에 포근히 안겨 있다. 셰익스피
어의 『겨울 이야기』 첫머리에는 시칠리아의 왕을 방문한 보헤미
아(체코의 옛 이름)의 왕이 등장한다. 그는 자기가 없는 사이에 "조국
에 찬바람이 불어닥치지나 않을까"(2.1.13) 걱정한다. 이 연극 후반
부의 무대는 보헤미아이다. 그곳의 풍요로운 자연 속에서 시칠리
아 왕의 버려진 딸 페르디타가 건강하고 아름답고 지혜로운 처녀
로 성장한다(이 작품은 3장에서 자세히 다룬다).

프라하가 다가오자 한 사내의 얼굴이 떠올랐다. 차분하면서도
불안이 서린 커다란 눈, 세상의 모든 소리를 들을 수 있을 듯 보이
는 커다란 귀를 지닌 음울한 얼굴. 프란츠 카프카Franz Kafka이다. 그

는 1883년 독일어를 사용하는 부유한 유대인 가족의 일원으로 프라하의 구도시에서 태어났고, 생애의 앞쪽 35년간을 합스부르크가가 지배한 오스트리아-헝가리 제국의 신민으로 살았다. 법률을 전공한 보험회사 사원이었던 그는 주로 밤에 체코어가 아닌 독일어로 글을 썼다. 그는 법률가로 성공하기를 바라는 아버지와 갈등을 겪었다. 사랑하는 여인 펠리체에게 보낸 편지에서 팔레스티나 여행을 제안하고 있는 것을 보면, 옛 조상들의 땅에 대한 그리움도 컸던 것 같다.

나에게 카프카는 그의 작품 세계 못지않게 난해한 기호들의 복합체처럼 다가온다. 나의 발길이 제일 먼저 향한 곳도 프란츠 카프카 박물관이었다. 마당에 들어서자 두 사내의 청동 나신이 눈길을 끌었다. 작은 연못을 사이에 두고 마주 보며 서 있는 그 사내들은 남근을 오르락내리락 움직이며 쉼 없이 오줌을 누고 있었다. 그들의 오줌이 떨어지는 연못은 체코의 지도 모양이었다. 사람들은 재미있다는 듯 환하게 웃으며 사진을 찍었다.

박물관 2층의 침침한 회랑 벽에 가로로 길게 전시하고 있는 초상화와 사진들은 유대인 작가의 가족사를 고스란히 재현하고 있었다. 수많은 진열대에는 그의 작품들의 다양한 판본과 인용문들이 전시되어 있고, 벽 쪽에 세워둔 서랍장에는 카프카와 관련된 자료들이 들어 있었다. 표지화 가운데 가장 눈에 띄는 것은 「변신」의 딱정벌레 그림이었다. 이 작품에서 카프카는 그레고르 잠자라는 사내의 결정적인 존재 전이를 통해 그의 내면에 웅크리고 있는 불안과 소외, 이질감과 열등의식을 공포스러운 이미지로 그려냈다.

셰익스피어의 『한여름 밤의 꿈』에 나오는 바텀도 자고 일어나서 당나귀로 변화되어 있는 자신을 발견한다. 그렇지만 바텀은 자신의 달라진 모습을 자연스럽게 받아들이면서 자신의 본성과 새롭게 만나고 있다. 카프카의 '변신'이 인간관계의 심리적 그늘을 곤충의 이미지에 응축한 것이라면, 셰익스피의 '변신'은 억압된 욕망을 동물적 이미지로 표출한 것이다.

카를 다리의 난간에는 일정한 간격을 두고 다양한 조각상들이 서 있었다. 거의가 바로크 양식으로 조성된 그 상들은 체코인들에게 숭상받는 성자들이었다. 그 가운데 내 눈길을 끈 것은 성 요한 네포무크였다. 그는 보헤미아 왕비의 고해신부였는데, 왕비의 고해 내용을 말하라는 왕의 명령을 거부하고 블타바 강에 내던져져 익사한 것으로 전해진다. 그 수많은 성인상들을 바라보면서 나는 엉뚱하게도 예수회 성인 에드먼드 캠피온Edmund Campion을 떠올렸다. 한때 셰익스피어와 근거리에 있었을 것으로 추정되는 그는 엘리자베스 여왕 치하에서 가톨릭에 대한 박해를 피해 프라하에 와서 교단을 꾸리고 영국의 교도들에게 교서를 보냈다. 영국의 교도들에게 그는 용감하고, 카리스마 넘치고, 설득력과 호소력이 있는 정신적 지주이자 성자였다. 캠피온은 결국 영국으로 돌아갔고, 심문과 고문 끝에 처형되었다. 그의 처형은 끔찍했다. 그는 타이번에서 교수형에 처해진 후, 군중들 앞에서 몸이 네 갈래로 절단되어 끓는 물에 던져졌다(Greenblatt, 115~116쪽). 카를 다리에서 바라보는 블타바 강과 그 주변 풍경들은 너무 깊이 각인될까 봐 두려울 만큼 아름다웠다.

프라하의 프란츠 카프카 박물관
오른쪽 뒤로 카프카를 상징하는 이니셜 'K' 조각상이 서 있다. 『변신』의 그레고르 잠자와
『한여름 밤의 꿈』의 바텀을 비교해 읽으면 '변신'의 상반되는 두 의미가 떠오른다. 카프카의
'변신'이 인간관계의 심리적 그늘을 곤충의 이미지에 응축한 것이라면, 셰익스피어의 '변신'은
억압된 욕망을 동물적 이미지로 표출한 것이다.

프라하에서 빈으로 가는 도중에 부다페스트에서 하루 묵기로 했다. 셰익스피어와 관련된 장소는 없지만, 동유럽의 문화적 전통을 풍부하게 간직하고 있는 이 도시를 그냥 지나칠 수 없었기 때문이다. 부다페스트까지는 기차로 일곱 시간이나 걸렸고, 그곳에 도착했을 때에는 이미 저녁 시간을 넘긴 밤이었다. 간단한 식사를 마치고 도나우 강으로 나가보았다. 체인 다리에서 둘러본 강변의 야경은 눈부시게 아름다웠다. 다리를 조명하는 불빛 위로 수많은 갈매기가 날고 있었다. 사진을 찍어서 들여다보니, 갈매기들은 밤하늘의 별들처럼 반짝거렸다. 저것들은 도대체 무엇 때문에 저토록 부산스럽게 밤하늘에서 날고 있는 것일까?

빈, 법과 욕망 사이—『법에는 법으로』

빈으로 가는 기차에 올랐다. 그동안 차창 밖으로 흘러간 풍경과 사물들이 벌써 아련한 추억처럼 가물거렸다. 잔잔하게 흐르는 개울이나 강들, 양 떼나 소들이 한가로이 풀을 뜯는 풀밭, 끝없이 펼쳐진 옥수수밭과 해바라기밭, 드문드문 지나가는 짙푸른 숲, 지평선에 줄지어 서서 세 팔을 느릿느릿 돌리는 풍력발전기, 점잖게 몸을 흔드는 포플러, 꽃대궁이 작은 수수처럼 보이는 보랏빛 꽃, 기차역에 한갓지게 세워둔 녹슨 화물열차, 기차역 근처나 굴다리 시멘트 벽을 가득 채운 그라피티들……. 그런 것들을 떠올리다보니, 기차가 어느덧 빈 중앙역으로 들어섰다. 이 도시가 나에게 들려준 첫 소리는 기차 바퀴들이 곡선 구간의 철길과 엇갈리며 내는 날카로운 금속성이었다. 머릿속까지 파고든 그 소리가 어디선가 들었던 듯한 비명과 겹쳐졌다. 그것은 『법에는 법으로』의 빈에서 들려오는 것 같았다.

빈의 공작 빈첸티오는 학식이 풍부하고 매사에 빈틈이 없는 안젤로를 자신의 대리자로 임명하고 빈을 떠난다. 그의 결단에는 두 가지 이유가 있다. 하나는 법치주의의 회복을 통해 사회 질서를 바로잡으려는 것이다. 그는 자신이 백성들에게 인정을 베푼 결과 사회적 기강이 문란해졌다고 생각한다. 그렇지만 갑자기 법을 내세워 기강을 바로잡으려다보면 자신이 폭군으로 비칠 수도 있기에, 그 일을 안젤로에게 맡긴 것이다. 또 하나의 이유는 천사라는 뜻의 이름을 가진 안젤로 같은 사람도 권력을 잡으면 달라지는지 알아보고 싶은 것이다.

공작이 떠나고 난 뒤 안젤로는 이미 사문화된 낡은 법까지 끄집어내 그대로 적용한다. 그 결과 인간을 위한 법이 인간을 억압하는 역설적 현상이 빚어진다. 이 역설은 공평무사하기 위해 추상화된 법이 다루고 심판하는 것은 언제나 구체적인 것들이라는 사실에서 비롯된다. 구체적인 것의 궁극에는 인간의 살과 피가 있다. 그래서 법은 인간의 살과 피를 심판하려 할 때 자기모순을 가장 극명하게 드러낸다. 그런데 안젤로는 이런 문제는 고려하지 않은 채 법의 엄격한 적용만 내세운다. 그 결과, 클라우디오는 결혼하지 않은 상태에서 줄리에타를 임신시켰다는 죄목으로 사형을 선고받게 된다. 지참금 문제로 결혼이 지연됐다는 사실 따위는 안젤로의 고려 대상이 아니다.

안젤로는 오빠를 살려달라는 이사벨라의 요청을 단호히 거부한다. "당신의 오빠에게 선고하는 것은 내가 아니라 법이오."(2.2.81) 그러자 예비 수녀인 이사벨라는 인간은 누구나 부족한 존재이니 서로 용서할 준비가 되어 있어야 한다고 말한다. 그렇지만 안젤로는 인간의 공통된 취약성이 자비의 근거가 되어야 한다는 사실을 인정할 수 없다. 그것을 인정하는 순간 법의 근간이 무너질 수 있기 때문이다. 이처럼 엄격한 법치주의자가 예비 수녀에게 잠자리를 요구한다. 안젤로의 요구는 그 자신의 법치주의와 모순되는 것으로 보이지만, 그것은 법의 차원에서 행해진 살과 피에 대한 냉혹한 무시가 성적 충동의 층위에서 다시 한번 나타난 것일 뿐이다. 이처럼 안젤로는 자신도 모르는 사이에 빈의 법과 성적 욕망 사이의 모순을 극명하게 드러내고 있다.

이사벨라는 자신의 순결을 바쳐 오빠의 생명을 구하라는 안젤로의 요청을 단호히 거부한다. 그녀는 안젤로의 청을 들어주고 자신의 목숨을 구해달라는 오빠의 요구도 거부한다. 그러자 안젤로는 그녀가 자신만큼 오빠에 대해 냉혹한 게 아니냐고 묻는다. 그렇지만 이사벨라의 윤리적 원칙은 안젤로의 법치주의와 다른 차원에 있고, 상반된 방향을 취하고 있다. 안젤로의 법치주의가 인간의 살과 피에 대한 무시에 기초하고 있다면, 이사벨라의 윤리적 원칙은 살과 피를 지닌 인간의 고유한 권리를 보호하기 위한 것이다. 그녀가 상황에 따라 자신의 원칙을 절충한다면, 그러한 원칙의 보호를 받고 있는 여성들 전체가 절충의 대상이 될 수밖에 없다. 그래서 그녀의 원칙은 절충될 수 없는 것이다.

사회적 차원에서 보면, 이 연극에서 법과 성적 욕망 사이의 괴리는 공작의 집무실과 사창가로 나뉜 채 구조화되어 있다. 빈에서 사창가가 번창하고 있는 것은 법이 인간의 성적 욕망을 과도하게 억압하고 있다는 사실과 무관하지 않다. 이 연극에서 사창가는 매음굴의 주인, 뚜쟁이, 몸 파는 여자들, 그리고 온갖 범죄자들이 삶을 영위해가는 엄연한 생활공간이다. 매음굴 여주인 오버돈은 이렇게 말한다. "전쟁이 어찌 되든, 노역이 어찌 되든, 교수대가 어찌 되든, 그리고 가난이 어찌 되든, 난 손님이 필요하단 말이야." (1.2.80-82) 오버돈의 '손님'들은 특별할 게 없는 보통 사람들이다. 이 연극의 중요 인물들도 거기에서 술을 마시며 시국담을 나누거나 몸 파는 여자들을 산다.

그런데 안젤로는 사창가에서 여자를 사지 않는 대신 예비 수녀의 순결을 유린하려 한다. 그러면서도 자신이 순결한 대상을 "지저분하게 욕망한다"고 생각하며 이렇게 자문한다. "이것은 그녀의 잘못인가 나의 잘못인가?/죄가 많은 쪽은 유혹자인가 유혹당한 자인가?"(2.2.166-167) 그가 유혹당한 것은 부정할 수 없는 사실이지만, 유혹자는 이사벨라가 아니다. 안젤로 자신도 그것을 인정한다. 그렇지만 '순결'이라는 금지의 기표 자체가 일종의 유혹이라는 사실을 알지 못하기에 자신이 맞닥뜨리고 있는 문제를 '유혹자'와 '유혹당한 자'의 문제로 치환한다.

셰익스피어는 바르나르디네라는 특이한 사내를 통해 법의 존재

이유가 소멸되는 특수한 국면도 보여준다. 사형 집행을 앞둔 이 사내의 태도에서는 죽음에 대한 공포 따위는 조금도 묻어나지 않는다. 그에게 죽음은 술에 취해 깊은 잠에 빠지는 것과 다를 바 없다. 그래서 인간의 공포심에 의지할 수밖에 없는 법은 존재 이유를 상실하고, 그에 대한 처벌은 무의미한 절차가 되어버린다. 이와는 달리, 클라우디오는 죽음에 대한 공포 때문에 동생의 순결을 바쳐서라도 자신의 생명을 구하고 싶은 유혹에 시달린다. 그는 혹독한 고뇌의 시간을 거치고 나서야 죽음을 최선의 가치로 품어 안으려 한다. "내가 죽어야 한다면,/어둠을 신부처럼 맞이할 거야."(3.1.85-86) 죽음의 공포를 모르는 바르나르디네가 삶을 무의미로 채색하고 있다면, 죽음의 공포에 떠는 클라우디오는 죽음에서까지 삶의 의미를 찾아내려고 발버둥 친다. 이처럼 작가는 두 사내의 상반된 태도를 통해 삶의 의미와 무의미가 발생하는 지점까지 들여다보고 있다.

이 연극에는 이 모든 과정을 은밀히 지켜보는 사람이 있다. 공작 빈첸티오이다. 그는 수사로 변장하고 감옥을 드나들거나 사건의 당사자들을 찾아다니며 클라우디오의 생명을 구해주려고 노력한다. 그런데 안젤로는 요지부동이다. 빈첸티오는 결국 안젤로를 겉으로만 천사 같은 사람이라고 생각하게 된다.

하늘의 검을 가질 사람은
엄격한 것만큼 성스러워야 한다.
그 스스로 모범을 알아야 하고,
은총을 품고, 덕을 지니고, 행해야 한다.

자신의 죄에 비추어 타인에게

더도 아니고 덜도 아니게 처벌해야 한다.

자기 것과 동일한 죄를 범한 자에게 잔인한 처벌로써

사형을 내리는 것은 수치스러운 일이다.

안젤로의 수치는 두 배로 추악하다,

나는 나의 악덕을 뽑아내려다 그의 악덕을 키우고 있구나!

겉으로 천사 같은 그가 감추고 있는 것은

도대체 어떤 인간일까!

(…)

게으른 거미들의 줄을 쳐놓은 게

가장 무겁고 중대한 일이다!

— 『법에는 법으로』, 3.1.515-530

  안젤로로 인해 법이 희생자들이 걸려들기를 기다리는 거미줄이 되어 있다. 공작은 결국 안젤로의 악행에 대한 처방을 내린다. 이 사벨라 대신 안젤로의 옛날 약혼자 마리아나를 그의 침대에 들게 하는 것이다.

  법의 본질을 심층적으로 탐색하고 있는 이 연극도 세 쌍의 남녀가 결혼하는 장면으로 끝난다. 죽은 줄 알았던 클라우디오가 나타나 줄리에타와 결혼하게 된다. 안젤로도 자신이 버렸던 마리아나와 손을 잡고 결혼을 선언한다. 『끝이 좋으면 다 좋다』에서처럼, 이 연극에서도 셰익스피어는 '침대 계략'을 한 여성이 결혼에 이르는 방편으로 구사했다. 가톨릭 수사로 변장하고 사람들을 배후에

비엔나의 성 스테판 성당

스테판 성당은 거대한 것도 섬세한 아름다움을 지닐 수 있다는 사실을 확인시켜주었다. 지붕 양쪽 끝에 서 있는 뾰족탑들은 매우 정교했고, 푸른색 기와와 검은색 기와가 사선으로 어긋나게 배치되어 있는 지붕 또한 특이했다. 그 건축물의 형식적 과잉이 성스러움을 향한 인간의 열망과 맞물려 있는 게 아닐까, 하는 생각이 들었다.

서 조종한 공작도 이사벨라에게 청혼하고, 그녀는 당연하다는 듯이 그의 청을 받아들인다. 이처럼 해피엔드는 이전의 동기들—마라아나를 버린 안젤로의 이사벨라에 대한 욕망, 그리고 수녀가 되려는 이사벨라의 성스러운 열망—은 애초에 존재한 적도 없다는 듯이 덮어버린다. 그래도 관객들은 불만을 터뜨리지 않는다. 이러한 결말이 다름 아닌 그들 자신이 간절히 바라고 있던 것이니까.

저녁나절, 스테판 성당을 찾아가는 길목의 공터에서 가설극장을 발견했다. 이런 도시에 가설극장이라니! 그래도 지붕 위에는 '빈 극장'이란 커다란 간판이 어엿하게 세워져 있었다. 극장 입구의 오른쪽 벽을 가득 채운 거대한 고딕체 글씨는 '오셀로OTHELLO'였다. 그곳에서도 〈오셀로〉를 공연하고 있었지만, 표를 받는 사람이나 입구를 드나드는 사람은 보이지 않았다.

스테판 성당은 거대한 것도 섬세한 아름다움을 지닐 수 있다는 사실을 확인시켜주었다. 지붕 양쪽 끝에 서 있는 뾰족탑들은 매우 정교했고, 푸른색 기와와 검은색 기와가 사선으로 어긋나게 배치되어 있는 지붕 또한 특이했다. 나는 성당 안으로 들어갔다. 예배실의 내부 장식도 외부 못지않게 아름다웠다. 그 건축물의 형식적 과잉이 성스러움을 향한 인간의 열망과 맞물려 있는 게 아닐까, 하는 생각이 들었다. 그와 함께, 빈의 법이 억압한 욕망이 분출하는 곳은 사창가만이 아니라는 생각이 들었다. 사람들은 억압된 욕망을 교회의 성스러운 분위기 속에서 종교적으로 승화시키기도 했을 것이다. 그러고 보니, 『법에는 법으로』의 빈에는 공작이 찾아간 성당도 있었다. 그는 거기에서 주임신부와 빈의 법질서에 대한 담론을 펼치기도 한다. 그리고 빈에는 무엇보다 아름다운 음악이 있었다, 달콤한 사랑과 거짓 맹세에 대한 노래가.

괴테는 1813년에서 1816년 사이에 「셰익스피어와 무한」이란 글을 썼다. 이 글은 세 부분으로 이루어져 있는데, 그 첫 번째 부분이 시인으로서의 셰익스피어에 관한 것이다. 괴테는 셰익스피어가 위대한 시인인 까닭을 이렇게 설명한다. "우리가 셰익스피어를 가장 위대한 시인들 가운데 하나라고 부를 때, 이와 동시에 우리가 고백하고 있는 것은 어느 누구도 셰익스피어처럼 그렇게 쉽게 이 세계를 인지할 수 없었다는 사실이며, 자신의 깊은 직관을 언어로 표현한 그 어느 누구도 셰익스피어처럼 그렇게 쉽게 독자를 고차원으로 함께 끌고가서 세계의 의식 속으로 인도하지 못했다는 사실이다."(괴테, 2010, 114쪽) 그리고 괴테는 셰익스피어를 '세계정신'과 동급의 자리에까지 올려놓는다. "셰익스피어는 세계정신과 동류에 속한다. 그 역시 세계정신과 마찬가지로 세계를 꿰뚫어 볼 수 있다."(같은 책, 116쪽) 이처럼 괴테는 시인으로서의 셰익스피어를 거의 신적인 경지에 올려놓으면서도 정작 시는 한 줄도 인용하지 않았다. 그는 셰익스피어의 희곡들을 관통하고 있는 시적 상상력에 감탄할 뿐이다. 그래서 그의 글을 읽다 보면 셰익스피어의 시 세계가 더욱 궁금해진다. 셰익스피어는 4편의 이야기시와 154편의 소네트를 썼다.

이야기시

1593년에서 그 이듬해까지 전염병이 창궐하여 극장들이 문을 닫게 되자 셰익스피어는 이야기시narrative poem 2편을 출간했다. 『비너스와 아도니스 Venus and Adonis』『루크리스의 능욕The Rape of Lucrece』이 그것이다. 그의 희곡들보다 먼저 책으로 간행된 이 시들은 사우샘프턴 백작 헨리 라이어스슬리

Henry Wriothesley에게 헌정되었다.

『비너스와 아도니스』(1593)는 셰익스피어의 첫 번째 출판물이다. 비너스 여신의 짝사랑을 그리고 있는 이 시는 오비디우스의 『변신』 10권에 나오는 '비너스와 아도니스'라는 항목에서 착상을 얻은 것으로 알려져 있지만, 오비디우스의 것은 51행에 지나지 않은 데 비해 셰익스피어의 것은 무려 1,194행에 달하는 장시이다.

비너스의 눈에 비친 아도니스는 이 세상의 그 무엇보다 아름답다. 그래서 이렇게 찬탄한다. "그대를 공들여 빚어낸 대자연조차 이렇게 말하지, 그대의 목숨과 함께 이 세상도 끝나리라고."(11-12) 사랑의 여신이 쏟아내는 말들은 그 어떤 인간의 것보다 직설적이고 육감적이다. "이리 와서 앉아라, (…) 입맞춤으로 그대를 질식시키리라."(17-18) 그녀는 "이글거리는 석탄불처럼"(35) 타오르고, 소년은 수치심 때문에 빨갛게 달아오른다. 그렇지만 아도니스의 마음은 "서릿발처럼 싸늘하다."(36) 그래서 투덜거린다. 여신이 아도니스를 꾸짖는다. "네가 투덜거리면, 네 입술을 영원히 열리지 않게 하리라."(48) 소년의 눈썹과 뺨과 턱에 키스를 퍼붓는 여신의 두 뺨은 "이슬 머금은 꽃들이 만발한 정원"(65-66) 같다. 입 맞추기를 한사코 거절하는 소년에게 여신이 묻는다. "내 눈동자를 들여다보아라, 거기에 너의 아름다움이 비칠 것이다. 눈들은 그렇게 겹칠 수 있는데, 왜 입술과 입술이 겹치는 건 안 된다는 거냐?"(119-120) 아도니스는 모든 생명 현상을 가능케 하는 사랑, 그 '자연의 법칙'에 전혀 감응하지 않는다. "쳇, 사랑 얘긴 그만하세요!/태양이 내 얼굴을 태우고 있어요. 난 가야 해요."(185-186) 소년은 사랑보다는 사냥을 좋아한다. "저는 사랑은 몰라요, 알고 싶지도 않고요. 그게 멧돼지라면 쫓아가겠지만."(409-410) 소년이 생각하는 사랑은 "죽음 속에 들어 있는 생명"이고, "웃고 울고 하다가 그 모든 게 단숨에 끝나버리는"(412-414) 것이다.

여신이 소년을 놓아주며 말한다. "우리 내일 만날까?"(585) 소년은 사냥 약속이 있다며 여신의 청을 거절한다. 여신이 불길한 환영幻影을 떠올리며 사냥하러 가지 말라고 경고한다. 소년은 여신의 경고 따위에는 아랑곳하지 않고 사냥터로 떠난다. 그리고 멧돼지의 엄니에 찔려 죽는다. 여신이 비탄에 잠겨 부르짖는다. "그대가 죽으니, 그대와 함께 아름다움도 죽고, 아름다움이 죽으니, 칠흑 같은 혼돈이 다시 찾아오는구나."(1019-1020) 여신의 슬픔은 그 이후의 모든 사랑에 침윤된다. "그대가 죽었으니, 아, 이 자리에서 예언하노라. 이제부터 사랑에는 슬픔이 따르리라."(1135-1136) 그래서 사랑에 빠진 이들은 질투, 불행, 비탄에 빠지게 된다는 것이다.

이 시는 목가적이면서 성애적이고, 낭만적이면서 비극적이다. 이러한 이중성은 사랑의 본성에 깃들어 있는 자연성에서 비롯되며, 『한여름 밤의 꿈』 『로미오와 줄리엣』 『사랑의 헛수고』 『안토니우스와 클레오파트라』 등의 연극에도 두루 나타난다. 『비너스와 아도니스』는 1640년에 15쇄를 찍었을 만큼 당시로서는 엄청난 인기를 누렸다.

『루크리스의 능욕』(1594)은 앞의 시보다 더 긴(1,855행) 이야기시이다. 이 시에서 셰익스피어는 시종일관 매우 심각한 톤을 유지한다. 이런 분위기는 그릇된 욕망에 사로잡힌 타르퀸에게 능욕당한 루크리스의 참혹한 운명과 맞물려 있다. 정숙하고 고결한 성품을 지닌 그녀가 욕정이 넘치는 타르퀸의 표적이 된 데에는 그녀의 남편 콜라티네의 실수도 한몫 거들었다. 콜라티네가 자기 아내의 미모와 정절을 자랑한 것이 타르퀸의 욕망에 불을 지핀 것이다. 타르퀸도 루크리스의 얼굴을 바라보며 "그녀 남편의 가벼운 혀"(78)를 떠올린다. 『심벌린』에도 이와 비슷한 이야기가 있다. 레오나투스는 자기 아내 이노젠의 미모와 정절을 자랑하다가 바람둥이 지아코모의 표적으로 만들게 된다. 이 이야기들이 보여주는 것은 인간의 욕망은 곧바로 대상 자체를 지향하는 것이 아니라 타자의 관념에 의해 촉발되고 매개된다는 사실이다.

이 장시에서 셰익스피어는 인간의 욕망과 도덕적 가치, 미모와 덕성, 명예와 수치 등 대립적 요소들에 대한 성찰에 더 많은 관심을 기울인다. 이를테면, 로마의 군인이자 남편의 동료인 타르퀸을 맞이하는 루크리스의 얼굴에는 '아름다움'과 '덕성'이 각축하고 있다. 이 두 가지 특징은 모두 그녀의 명예를 떠받쳐주는 요소들이지만, 덕성이 칭찬받으면 아름다움이 수치심으로 얼굴을 붉히고 아름다움이 칭찬받으면 덕성이 모욕감에 얼굴빛이 창백해진다(52-56). 시인은 이러한 심리적 현상들을 세밀히 살피며 인간 행위의 내적 동기와 근원을 찾으려는 열정을 끝까지 밀고 나간다. 그렇지만 이러한 탐구 정신은 대중의 인기를 누리지 못했다. 비평가들조차 이 시를 높이 평가하지 않았지만, 그 미학적 가치는 날이 갈수록 드높아지고 있다.

세 번째 이야기시 『연인의 불평A Lover's Complaint』은 1609년에 간행된 『셰익스피어의 소네트들Shakespeare's Sonnets』의 부록으로 발표되었다. 그런 만큼 이야기시치고는 별로 길지 않다(330행). 이 시는 강가에서 울고 있는 젊은 여성에 대한 묘사로 시작된다. 그녀는 찢어진 편지, 깨진 반지, 각종 보석 등 사랑의 징표들을 강물에 집어 던진다. 한 노인이 다가와서 그녀가 슬퍼하는 까닭을 묻는다. 그러자 그녀는 자기를 유혹했다가 버린 남자에 대해 말하기 시작한다. 그녀는 그 남자가 자기를 유혹하려고 했던 말들까지 세세하게 떠올린다. 그래서 이 이야기시는 세 겹의 서술 층위를 지니고 있다―시적 화자의 묘사, 여인의 회고담, 그 속에 들어 있는 남자의 유혹적 언어들. 이 시는 여성 화자가 유혹자의 기만적인 매력에 다시 빠지게 될 것을 인정하는 말로 마무리된다.

오 그 사람 눈의 오염된 습기,

오 그 사람의 뺨에 뜨겁게 타올랐던 가짜 불길,

오 그 사람의 심장에서 울려온 작위적인 천둥소리,

오 그 사람의 해면 허파가 뿜어낸 슬픈 숨결,

오 겉으로만 충실한 그 모든 빌려 온 몸짓들이,

예전의 배반들을 또다시 배반하고,

체념한 처녀의 마음을 다시 돌려놓을 거예요!

—『연인의 불평』, 323-329

이 시가 셰익스피어의 것일 리 없다고 추정하는 비평가들이 있었다. 셰익스피어가 사용한 적이 없는 단어들, 고어古語와 라틴어가 들어 있고, 때로는 리듬과 구조가 어색하다는 것이 그 이유였다. 하지만 이 시가 세련되고 아름답다고 한 비평가들도 많았다. 그뿐만 아니라 이 시가 보여주는 특이한 남녀 관계는 『끝이 좋으면 다 좋다』나 『법에는 법으로』와도 일맥상통한다. 그래서 20세기 이후의 비평가들은 이 시가 셰익스피어의 것이라는 데 거의 일치된 견해를 보인다.

「불사조와 멧비둘기The Phoenix and the Turtle」는 로버트 체스터의 『사랑의 순교자』(1601)의 부록으로 간행되었다. 이 시는 이야기시치고는 아주 짧은 편(67행)이다. 원제목에 들어 있는 'turtle'은 거북이 아니라 멧비둘기 turtledove이다. 이 시는 완전함의 상징인 불사조와 헌신적인 사랑의 상징인 멧비둘기의 장례식을 묘사하고 나서 죽은 두 연인을 위한 기도로 마무리된다. 이 우화적인 시는 형이상학적이고 모호한 만큼 다양한 해석을 낳았다—이상적 결혼에 대한 알레고리, 진리와 아름다움의 관계에 대한 형이상학적 성찰, 또는 완전한 사랑에 대한 르네상스 시대의 신플라톤주의적 해석(Zesmer, 88쪽) 등. 이 시에 담겨 있는 것은 영원성에 대한 지향, 즉 죽음

이후까지 퇴색되지 않는 정신적인 사랑, 우정, 그리고 아름다움에 대한 지향이다.

소네트

1599년 출판업자 윌리엄 재거드William Jaggard라는 사람이 『열정적인 순례자The Passionate Pilgrim』라는 시집을 출간했다. 이 시집은 셰익스피어의 허락도 없이 셰익스피어의 이름으로 간행되었지만, 셰익스피어의 소네트는 5편밖에 수록되지 않았다. 이 가운데 2편은 1609년에 간행된 『셰익스피어의 소네트들』에 다시 실렸고, 나머지 3편은 『열정적인 순례자』보다 한 해 앞서 간행된 희곡 『사랑의 헛수고』에 이미 실린 것이다. 4절판으로 간행된 『셰익스피어의 소네트들』에 실려 있는 154편의 소네트는 언제 쓰였는지 확인되지 않았다. 1598년 성직자이자 작가였던 프란시스 미어스Francis Meres는 셰익스피어의 "감미로운 소네트들이 개인적 친분이 있는 사람들 사이에서"(Honan, 180쪽) 읽혔다고 언급하였다.

이 소네트집은 시간의 흐름, 사랑, 아름다움, 그리고 도덕적 주제들을 망라하고 있다. 그리고 거기에는 두 가지 욕망이 교차한다. 앞쪽의 126편에는 '아름다운 청년fair youth'에 대한 사랑의 갈등이, 뒤쪽 28편에는 '다크 레이디dark lady'에 대한 억누를 수 없는 욕정이 담겨 있다. '아름다운 청년'에 관한 소네트들 가운데 앞쪽에 실려 있는 17편은 흔히 '출산 소네트'로 불린다. 젊은이의 아름다움을 다음 세대에게 넘겨주려면 결혼과 출산이 필요하다는 주장이 담겨 있기 때문이다. 그 이후의 소네트들은 젊은이에 대한 화자의 사랑과 갈등에서 비롯된 외로움, 죽음, 생의 무상함, 경쟁자 시인에 대한 질투, 화자 자신의 정부情婦에 대한 모호한 감정 등을 드러낸다. 끝으로 마지막 2편은 큐피드와 관련된 그리스의 경구들을 우의적으로 다룬다. 이렇게 '출산 소네트'가 마무리된 후 소네트 18번은 "그대를 여름 날과 비교할까요?"라고 운을 떼고 나서, 젊은이의 사랑스러운 면모를 낭만적 어조로 찬미한다. 소네트 20번에서 화자는 젊은이가 여성이었으면 좋겠다는 생각을 은밀히 드러낸다. 젊은이는 여성스러운 얼굴을 지녔는데 "자연이 그대를 여성들의 기쁨을 위해 빚어냈으니,/내 것이었으면 좋을, 그대 사랑이 그녀들의 보물처럼" 쓰인다는 것이다.

다크 레이디와 관련된 소네트들(127-154)은 성적인 열정이 주조를 이룬다는 점에서 정신적 사랑을 추구한 앞의 소네트들과 구별된다. 특히 소네트 151번은 '외설적'이라는 평가를 받을 만큼 정신적 사랑과는 거리가 멀다. 그렇지만, 오늘의 관점에서 보면, 정신의 '고상한 부분nobler part' 또는 '영혼'을 배반하는 피와 살이 불러일으키는 죄의식은 종교적 신념과 연관된 성적 억압에서 비롯된 것이다. 어떤 비평가들은 이룰 수 없는 사랑을 다루고 있다는 점에서 셰익스피어의 소네트들을 300년 묵은 페트라르카Francesco Petrarca의 소네트들에 대한 혼성 모방 또는 패러디로 보았지만, 소네트 20에서처럼 전통적인 성 역할을 교란하면서 사랑의 다중성과 복잡성을 묘사했다는 점에서 페트라르카와는 전혀 다르다.

셰익스피어는 사랑을 조롱하고(소네트 128), 성적 욕망을 과감하게 표현하며(소네트 129), 신체적 진실을 강조한다(소네트 151). 사랑의 육체성 또는 '악마적' 특징까지 부각시키고 있는 이 부분에서 등장하는 인물이 '다크 레이디'로 불리는 까닭은 그녀의 머리칼이 검은 데다 피부색은 회갈색이기 때문이다. 서양인의 관점에서 이질적일 수밖에 없는 이 어두운 빛이 사랑의 어두운 측면과 함께 셰익스피어의 소네트들에 깊숙이 침투해 있는 것이다. 화자와 다크 레이디 사이의 관계는 '아름다운 젊은이'가 다크 레이디의 매력에 굴복함으로써 종지부를 찍게 되는 것으로 보인다. 화자는 자신의 사랑이 둘로 찢겨 있는데, 하나는 '천사'와 같은 아름다운 남자에 대한 것이고, 또 다른 하나는 어두운 색을 지닌 '악령'과 같은 여성에 관한 것이라고 말한다. 그리고 이 두 존재가 자신으로부터 멀어져 서로 친구처럼 될 터이지만 결국 "악한 천사가 좋은 천사를 불태워버리게"(소네트 144) 될 것이라고 생각한다. 이처럼 사랑의 실체에 온전하게 접근했다는 점에서 셰익스피어의 소네트는 근대적 사랑시의 원형 또는 새로운 시작으로 볼 수 있을 것이다. 오랫동안 비평의 관심을 끌지 못했던 그의 소네트는 낭만주의 시대를 거치면서 관심을 불러일으켰고, 19세기 이후 줄곧 명성을 쌓아가며 오늘에 이르렀다. 이제 비평가들은 셰익스피어의 소네트를 사랑의 본성, 성적인 열정, 출산, 죽음, 그리고 시간에 관한 심오한 성찰이라고 찬미한다.

괴테가 시인으로서의 셰익스피어를 '세계정신'과 동일한 위치로까지 격상시키면서도 그의 시를 한 줄도 인용하지 않은, 어쩌면 인용할 수 없었던 까닭은 무엇이었을까? 혹시 이렇게 생각했던 것은 아닐까. '다채롭고, 폭넓고, 심원한 시의 밀림에서 풀 몇 포기, 나무 몇 그루, 또는 곤충이나 동물 몇 마리를 보여준들 무슨 의미가 있겠는가. 까딱하면, 그의 시 세계에 흠집이나 내게 되지 않을까?' 나 역시 이 글을 쓰는 동안 몇 번인가 그런 생각에 빠져들었다. 그렇지만 괴테는 셰익스피어의 희곡들이 지닌 시적 상상력만으로도 그가 최고의 시인임을 입증하는 데 부족함이 없다고 생각했으리라.

03

WILLIAM SHAKESPEARE

지중해,
끝없는
이야기의 바다

지중해

탁월하고 통탄할 만한 비극—『로미오와 줄리엣』

뮌헨으로 가서 하룻밤 자고, 이튿날 아침 베니스행 기차에 올랐다. 객실은 대만원이었다. 통로 바깥쪽 벽에 붙여놓은 간이 의자들까지 빈자리가 없었다. 여름휴가차 이탈리아로 떠나는 승객들이 많은 것 같았다. 창밖으로 눈길을 돌리자, 엷은 구름들이 경사가 가파른 산의 중턱을 느리게 기어오르고 있었다. 낮은 산등성이에 올라앉은 기다란 요새도 지나갔고, 호수처럼 잔잔한 강이 잠깐 나타났다가 사라졌다. 기차는 높이 치솟은 산맥 사이의 협곡으로 들어서더니 지루할 만큼 긴 터널을 지나갔다. 그리고 V자형 계곡 아래 자리 잡은 인스부르크 역에 잠시 머물렀다. 기차는 다시 출발했고, 언제부터인지 윗부분만 노란 풀꽃 무리와 여뀌처럼 생긴 검붉은 빛깔의 꽃 무리가 줄기차게 따라오고 있었다. 그러다가 경사가 완만한 풀밭과 씻은 듯 정갈해 보이는 집들이 나타나기 시작했다.

이탈리아가 다가오고 있었다. 국경을 지나자 풍경도 싹 바뀌었다. 산들의 경사가 완만해지며 포도밭이 자주 나타났다. 산기슭에는 집들이 옹기종기 모여 있고, 산비탈의 집들은 서로 포개지듯 바싹바싹 붙어 있었다. 그리고 낮은 언덕들에 포근하게 감싸인 베로나가 모습을 드러내기 시작했다. 어느새 나의 눈길은 사랑에 빠진 로미오가 밤새 거닐었던 단풍나무 숲을 찾고 있었지만, 부질없는 짓이었다. 그 숲은 이미 사라지고 없다. 나는 단풍나무 대신 줄리엣의 집을 떠올렸다. 로미오가 가면을 쓰고 그 집의 축제에 끼어든다. 그를 알아본 티볼트(줄리엣의 사촌 오빠)가 원수 놈이 숨어들었다고 흥분하자, 카풀렛이 그를 진정시킨다.

> 진정하거라, 착한 조카야, 그를 내버려둬라.
> 거동이 점잖은 신사처럼 보이는구나.
> 그리고, 사실, 베로나가 그 애를 자랑하고 있지 않느냐.
> 덕망 있고 행실 바른 청년이라고 말이다.
> ─『로미오와 줄리엣』, 1.4.178-183

거기에서 로미오와 줄리엣은 첫눈에 서로에게 빠져든다. 그렇지만 두 가문의 '이름'이 그들을 가로막고 있다. 그래서 줄리엣은 로미오에게 '이름'을 버리라고 말한다.

> 오 로미오, 오 로미오, 왜 당신은 로미오인가요?
> 당신 아버지를 부인하고 당신 이름을 거절하세요.

그게 싫으시다면, 내 사랑이라고 맹세만 하세요,

그러면 저는 더 이상 카풀렛이 아닐 거예요.

(…)

나의 적은 당신 이름뿐이에요.

당신은 당신 자신이에요, 몬터규가 아니더라도.

몬터규가 뭔가요? 그건 손도 아니고 발도 아니고,

팔도 아니고 얼굴도 아니고, 당신의

다른 어떤 부분도 아니에요. 오 다른 이름을 가져요!

이름에 뭐가 있죠? 우리가 장미라고 부르는 것은

다른 낱말로 불러도 향기로운 냄새가 날 거예요.

— 2.1.76-87

로미오에게 이름을 버리라고 하면서 줄리엣은 놀랍게도 명명 이전의 실재 — '장미'라고 부르기 이전의 그것 — 에 호소하고 있다. 그래서 그녀의 말은 이름의 질서, 그 위에 세워진 가문의 명예, 그런 것들로 이루어진 사회제도와의 충돌을 예고한다. 그렇지만, 높은 담벼락과 성벽들로 상징되는 금기들은 이 어린 연인들의 욕망의 도약을 부추길 뿐이다. 그 유명한 발코니 장면이 보여주듯이 생명의 뻗어 오름(등나무 덩굴)이 그들을 하나로 이어준다.

이들의 첫 키스는 성스러움의 베일에 감싸여 있다.

로미오 저의 하찮은 손으로 이 성스러운 사원을

신성모독 하는 것이라면, 더 점잖은 죄는 이것,

내 입술들, 부드러운 입맞춤으로 그 거친 감촉을

달래주려고 기다리는, 붉게 물든 두 순례자들이죠.

줄리엣 착하신 순례자여, 당신은 자신의 손을 너무 나쁘게 생각하

시는군요,

이처럼 점잖게 헌신하고 있는데요,

성자의 손은 순례자의 손이 만지라고 있는 것이니까,

손바닥에 손바닥이 닿는 것은 순례자의 성스러운 입맞춤이죠.

로미오 성자에게는 입술이 없나요, 그리고 성스러운 순례자에게

도?

줄리엣 있죠, 순례자님, 기도할 때 쓰는 입술들요.

로미오 아 그럼, 사랑하는 성자님, 손이 하는 걸 입술에게도 허락해

주세요.

입술이 기도합니다, 허락해주세요, 그러지 않으면 신앙이 절망으

로 바뀝니다.

줄리엣 성자는 움직이지 않아요, 하지만 기도하는 사람들을 위해

허락은 하지요.

로미오 그럼 움직이지 마세요, 기도의 효과를 내가 받아들이는 동안.

그가 그녀에게 입을 맞춘다

로미오 이렇게 내 입술에서, 당신 입술에 의해, 내 죄가 정화되었소.

줄리엣 그럼 나는 내 입술이 그 죄를 받아들이게 하는 거죠.

로미오 내 입술에서 나온 죄를? 오 침범을 달콤하게 부추기네요!

내 죄를 돌려주세요.

그가 그녀에게 입을 맞춘다

프랭크 딕시의 〈로미오와 줄리엣〉(1884년, 사우스햄튼 시티 아트 갤러리 소장)

로미오와 줄리엣은 첫눈에 서로 사랑에 빠진다. 그렇지만 두 가문이 그들의 사랑을 막고 있다. 그 유명한 발코니 장면이 보여주듯이 생명의 뻗어 오름(등나무 덩굴)이 그들을 하나로 이어준다. 이들의 첫 키스는 성스러움의 베일에 감싸여 있다.

줄리엣 입 맞출 때마다 이유를 대시는군요.

— 1.4.207-227

　로미오는 자신을 순례자로, 줄리엣을 성자로 비유하며 손을 잡고 입을 맞춘다. 그렇지만 그가 사용하는 종교적 이미지들은 말 그대로 베일일 뿐이고, 이들의 행동과 말에는 자연적 세계관이 더 깊이 침투해 있다. 이 세계관으로 보면, 인간은 자연의 일부이고 그들의 욕망은 자연의 의지 또는 본성일 뿐이다. '르네상스'라는 이름으로 시대의 경계를 넘어서고 있던 이 세계관은 심리적 층위와 제도 및 관습적 층위 사이의 충돌을 조장하며 등장인물들의 말투에 역설과 모순을 주입한다. 거리에서 있었던 싸움 소식을 듣고 로미오는 이렇게 말한다.

　　오 싸우는 사랑, 오 사랑하는 증오,
　　태초에 무에서 창조된 만물.
　　오 무거운 가벼움, 심각한 허영,
　　그럴듯한 형상들의 일그러진 혼돈,
　　납 깃털, 밝은 연기, 차가운 불, 병든 건강…….

— 1.1.172-176

　"차가운 불, 병든 건강"과 같은 형용모순들은 수사적 의도에서 나온 것만은 아니다. 언어의 이면에 잠복해 있는, 이질성들이 그의 의식에 포착되고 있는 것이다. 로미오가 티볼트를 죽였다는 소식을 들은 줄리엣의 독백에는 대립적 이미지들이 넘쳐흐른다.

> 오 뱀의 심장을, 꽃피는 얼굴로 숨겼구나!
> 어떤 용이 그토록 아름다운 동굴을 지켰을까?
> 아름다운 폭군, 천사 같은 악마,
> 비둘기 깃털 까마귀, 늑대 같은 양,
> 거룩한 겉모습의 천박한 실체,
> 보이는 것과 정확하게 반대되는 것,
> 저주받은 성자, 명예로운 악당.
> 오 자연이여, 지옥에서 무슨 짓을 하여
> 그토록 아름다운 육신의 천국에
> 악마의 영혼을 가두었느냐?
> 장정이 그토록 아름다운 책 속에 그토록 사악한
> 내용을 담았느냐? 오, 그토록 화려한 궁전에
> 그런 속임수가 깃들어 있다니!
> ― 3.2.73-85

줄리엣이 쏟아내는 대립적 이미지들은 로미오가 그녀의 사촌 오빠를 죽인 충격에서 비롯된 것이지만, 그것들은 자연과 인간의 본성에 내재한 양면성을 드러낸 것이기도 하다. 줄리엣은 천사의 얼굴을 가진 로미오에게서 악마성을 발견하지만, 다른 사람이 로미오를 비난하는 것은 참지 못한다. 그녀는 로미오를 저주하는 유모를 더한 말로 저주하면서 로미오에 대한 자신의 비난까지 후회하게 된다. 그리고 로미오에게 내려진 추방 명령을 티볼트의 죽음보다 만 배나 슬픈 일로 여기게 된다.

이 연인들은 두 가문 사이의 살인적인 반목과 장애를 장난처럼 뛰어넘는다. 그렇지만 이들에게는 더 근원적인 위험이 도사리고 있다. 라우렌체 수사의 약초는 이 연인들의 사랑을 보호하기 위한 것이지만, 시간의 어긋남이 그것을 독초로 만들어버린다. 그리고 두 연인은 서로의 주검을 따라 저세상으로 넘어가버린다. 뒤늦게 로미오의 시신을 발견한 라우렌체 수사는 이렇게 외친다. "아, 어떤 냉혹한 시간이 이 통탄할 우연을 빚어냈는가!"(5.3.145-146) 이처럼 어긋난 시간의 위험성을 자크 데리다는 이렇게 설명했다. 시간에 붙여진 이름들, 그것에 입각한 약속들, 약속된 시간과 어긋난 시간들은 그 누구도 피할 수 없는 위험을 내재하고 있다. 인간의 안전한 삶을 위해 고안된 것이 그 안전을 결정적으로 위협하는 것으로 돌변할 수도 있다(데리다, 11장).

이 연극의 첫머리에서 코러스가 "이들의 죽음이 부모들의 갈등을 덮어버린다"고 예고했듯이, 마지막 장면에서 두 가문은 화해에 이른다. 이런 결말이 이 작품을 비극으로 규정하는 것을 주저하게 만든다. 그렇지만 이 작품의 원래 제목은 '로미오와 줄리엣의 탁월하고 통탄할 만한 비극'이다. 가문의 화해와는 무관하게 주인공들의 죽음이 이 연극을 비극으로 규정하게 만든 것이다.

졸음이 밀려왔다. 눈을 감았다. 어린 시절, 나에게 잠드는 일은 배를 타고 떠나는 꿈결 같은 여행 연습이기도 했다. 눈을 감으면 뱃머리에 서 있는 나 자신이 떠오르고, 때로는 울렁거리는 속을 달래려고 애를 쓰거나 바람에 실려 둥둥 떠가는 듯한 느낌에 어지러워하다가 눈을 뜨면 다시 어두운 방이었다. 그런데, 이번엔, 기차 안이었다. 내 앞에 열다섯 살쯤 되어 보이는 소녀가 앉아 있었다. 그 소녀가 옆자리의 신사에게 선반을 가리키며 말했다. "미안하지만, 저 가방 좀 내려주시겠어요?" 베네치아가 다가오고 있었다.

파도바의 교장 페트루치오 —『말괄량이 길들이기』

소년 시절, 나는 세계 지리를 좋아했다. 지도를 그리며 먼 나라로 여행을 떠나기도 했다. 그 시절의 나에게 베네치아는 작은 섬들이 수많은 운하나 다리로 분리되거나 이어진 환상적인 모습으로 다가왔다. 그 운하들 위로 저어 가는 곤돌라의 활처럼 흰 뱃머리가 이리 기우뚱 저리 기우뚱할 때마다 내 몸도 함께 흔들리는 듯했다. 그렇지만 언제부턴가 꿈속 여행이나 지도 속 여행은 내 인생에서 사라져버렸고, 나는 그 누구 못지않은 현실적인 인간이 되었다.

베네치아, 트레비소와 함께 대도시권을 형성하고 있는 파도바는 『말괄량이 길들이기』의 배경지이다. 이 지명을 떠올리면 바로 따라 나오는 인물이 있다. 페트루치오라는 거칠고 뻔뻔스러운 사내이다. 그는 파도바에 나타나자마자 재산과 아내를 한꺼번에 거머쥘 궁리를 한다. 그러자 곁에 있던 호르텐시오가, 성질이 고약한 여자가 하나 있는데, 나중에 큰 부자가 되겠지만, 친구에게 그런 여자를 소개하고 싶지는 않다고 말한다. 귀가 번쩍 뜨인 페트루치오는 "소크라테스의 크산티페만큼" 고약하고 "아드리아해의 사나운 파도처럼 거친"(1.2.70-73) 여자라도 너끈히 길들일 수 있다고 장담한다. 그리고 말괄량이인 큰딸을 시집보내지 못해 안달하는 밥티스타의 집으로 돌진한다. 그는 밥티스타와 그의 말괄량이 딸 카테리나를 정신없이 몰아붙여 결혼을 후딱 해치워버린다. 그런 다음, 카테리나 '길들이기'에 착수한다.

페트루치오는 '길들이기 학교'의 교장으로 불리기도 하지만, 그의 교육론은 그리 대단한 것은 아니다. 그것은 한마디로 '주었다가 빼앗기'일 뿐이다. 그는 카테리나를 쫄쫄 굶긴 다음 음식을 주었다가 빼앗고, 재단사에게 아름다운 옷을 지어 오게 하여 카테리나를 황홀하게 만든 다음 디자인이 잘못되었다고 트집을 잡아 퇴짜를 놓는다. 그런 다음 삶을 건강하게 하는 것은 외모가 아니라 마음이라고 도덕적인 설교까지 늘어놓는다. 카테리나는 결국 남편이 하늘의 태양을 달이나 별이라고 해도, 남자를 여자라고 해도 이의를 달지 않는 순종의 표상이 된다. 페트루치오의 길들이기는 학대 수준에 가깝지만, 그의 행위에도 '끝이 좋으면 다 좋다'는 관념이 침투해 있다.

셰익스피어는 이 모든 억지스러운 과정을 자연스럽게 보이게 할 만큼 구체적인 정황들을 빈틈없이 엮어낸다. 그리고 여성 심리의 미묘한 변화, 의상의 유행과 디자인의 세세한 부분까지 생생하게 보여주며 관객의 마음을 사로잡는다. 이 연극은 무려 44행에 달하는 카테리나의 설교로 마무리된다. 요약하면, 남편은 왕이고 여자는 신하와 같다, 여자는 연약한 존재이고 남편은 보호자이다, 남자가 힘든 노동을 하는 동안 여자는 따뜻한 집에 있으니 남편에 대한 엄청난 빚을 보잘것없는 순종으로나마 갚아야 한다는 것이다. 식탁을 둘러싸고 앉아 그녀의 설교를 듣는 '고집 센 여자들'은 이런 대목에서 고개를 주억거린다. 남편에게 눈살을 찌푸리면, "풀밭을 물어뜯는 서리처럼 당신의 아름다움을 시들게" 한다든가, 화내는 여자는 "휘저어놓은 샘물처럼/흙탕이 일고, 보기 흉하고, 탁해서" 남편이 한 방울도 마시려 하지 않는다는 구절들이다. 그녀의 설교는 한마디로 남성 우월주의에 대한 투철한 옹호이다. 이와 함께, 이 연극에는 극복되기 어려운 세속적인 욕망—재산이나 가정의 화목 같은 통속적 가치들에 대한—이 가세해 있다. 그러니 현재의 관점에서 보면, 이 연극을 셰익스피어의 '4대 희극'에 포함시키는 것은 부당해 보인다.

베네치아의 선착장은 기차역 바로 앞에 있었다. 대도시의 버스들만큼이나 많은 배들이 그곳에 멈추었다가 떠나곤 했다. 표를 사거나 배를 기다리는 사람들이 너무 많아 몸과 몸들이 서로 비비적거리거나 부딪쳤다. 나는 선실 안의 의자에는 앉을 엄두도 내지 못한 채 뱃머리 쪽에 서서 이리저리 흔들렸다. 거대한 빌딩처럼 보이는 유람선들이 가끔 눈에 들어왔다. 멀리 수평선 위에 떠 있는 것처럼 보이는, 가로로 길게 늘어선 집들은 베네치아에서만 볼 수 있는 풍경이었다. 나는 바다 쪽으로 마중 나온 나무 잔교와 작은 정원을 거느린 아름다운 집 한 채를 카메라에 담았다. 저 집의 안주인은 어떤 여자일까? 길들여진 말괄량이, 태양이 별이라고 해도

지중해 교역의 중심지였던 베네치아의 운하

해상 교역의 발달로 베네치아에서는 대금업이 성행했지만 기독교 사회에서 대금업은 경멸의 대상이었다. 『베니스의 상인』에서 안토니오와 그의 친구들은 샤일록의 고통과 분노에는 무감각하다. 살라리노가 샤일록에게 빈정대듯이 묻는다. "아니, 설마 그 사람이 채무이행을 못해도, 나는 당신이 그 사람의 살을 잘라 가지는 않을 거라고 믿소. 그걸 뭐에 쓰겠소?" 자신이 당한 모욕이 겨자씨만큼도 이해받지 못하는 상황에서 샤일록의 심정은 뒤틀릴 수밖에 없다.

고개를 끄덕일 여자? 아니면, 길들여지기는커녕 남편을 길들인 여자? 나는 고개를 저었다. 그 어느 쪽도 아닐 것 같았다. '길들이기'라는 관점 자체가 틀려먹은 것이니까.

샤일록의 휴머니즘—『베니스의 상인』

베네치아의 운하는 실핏줄처럼 얽히며 바다에 잠길 듯한 낮은 땅을 환상적인 도시로 빚어낸다. 해상 교역이 활발했던 그 옛날, 육지와 가까운 데다 운하망까지 완벽하게 갖춘 베네치아는 교역의 중심지이자 십자군의 집결지로서 최적의 조건을 갖추고 있었다. 이런 곳에서 돈으로 '새끼치기'를 하는 대금업이 성행했다는 사실은 전혀 놀랄 일이 아니다. 그렇지만 기독교 사회에서 대금업은 경멸의 대상이었다.

셰익스피어는 이런 대금업에 종사하는 유대인을 악당으로 그리는 데 미묘한 심리적 저항감을 느꼈던 것으로 보인다. 많은 비평가들이 『베니스의 상인』은 크리스토퍼 말로Christopher Marlowe의 『몰타의 유대인The Jew of Malta』에서 많은 것을 얻어 왔다고 쓰고 있지만, 내가 보기에는 유대인이 주인공이라는 것 이외에는 비슷한 점이 거의 없다. 말로의 유대인 바라바스는 존재 자체가 악당이고 끝없는 야욕과 간교한 계략의 화신이다. 그는 새로 고용한 하인에게 자신의 악행을 자랑하기까지 한다.

나는 밤중에 외출하여,

담벼락 아래서 신음하는 병든 자들을 죽여.

때로는 돌아다니며 우물에 독을 넣지.

그리고 이따금, 기독교 도둑들을 아끼느라,

난 기꺼이 돈을 잃어주지.

내 집 회랑을 걷다가, 그놈들이 내 집 문 앞으로

줄줄이 잡혀가는 꼴을 보게 될지도 모르니까.

— 『몰타의 유대인』, 2.3.178-184

　반기독교적인 급진 사상의 소유자였던 말로도 유대인에 대한 인종적 편견만큼은 넘어서지 못했던 것으로 보인다. 그렇지만 셰익스피어는 기독교 사회의 편견 속에서 끝없는 모욕과 무시에 시달린 샤일록의 내면에서 영혼의 신음 소리를 들었다. 안토니오에게 살을 요구하기 전, 샤일록은 이렇게 말한다. "당신은 나를 개라고 했어요." 그러자 안토니오가 내뱉는다. "지금도 당신을 그렇게 부르고 싶어,/다시 당신한테 침을 뱉고, 걷어차버리고 싶어." (1.3.110-129) 이 문장으로 보면, 안토니오는 예전부터 샤일록을 개라고 부르고, 침을 뱉고, 걷어차기도 했다. 그는 돈을 빌리면서도 샤일록을 그렇게 모욕한다.

　그러니 샤일록의 엽기적인 요구는 반유대주의에서 비롯된 원한과 고통의 측면에서 해석되어야 한다. 샤일록은, 그에 대한 조롱을 낙으로 삼는 사람들에게 둘러싸여 있다. 안토니오의 친구인 솔라니오는 딸과 재물을 함께 잃고 넋이 나간 샤일록을 재연하며 희열에 빠진다.

> 난 그렇게 정신없이 악쓰는 건 처음 보았네,
> 그 유대인 개가 길거리에서 떠들어대는데 말이야
> 아주 이상하고, 난폭하고, 또 변화무쌍하더군.
> '내 딸! 오, 내 돈! 오, 내 딸!
> 기독교도와 도망갔어! 오, 기독교, 돈!
> 정의! 법! 내 돈과 내 딸!
> 봉해둔 자루, 봉해둔 돈 자루 두 개,
> 생때같은 돈, 내 딸이 훔쳐갔어! 정의! 그 애를 찾아!'
> —『베니스의 상인』, 2.8.12-19

곁에서 듣고 있던 살라리노가 맞장구친다. "그래, 베니스의 모든 사내아이들이 그자의 뒤를 따라다녔지."(2.3.23) 샤일록은 구경거리를 넘어 떠들썩한 오락거리가 되어 있다. 그런데 이 구경거리의 진짜 대상은 누구일까? 샤일록은 솔라니오의 재연을 보는 사람들의 상상 속에서만 구경거리일 뿐이고, 관객들의 구경거리는 오히려 솔라니오와 살라리노 같은 기독교인들이 아닐까? 셰익스피어는 샤일록의 절규를 기독교인들의 흉내 내기를 통해 반복하면서, 두 종류의 언어 층위에 미묘한 차이를 심어놓았다. 하나는 가장 소중한 것을 잃은 자의 절규이고, 다른 하나는 타인의 고통을 오락거리로 삼는 자들의 잔인성이다.

셰익스피어는 격한 감정을 표현할 때 흔히 반복의 기법을 활용한다. 샤일록의 친구 투발이 기독교도 청년과 함께 도망간 샤일록의 딸 제시카를 찾지 못했다고 전하자, 샤일록은 무의미한 말만 반복한다. "왜, 거기, 거기, 거기, 거기."(3.1.79) 그리고 투발이 안토니오의 불운을 이야기하자, 샤일록은 흥분하여 미친 듯이 외친다. "뭐야, 뭐야, 뭐야? 불운, 불운?" 투발이 더 자세히 이야기해준다. "트리폴리에서 오다 상선이 난파됐다네." 샤일록이 다시 반복한다. "하느님 감사합니다, 하느님 감사합니다! 그게 사실이야, 그게 사실이야?" 그리고 덧붙인다. "고맙네, 착한 투발. 희소식이야, 희소식!"(3.1.94-99) 이렇게 반복되는 언어의 표층 아래에서 격렬하게 요동치는 그의 감정들이 선연히 떠오른다.

안토니오와 그의 친구들은 샤일록의 고통과 분노에는 무감각하다. 살라리노가 샤일록에게 빈정대듯이 묻는다. "아니, 설마 그 사람이 채무이행을 못 해도, 나는 당신이 그 사람의 살을 잘라 갖지는 않을 거라고 믿소. 그걸 뭐에 쓰겠소?"(3.1.48-49) 자신이 당한 모욕이 겨자씨만큼도 이해받지 못하는 상황에서 샤일록의 심정은 뒤틀릴 수밖에 없다.

낚시 미끼로 쓰겠소. 아무 먹이도 되지 못하면, 내 복수심에게 먹이겠소. 그 사람은 날 모욕했고, 오십만의 피해를 입혔소. 나의 손실을 비웃었고, 나의 이득을 조롱했고, 나의 민족을 경멸했고, 나의 거래를 방해했고, 나의 친구들을 멀어지게 했고, 나의 적들을 끓어오르게 했소. 그런데 그 이유가 무엇이겠소? 나는 유대인이오. 유대인은 유대인의 눈이 없소? 유대인의 손, 오장육부, 체형, 감각, 애

허버트 스토펠래어의 〈샤일록과 투발〉(1768년경, 예일 대학 브리티시 아트 센터 소장)

셰익스피어는 격한 감정을 표현할 때 흔히 반복의 기법을 활용한다. 샤일록이 친구 투발에게 건네는 무의미한 말의 반복에서 독자는 격렬하게 요동치는 그의 감정을 감지할 수 있다.

정, 열정이 없소? 기독교인들처럼, 같은 음식을 먹고, 같은 무기에 다치고, 같은 질병에 시달리고, 같은 처방으로 치유되고, 같은 여름과 겨울에 덥고 춥지 않겠소? 당신들이 찌르면, 우리도 피를 흘리지 않겠소? 당신들이 간지럽히면, 우리도 웃지 않겠소? 당신들이 독을 먹이면, 우리도 죽지 않겠소? 그리고 당신들이 못살게 굴면, 우리도 복수하지 않겠소? 나머지 것들도 당신들과 같으니, 우리도 당신들처럼 하겠소. 유대인이 기독교인에게 해코지하면, 기독교도는 어떻게 하겠소? 복수요. 기독교도가 유대인에게 해코지하면, 기독교의 교리에 따라 참아야 하는 것이오? 아니, 복수요. 당신들이 내게 가르쳐준 그 악행을 나는 실행하고, 어렵겠지만 배운 것보다 더 잘해보겠소.

— 3.1.50-69

샤일록은 자신이 유대인이기 때문에 안토니오에게서 받은 모욕과 경제적 손실, 그리고 베니스 기독교인들의 인종적·종교적 편견들을 하나하나 들추어내면서 자신이 받은 만큼 돌려주겠다며 '복수'를 다짐하고 있다. '눈에는 눈, 이에는 이'의 논리를 따르고 있는 샤일록의 말 속에서, 기독교도와 유대인은 천칭 위에 놓인 물건들처럼 정확하게 대칭을 이루고 있다. 그렇지만 베니스의 법은 천칭처럼 공평하지 않다. 그래서 유대인이 기독교도와 동일하다는 주장 자체가 죄악이 될 수밖에 없다.

사람들은 때때로 자신의 내면에 웅크리고 있는 알 수 없는 충동과 마주친다. 그렇지만 그것들은 공동체의 일원으로 살아오는 동안 알게 모르게 쌓여온 심리적 침전물일 때가 많다. 앞에 제시한 사례들로 보아 안토니오의 살을 갖겠다는 샤일록의 충동도 그런 예에 속할 것이다. 샤일록은 자신의 요구가 비인간적이라는 것을 느끼고는 있지만 법정에서 조리 있게 설명할 수는 없다.

> 어떤 이는 왜 입 벌린 돼지를,
> 어떤 이는 무해하고 필요한 고양이를,
> 어떤 이는 양털 백파이프를 참을 수 없는지, 어쩔 수 없다는 것 말고는
> 분명한 이유를 댈 수 없습니다.
> (…)
> 그러니 나는 이유를 댈 수 없고, 대려고 하지도 않을 겁니다,
> 해묵은 증오나 어떤 꺼림칙한 것보다 더한 것을
> 나는 안토니오한테 갖고 있고, 그래서 그 사람과
> 손해 보는 송사를 하고 있는 것이지요.
> ― 4.1.52-61

샤일록은 자신이 "손해 보는 송사"를 하고 있다는 것을 분명히 알고 있지만, 그것을 포기할 수 없는 것은 그의 내면에 "분명한 이유"를 댈 수 없는 어떤 응어리 같은 것이 존재하기 때문이다. 그것은 상식을 초월한 요구 조건, 그에 상응하는 명백한 손실이나 무가치한 것의 선택을 통해서만 겨우 그 존재를 드러낼 뿐이다.

이 작품에는 무가치한 것을 선택하는 것처럼 보이는 장면이 또

있다. 바사니오가 금 상자, 은 상자, 납 상자 가운데 납 상자를 고르
는 장면이다. 그렇지만 그의 선택은 포샤와 결혼하여 부자가 되기
위한 것이다. 그러니까 바사니오는 무가치한 것을 선택한 것이 아
니라 표면적인 무가치에 내기를 건 투기꾼일 뿐이다. 그는 아무것
도 희생하지 않고 모든 것을 얻는다. 그에게는 어떤 비용도 들이지
않고 최대치의 효과를 거두는 또 다른 능력이 있다. 상대의 마음을
사로잡는 언어적 기술이다. 그는 교묘한 말로 포샤의 마음을 사로
잡는다.

> 아가씨, 당신은 내 말을 모두 앗아가버렸어요.
> 내 피만 핏줄 속에서 당신에게 말하고 있어요,
> 그리고 내 말솜씨도 뒤죽박죽이 되어
> 마치, 사랑받는 군주의 연설이
> 잘 마무리된 뒤에 나타나는
> 만족스러운 군중의 소란 속에서
> 모든 말들이 온통 뒤섞이고,
> 알아들을 수 없이 왁자지껄해서, 기쁨을
> 표현하기도 표현하지 못하기도 하는 것 같군요.
> ― 3.2.175-183

바사니오의 말은 그의 주장처럼 혼란스럽지 않다. 그는 포샤에
대한 자신의 사랑이 언어 질서를 뛰어넘을 만큼 강렬한 것임을 효
과적으로 표현하고 있을 뿐이다. 그는 '혼란'이란 말까지도 가치로

둔갑시키고 있다. (이런 바사니오를 '기생충'으로 부르는 비평가도 있다.)
바사니오와는 달리, 샤일록은 자신의 모든 것을 걸고 베니스의 편
견과 싸운다. 이런 점에서 샤일록의 엽기적인 요구는 법정에서 자
신의 발언권을 얻어내기 위한 값비싼 수단처럼 보인다. 20세기의
저명한 비평가 아우어바흐Erich Auerbach는 샤일록의 증오에서 인간
적인 동기를 발견하고, 그것을 "위대한 인도주의적 사상"과 연관
짓는다.

> 그의 증오에는 가장 깊고 인간적인 동기가 있으며, 리처드 3세의
> 사악함보다 훨씬 더 깊이 자리 잡고 있다. 그것은 그 힘과 집요함을
> 통해 의미심장해진다. 게다가, 샤일록은 그 증오를 위대한 인도주
> 의적 사상과 공명하는 구절 속에 담아냈는데, 이 사상은 그 후 몇백
> 년 동안 사람들에게 깊은 감동과 영향을 준 것이다. 이러한 말들 가
> 운데 가장 유명한 것은 저 굉장한 법정 장면의 서두에서 그가 내놓
> 은 답변이다.
>
> ― Auerbach, 314쪽

재판의 서두에서 샤일록이 내놓은 답변이 놀라운 까닭은 인간
의 살을 요구하는 그가 토해내는 도저한 휴머니즘 때문이다.

> 당신들 중 사들인 노예를 많이 가진 분은,
> 당신들의 당나귀와 당신들의 개와 노새처럼,
> 그들을 비천하고 노예적인 일들에 사용합니다,

당신들이 그들을 샀으니까요. 제가 한 말씀 드리지요,
'그들을 놓아주시오, 그들을 당신네 상속자들과 결혼시키시오.
왜 그들이 짐을 지고 땀을 흘립니까? 그들의 침대를
당신네 침대처럼 푹신하게 해주시오, 그리고 그들의 입맛도
마찬가지 음식으로 맞춰주시오.' 당신들은 이렇게 말할 거요.
'노예들은 우리 거야.' 저도 당신들에게 그렇게 대답합니다.
내가 그에게 요구하는 살 1파운드는
비싸게 산 것이오. 그건 내 것이니, 내가 가질 거요.
당신들이 거절한다면, 당신네 법은 엉터리요!

— 4.1.90-100

샤일록은 안토니오에게 요구하는 1파운드의 살과 한 사람의 노예를 동일한 천칭 위에 올려놓고 판결의 근거로 삼기를 요청한다. 그런데 포샤가 교묘한 변론으로 살 1파운드 쪽으로 천칭이 기울게 하여 샤일록의 요구를 베니스인의 생명을 위협하는 막중한 범죄로 만들어버린다.

법은 사소한 예외들까지 하나의 대의 속에 포괄할 때에만 인간에게 유용한 것이 된다. 법의 대의에 비추어보면, 증서에 피에 대한 언급이 없다는 이유로 피를 한 방울도 흘리지 않고 정확하게 살 1파운드만 베어내라는 주장은 억지일 수밖에 없다. 포샤는 법의 대의를 무시하고 법조문에서 작은 틈새를 찾아내 안토니오를 그 사이로 빠져나가게 해준다. 그녀는 변론에 앞서 샤일록에게 '자비'를 요청하지만, 대가 없는 선행으로서의 자비는 법 자체를 위험에

빠뜨릴 수도 있다. 의지할 것이 법밖에 없는 사람들은 권력자들의 자비에 의존하는 것이 얼마나 위험한 일인지 잘 알고 있다. 이런 사실은 '자비'를 요구한 포샤 자신이 명징하게 증명해 보인다. 그녀는 외국인이 직접적으로든 간접적으로든 베니스인의 생명을 위협하면 가해자의 재산 절반은 피해자에게 나머지 절반은 국가의 것으로 몰수하고, 가해자의 목숨은 공작의 처분에 맡긴다는 베니스의 법조문을 들춰낸다. 그러고 나서 샤일록에게 목숨을 구하고 싶으면 공작에게 '자비'를 구하라고 말한다. 베니스의 공작이 샤일록에게 베푼 '자비'는 그의 전 재산을 몰수하고 그를 기독교도로 개종시킨 것이다.

아우어바흐는 샤일록의 인도주의적 발언을 극찬하는 만큼, 그를 비극적 주인공으로 승화시키지 못했다고 셰익스피어를 비판한다. 셰익스피어가 샤일록으로 하여금 거리에서 조롱당하게 하고, 그를 남의 불행에 환호하는 비열한 인간으로 묘사하였으며, 그를 희생시킨 사람들의 사랑의 향연으로 연극을 마무리한다는 것이다. 법정의 판결 이후 고개를 떨구고 사라지는 샤일록의 뒷모습은 비극적 주인공의 숭고한 모습과는 거리가 멀지만, 불가항력적인 장애에 부딪혀 난파된 자의 깊은 비애감을 풍긴다. 이 비애감은 젊은 연인들의 웃음소리와의 대비 속에서 더욱 깊어질 수밖에 없다. 그래서 관객들은 샤일록과 승리자들의 극단적 대비가 감추고 있는, 말할 수 없거나 말하지 않고 남겨둔 진실이 무엇인지 간파할 수 있다. 그러니 아우어바흐는 셰익스피어가 귀족들의 허영과 사치로 이루어진 마법의 성에 너무 많은 호의를 베풀었다고 걱정할

필요가 없었다. 귀족들의 허영과 사치 역시 그 사회의 단면을 반영
한 것일 뿐이다.

성난 파도처럼 솟구쳐오르는 질투—『오셀로』

베네치아의 이곳저곳을 기웃거리다가 산마르코 광장에 이르렀
다. 비둘기 떼가 사람만큼이나 많은 그 광장 끝에는 붉은 벽돌로
지은 산마르코 종탑이 하늘을 찌를 듯 우뚝 서 있었다. 그 앞에서
오른쪽으로 꺾자 다시 바다가 펼쳐졌다. 나는 곤돌라들이 줄지어
정박해 있는 바닷가 계단에 앉아 뱃전에 부딪치는 물결을 하염없
이 바라보았다. 고개를 들자 거대한 빌딩처럼 보이는 유람선 한 척
이 유유히 떠가고 있었다. 먼바다로 나서는 그 배를 보자, 까마득
히 먼 곳, 키프로스로 파견되어 떠나는 오셀로가 떠올랐다. 그렇게
떠난 그는 영영 돌아오지 못한다. 거기에서 그는 사랑하는 데스데
모나를 목 졸라 죽이고 그녀를 따라 저세상으로 떠나버린 것이다.
이 참담한 비극은 이아고가 데스데모나의 아버지를 찾아가서

베네치아 산마르코 광장에 있는 종탑
비둘기 떼가 사람만큼이나 많은 산마르코 광장 끝에는 붉은 벽돌로 지은 종탑이 하늘을 찌
를 듯 우뚝 서 있었다. 그 앞에서 오른쪽 모퉁이를 돌자 다시 바다가 펼쳐졌다. 나는 곤돌라
들이 줄지어 정박해 있는 바닷가 계단에 앉아 뱃전에 부딪치는 물결을 하염없이 바라보았다.
까마득히 먼 곳, 키프로스로 파견되어 떠나는 오셀로가 떠올랐다. 그렇게 떠난 그는 영영 돌
아오지 못한다. 거기에서 그는 사랑하는 데스데모나를 목 졸라 죽이고 그녀를 따라 저세상
으로 떠나게 된다.

엄청난 불행을 경고하는 장면에서부터 움트기 시작한다. "지금도, 지금, 바로 지금, 늙은 검둥이 숫양 한 마리가/당신의 하얀 암양을 덮치고 있습니다."(1.1.88-89) "늙은 검둥이 숫양"은 무어인인 오셀로를 빗댄 것이다. 그 시대 사람들은 '숫양'을 성적 욕망의 상징으로, 검은색을 악마의 표상으로 여겼다. 그래서 검은 수컷과 하얀 암컷의 동물적 이미지는 악과 선을 떠올리면서 동시에 자연 질서를 교란하는 이종교배를 암시한다. 데스데모나의 아버지는 잡종 손자를 갖게 될 위기에 처해 있다는 것이다. 그런데, 놀랍게도, 오셀로조차 검은빛에 대해 부정적 이미지를 갖고 있다. "디아나의 얼굴만큼이나 깨끗한 그녀의 이름이/내 얼굴만큼이나 더럽고 검어졌어."(3.3.388-389) 셰익스피어는 『티투스 안드로니쿠스』에서 무어인인 아론의 입을 통해 '검은 것은 아름답다'고 선언한 바 있지만, 오셀로에게는 그만한 자존감조차 허락하지 않았다.

오셀로는 자신에게 적대적인 사회적 통념조차 회의할 줄 모를 만큼 단순하고 직정적이다. 그렇지만 질투의 대상에 대해서는 매우 복잡하고 미묘한 반응을 보인다. "가엾은 사람, 내 영혼이 지옥불에 떨어져도/난 당신을 사랑해! 그리고 당신을 사랑하지 않으면, 다시 혼돈이 올 거야."(3.3.91-93) 그의 감정이 이처럼 혼란스러울 수밖에 없는 까닭은 '사랑' 때문이다. 그렇지만 이 인용문의 '혼돈chaos'이라는 단어는 논란거리가 되어왔다. '다시'라는 낱말을 눈여겨본 해석자는 '혼돈'이 오셀로가 베네치아에 오기 이전의 야만적인 상태를 지시하는 것으로 읽는다. 또 어떤 비평가는 태초 이전의 혼돈, 즉 '암흑blackness'의 의미로 읽는다. 파크 호넌은 '혼돈'을 더 구체적인 것과 연관 짓는다. 그것은 "심성의 틀이지만, 어떤 장소" 즉 런던의 "쇼어디치와 뱅크사이드의 매음굴"(Honan, 315쪽)을 의미한다는 것이다. 그런가 하면, 테리 이글턴Terry Eagleton은 '혼돈'을 '여성의 없음the woman's nothing'으로 해석한다. "여성의 없음은 특이하게 복잡한 유형이고, 남성이 그 속에서 자신의 남성적 정체성을 상실하는 입 벌린 심연이다."(Eagleton, 65쪽) 이글턴은 오셀로의 특수한 심리 상태를 여성 일반에 대한 남성적 공포의 판타지로 환원하고 있다.

이 해석자들은 마치 등록상표라도 얻으려는 사람들처럼 저마다 특이한 해석을 특수한 언어로 포장하고 있지만, 그들의 해석은 그다지 적절해 보이지 않는다. 그러니 우리는 텍스트의 맥락을 따라가며 꼼꼼히 음미해볼 필요가 있다. 그렇게 하면, '나' 즉 오셀로가 보기에 데스데모나에게 어떤 일이 발생했다. 그것은 그녀에게는 참으로 딱한(저주받은) 일이고, '나'에게는 지옥 불처럼 고통스러운 일이다. 그래도 '나'는 그녀를 사랑한다. '내'가 그녀를 사랑하지 않으면 '나'는 다시 '지옥 불' 또는 '혼돈'(심리적 무질서)으로 떨어지게 될 것이라는 뜻으로 읽힌다. 한마디로 요약하면, 오셀로에게 '지옥 불' 또는 '혼돈'은 데스데모나에 대한 사랑의 부재이다. 그러니 혼돈에 떨어지지 않으려면 오셀로는 데스데모나에 대한 사랑을 끝까지 포기하지 않아야 한다.

그렇지만 이것은 오셀로에게는 가능한 일이 아니다. 그에게는 자신에게 닥쳐온 일을 객관적으로 해석할 능력이 없기 때문이다. 파크 호넌은 오셀로의 "미학적 관심과 도덕적 관심 또는 강박 사이에 어떤 종류의 틈새나 분리선도 없다"(Honan, 315쪽)고 감탄하고 있지만, 나에게는 이것이 그의 치명적인 약점처럼 보인다. 오셀로의 질투심을 부추겨 데스데모나를 목 졸라 죽이게 하는 것은 일차적으로 이아고가 짜놓은 허구적 틀이지만, 그보다 근원적인 것은 여성의 정절에 대한 오셀로 자신의 남성 중심적 관념이다. 그러니까 '분리선'이 없는 것은 오셀로의 관념과 행동 사이이다. 거기에는 어떠한 틈새도 없기에 반성이나 해석이 침투할 여지가 없다. 그래서 이글턴은 오셀로의 질투를 '해석의 위기'로 읽는다. '성적인 질투는 근본적으로 해석의 위기이다. 따라서 오셀로는 자기 아내의 가상적 간음을 해석을 요구하는 하나의 텍스트로 받아들였어야 한다.'(Eagleton, 65쪽) 질투를 해석의 위기로 읽은 것은 정곡을 찌른 것이지만, '자기 아내의 가상적 간음을 해석을 요구하는 하나의 텍스트로 받아들였어야 한다'는 처방은 논리상 자가당착이다. 해석의 위기에 처한 사람은 해석을 요구하는 텍스트 자체를 알아볼 수 없기 때문이다.

언어적 층위에서 보면, 사랑하는 두 남녀를 비극으로 몰고 가는 것은 이아고의 거짓말이다. 로만 야콥슨Roman Jakobson의 소통 이론에 따르면, 발신자는 수신자에게 메시지(정보)를 보낸다. 그런데 이 메시지가 제대로 전달되기 위해서는 수신자와 발신자 사이에 '맥락'(소통의 상황), '접촉'(소통의 수단: 전화, 문자, 또는 직접적인 대화 등), '코드'(언어의 의미에 대한 공통적 관점)가 갖추어져 있어야 한다. 이런 조건을 충족시키더라도, 자크 라캉Jacques Lacan의 말처럼 '기의는 기표 아래로 끊임없이 미끄러진다'. 다시 말해, 정보는 발신자가 의

도하는 것만큼 수신자에게 전달될 수 없다. 그런데 거짓말은 발신자가 수신자에게 의도적으로 사실과는 다른 메시지를 제공하는 것이다. 이아고는 자신의 거짓말에 현실감을 부여하기 위해 '맥락'을 왜곡하고 '접촉'까지 조종한다. 그래서 한 장의 손수건이 사랑하는 두 사람을 죽음의 구렁텅이로 몰아넣는 마력을 지니게 된다.

오셀로도 처음에는 의심하기 전에 증거를 찾아야 한다고 생각한다.

> 아니야, 이아고,
> 난 의심하기 전에 볼 거야. 의심할 때, 입증하는 거지.
> 그리고, 증거에 따르면, 이것밖에 없어,
> 사랑이든 질투든 즉시 사라지는 거야!
> ─『오셀로』, 3.3.192-195

그렇지만 오셀로는 증거를 찾는 대신 주변에 있는 모든 것들을 질투의 증거로 환원시킨다. "공기처럼 가벼운 사소한 것들이/질투의 확신을 강하게 하네/마치 성서에서 뽑아낸 증거들처럼." (3.3.324-326) 그리고 한 걸음 더 나아가 "분명히 말하는데 조금 아는 것보다는/많이 속는 게 더 나아."(3.3.338-339) 이처럼 질투에 사로잡힌 사람은 질투가 풀릴 수 있는 어떠한 증거도 거부한다. 그런 증거들은 질투심의 허기만 증폭시킬 뿐이다.

오셀로는 데스데모나를 죽이고 나서도 입을 다물지 않는다. 그는 로도비코(베네치아의 귀족)에게 자신의 행위를 본국에 알릴 편지

H. P. 브릭스의 〈오셀로를 연기하는 아이라 올드리지〉(1830년경, 런던 국립 초상화 갤러리 소장)
이아고의 거짓말에 속은 오셀로는 사랑하는 데스데모나를 죽인다. 질투심에 사로잡힌 그는
질투가 풀릴 수 있는 어떠한 증거도 거부한다. 오셀로는 이아고의 거짓말을 쏙쏙 빨아들이는
스펀지처럼 보이고, 거짓말을 무소불위로 휘두르는 이아고는 거의 신적인 존재로 보인다. 이
런 관계가 가능해진 것은 작가가 질투의 비극을 강렬하게 표현하려고 이 두 사람에게서 어
떤 인격적 요소들을 삭제해버렸기 때문일 것이다. 오셀로에게서는 해석의 능력을, 이아고에
게서는 인간으로서의 기본적인 윤리 의식을.

내용까지 소상히 일러준다. 그렇지만 이아고는 자신의 죄상이 다 드러나자 침묵을 선언한다. "나는 이 시간부터 말을 하지 않을 겁니다."(5.2.302) 이 선언에 담긴 의미는 이중적이다. 하나는 자신의 뜻을 다 이루었다는 것이고, 다른 하나는 자신의 악행에 대한 징벌을 변명 없이 받아들이겠다는 것이다. 그래도 문제는 남아 있다. 이아고의 거짓말의 동기는 무엇일까? 샤일록이 자신의 악의에 대해 설명 불능에 봉착했듯이, 이아고의 행위에도 설명하기 어려운 복합적인 원인이 잠복해 있다. 이아고의 악의는 인종적 편견만으로는 설명될 수 없다. 거기에는 오셀로와의 관계 속에서 알게 모르게 침전되었을 어떤 감정의 찌꺼기 같은 것이 있을 것이다. 이아고의 동기는 인종적 편견, 개인적 열등감, 그리고 어쩌면 오셀로의 성적 매력에 대한 시기심 등이 뒤얽힌 복합적 감정일 것이다. 그의 거짓말이 집요한 것은 그가 오셀로를 제멋대로 휘두를 수 있는 수단은 그것밖에 없기 때문일 것이다.

밀려온 물결이 계단 아래쪽에서 하얀 포말을 일으키며 튀어 올랐다. 내 마음속에서도 알 수 없는 불만이 솟구쳐 올랐다. 나는 오셀로가 속고 있다는 것을 알기에 그를 딱하게 여기면서도 그의 어리석음에 때때로 분개할 수밖에 없었다. 그리고, 거짓말을 천연덕스럽게 꾸며대는 이아고에게는 몇 번인가 '저런 나쁜 놈!' 하고 속으로 부르짖었다. 오셀로는 이아고의 거짓말을 쏙쏙 빨아들이는 스펀지처럼 보이고, 거짓말을 무소불위로 휘두르는 이아고는 거의 신적인 존재로 보인다. 이런 관계가 가능해진 것은 작가가 질투의 비극을 강렬하게 표현하려고 이 두 사람에게서 어떤 인격적 요소들을 삭제해버렸기 때문일 것이다, 오셀로에게서는 해석의 능력을, 이아고에게서는 인간으로서의 기본적인 윤리 의식을.

지중해가 준 큰 선물—『페리클레스』

베네치아에서 피렌체를 거쳐 로마로 갔다. 그리고 아테네행 비행기에 올랐다. 내 자리는 창가에 있었다. 구름 한 점 없는 하늘 아래 짙푸른 바다가 펼쳐져 있었고, 이따금 작은 섬들이 잠깐 나타났다가 사라지곤 했다. 역사가 페르낭 브로델Fernand Braudel은 이 바다를 이렇게 소개한다. "지중해의 유구한 역사를 곁에서 지켜본 최고의 목격자는 바로 지중해일 것이다. 누구도 이런 사실을 부인하지 못할 것이기 때문에 우리는 지중해를 보고 또 보아야만 한다."(브로델, 55쪽) 그는 경비행기를 타고 지중해 위를 낮게 날아보기도 했다. 그가 본 바다는 "푸른빛이라기보다 보랏빛을 띤다. 호메로스의 표현대로라면 포도주처럼 검은빛이다."(브로델, 72쪽)『오디세이아』에는 이런 장면이 있다. 거지로 위장한 오디세우스가 집에 나타나자, 그를 알아보지 못한 페넬로페가 어디에서 온 누구냐고 묻는다. 그러자 그는 이렇게 대답한다. "하얀 파도가 넘실대는 포도주처럼 검은 바다로 둘러싸인 크레타라는 땅이 있소."(19장 194-195) 그렇지만 내 눈에 들어온 바다는 아침 햇살에 반짝이는 짙푸른 빛이었다.

지중해는 최초의 문명 세계가 탄생하고, 세계의 역사가 집약되는 곳이었다. 브로델은 이렇게 쓰기도 했다. "지중해는 주는 것이 있었고 받는 것이 있었다. 그렇게 교환된 '선물'은 재앙일 수도 있었고 은총일 수도 있었다."(브로델, 73쪽) '교환된 선물'들 가운데에는 이야기도 있었다. 그것은 유럽 사람들의 정신적 바탕이 되었다는 점에서 그 어떤 선물보다 풍요로운 '은총'이었다. 그 옛날, 이야기는 주로 아시아 지역으로부터 그리스와 이탈리아를 거쳐 프랑스로, 그리고 거기에서 다시 영국으로 흘러갔다. 그러니 셰익스피어의 작품 세계가 지중해 동북쪽 아시아 지역까지 뻗어 있다는 사실은 놀랄 일이 아니다. 그 지역과 지중해를 배경으로 한 인간의 파란만장한 인생 역정을 펼쳐 보이는 작품은 『페리클레스』이다. 이 연극의 주인공은 티레(레바논의 남쪽 도시)의 왕자로서, 고대 아테네의 최고 지도자였던 페리클레스와는 전혀 다른 인물이다.

『페리클레스』는 서아시아와 지중해 지역에 널리 퍼져 있는 이야기들을 다채롭게 엮어 넣은 특이한 형식의 연극이다. 그런데 이 이야기를 들려주는 사람은 주인공이 아니라 '등장인물'란에 '진행자'로 소개되는 가워Gower이다. 그는 오직 청중에게만 들리는 '노래'이다. 그는 프롤로그와 에필로그뿐만 아니라 필요에 따라 중간중간에 그림자처럼 슬그머니 나타나서 복잡한 사건들을 간추려가며 이야기의 뒤엉킨 실타래를 푼다.

스물두 깨의 장으로 구성된 이 연극의 첫머리에서 가워는 자신을 이렇게 소개한다. "옛날에 불렸던 노래를 부르기 위해/고대의 가워가 재에서 돌아왔습니다." '재'에서 돌아왔다는 것은 불사조처럼 늘 새롭게 부활하는 이야기의 불멸성에 대한 은유로 읽힌다. 문자로 기록되기 이전의 옛날이야기들은 노래로 불렸다. 그는 바로 그런 옛날 노래를 들려주기 위해 죽음의 '재'에서 돌아온 것이다. 가위를 이야기하는 사람 즉 화자로 본다면, 무대에서 펼쳐지는 장면들은 그의 노래를 듣는 청중들 자신의 상상적 세계이다. 그래서 가위는 청중에게 '상상해보라'고 말한다. "티레에 당도한 페리클레스를 상상해보십시오."(15장 1)

가위의 자기소개는 '연극'이라는 관념에 사로잡혀 있는 나의 관심을 이야기 쪽으로 살짝 돌려놓았다. 그는 모두 여덟 번 등장하여 이야기들 사이의 간극을 메꾸면서 앞으로 일어날 사건에 대한 기대감을 증폭시킨다. 그가 말하고 있는 동안, 무대 위에서 무언극이 펼쳐지기도 한다. 그러다가 가위가 사라지면 무대는 갑자기 활기를 띠며 소리가 되살아난다. 이런 기법은 청중의 듣고 싶은 욕망을 부추기면서 앞으로 일어날 일에 대한 궁금증을 자극한다. 여섯 번째 등장에서 그는, "그리하여 마리나는 매음굴을 빠져나와, 좋은 사람의 집으로 들어갈/기회를 얻었다고, 우리 이야기는 전해줍니다"(20장 1-2)로 말문을 연다. 마지막 장에서 그는 두 번 등장하는데, "이제 우리 모래는 거의 다 흘러내렸습니다./조금만 더 흘러내리면, 끝입니다"(22장 1-2)라는 말로 마무리를 준비하고 나서 청중들에게 작별을 고한다. "집중력을 잃지 않고 인내해주신 여러분께, 새로운 기쁨이 기다리고 있습니다. 여기가 우리 연극의 끝입니다."(22장 123-124) 연극이 지루했다면 그 끝은 청중들에게 기쁨을 안겨줄 것이다. 이렇게 가위는 연극을 겸손하게 마무리한다.

지중해를 배경으로 서 있는 여인상

이 여인상은 『페리클레스』에서 아버지 못지않게 파란만장한 역경을 이겨내고 행복한 결말
에 이르는 마리나를 연상시킨다. 페리클레스의 딸인 마리나는 태어나자마자 부모와 헤어져
살지만 온갖 시련을 슬기롭게 극복하고 14년 후에 부모와 재회한다.

가위는 앞부분에서는 5장 간격으로, 중간에는 3장 간격으로 등장한다. 그리고 뒷부분으로 넘어가면서 2장 간격으로 등장하다가 마지막 장에서는 두 번 등장한다. 뒤쪽으로 갈수록 사건들이 복잡하게 얽히며 급박하게 진행되기에 그의 등장은 더 빈번해질 수밖에 없다. 셰익스피어는 이런 세심한 구성 전략을 통해 그 옛날의 다채로운 이야기들을 이음매가 보이지 않을 만큼 자연스럽게 엮어놓았다.

이제 가위의 이야기에 귀를 기울여보자. 힘없는 작은 나라 티레의 젊은 왕 페리클레스는 자기 나라의 안전을 도모하고 아름다운 배필을 구하기 위해 이웃의 강국 안티오키아(현재 터키의 안타키아)의 공주에게 구혼을 하러 간다. 그런데 안티오키아 왕의 질문에 대답하는 과정에서 왕과 공주 사이의 근친상간의 비밀을 알게 되어 쫓기는 몸이 된다. 그는 지중해 연안에 산재한 나라, 타르수스, 펜타폴리스, 에페수스, 미틸레네 등을 떠돈다. 그가 이렇게 많은 나라를 떠돌게 된 데에는 국가 간의 이해관계나 사람들 사이의 갈등이 개입되어 있지만, 그의 운명을 급전시키는 계기는 대체로 폭풍으로 인한 배의 침몰이다. 그 옛날 먼바다로 나가는 것은 실제로 목숨을 걸어야 할 만큼 위험천만한 일이었다. 그러니 폭풍은 인간이 예측할 수 없는 자연의 변덕이라고 해도 좋을 것이다.

이 연극에 엄청나게 많은 사건이 얽혀 들어 있다는 사실은 페리클레스를 한 사람의 인물로 보기 어렵게 한다. 페리클레스는 가위의 대리자 또는 일종의 문학적 장치이다. 셰익스피어와 동시대 작가였던 세르반테스Miguel de Cervantes가 자신의 파란만장한 이야기를 풀어놓기 위한 장치로서 돈키호테라는 인물을 창조한 것과 유사하다. 이러한 장치는, '천일야화'로 불리는 『아라비안나이트』가 보여주듯이, 이야기에 대한 인간의 끝없는 욕망과 맞물려 있다. 그런데도 비평가들은 이야기성과 맞물린 연극적 기법에 대해서는 별다른 관심을 기울이지 않은 채 지리멸렬하다는 비판 쪽으로 기울었다. 셰익스피어의 시대에도 비판자는 있었다. 벤 존슨은 이 연극이 자연으로 인간을 겁먹게 하고, 말만 번지레한 곰팡내 나는 작품이라고 비판했다. 이 연극에 대한 나의 호평은 어쩌면 이러한 악평들에 대한 반발에서 비롯된 것인지 모르겠다. 지중해는 '재앙'과 '은총' 가운데 뒤엣것을 나에게 안겨주었다. '재'에서 돌아온 '옛날의 가위'가 나에게 이야기를 이야기로 즐길 수 있는 마음을 열어준 것이다.

인간을 교환물로 전락시키는 전쟁
─『트로일로스와 크레시다』

고대 그리스에는 이런 속담이 있었다. "말레아 곶을 넘어 항해하는 사람은 고향을 잊어야 한다." 그리스 남쪽 끝자락에 있는 말레아곶은 지중해의 먼바다로 나가는 관문이었다. 그렇지만, 사람들은 그 경계를 수시로 넘나들며 교역을 하거나 전쟁을 치렀다. 그리고 무수한 이야기를 빚어냈다. 그 이야기들 가운데 가장 유명한 것이 호메로스의 『오디세이아』와 『일리아스』이다. '일리아스'

는 '일리온-Ilion', 즉 트로이에 관한 노래라는 뜻이다. 기원전 7, 8세기 사람으로 알려진 호메로스의 삶과 행적에 대해서는 알려진 바가 없다. 그 당시에는 그리스어 문자와 문법 체계가 완성되어 있지도 않았으니 호메로스는 자기 작품 속 주인공들과 마찬가지로 문맹이었을 가능성이 크다. 나폴리의 철학자 지암바티스타 비코 Giambattista Vico는 호메로스의 서사시는 한 사람이 아니라 그리스인 모두에 의해 창조된 것으로 보았다.

셰익스피어는 『일리아스』를 바탕으로 희곡 한 편을 썼다. 『트로일로스와 크레시다』가 그것이다. 그렇지만 그리스 연합군과 트로이 사이의 전쟁보다는 인간이 교환가치로 전락할 수밖에 없는 현실 속에서 쓰라린 이별을 맞게 되는 두 남녀의 애절한 사랑에 초점을 맞추었다. 이 연극에 등장하는 인물들은 인간으로서의 절대적인 존재 근거를 지니지 못한 채 권력의 서열 속에 놓여 있다. 이러한 사실은 그리스 장군들 사이의 공허한 말장난 속에 명징하게 드러나 있다.

아킬레스 이봐, 아가멤논은 무엇인가?

테르시테스 자네 사령관이지, 아킬레스. 그럼 말해보게, 파트로클로스, 아킬레스는 무엇인가?

파트로클로스 자네의 주군이야, 테르시테스. 그럼 말해보게, 테르시테스는 무엇인가?

테르시테스 자네를 아는 사람이야, 파트로클로스. 그럼 말해보게, 파트로클로스, 자네는 무엇인가?

아르놀트 뵈클린의 〈오디세우스와 폴리페무스〉(1896년, 보스턴 미술관 소장)

『오디세이아』의 한 장면. 포세이돈의 거인 아들 폴리페무스가 오디세우스를 향해 바윗덩이를 던진다. 오디세우스는 트로이 전쟁이 인간을 교환물로 전락시키고 있다는 사실을 꿰뚫어보고 있다. 그가 생각하는 인간의 욕망은 '보편적인 늑대'이기에, "우격다짐으로 보편적인 먹이를 만들어야 하고, 결국 자기 자신까지 먹어치운다."

파트로클로스 자네가 아는 것을 말해야지.

아킬레스 말해봐. 말해봐.

　　—『트로일로스와 크레시다』, 2.3.40-47

　이 대화에 등장하는 인물들은 모두 계급적 서열의 순환 관계 속에 놓여 있다. 테르시테스는 서열과는 무관하게 자기가 파트로클로스를 '아는 사람'이라고 말하지만, '아는 것을 말해보라'는 요청에는 대답하지 못한다. 그 대신 그는 자신들의 서열을 다시 한번 읊어대고 나서, "파트로클로스는 바보야"(2.3.51)라고 말한다. 그리고 또다시 무의미한 동어반복 속으로 빠져든다. 이들은 서로를 바보라고 놀린다. 아가멤논은 바보, 아킬레스는 바보, 테르시테스는 바보……. 이들은 엄격한 서열 관계 속에서 윗사람이 바보이면 모두가 바보가 되는 순환 관계 속에 들어 있기에 한 인간을 유일무이한 존재로 만드는 것이 무엇인지 모른다.

　한 개인의 정체성이 순환 관계 속에 놓인 채 공허해지면, 쉽게 교환가치로 대체될 수 있다. 그래서 이 전쟁의 빌미가 될 만큼 대단한 존재인 헬레네도 전쟁이 오래 지속되면서 교환의 대상으로 떠오르게 된다. 그녀를 돌려주고 전쟁을 끝내자는 의견이 분출하게 된 것이다. 그래서 트로이의 두 왕자 헥토르와 트로일로스 사이에 그녀에 대한 '가치' 논쟁이 펼쳐진다.

헥토르 트로일로스, 그 여자는 지키는 데 드는 비용만큼 가치 있는 게 아니야.

트로일로스 가치 있다는 게 뭔데?

헥토르 가치는 개인적 욕망에 있는 게 아니야.

가치에는 판단과 평가가 들어 있는데

그건 그 자체의 소중함에 따르는 그만큼

평가자의 판단에도 따르는 거야.

— 2.2.51~57

헥토르는 인간의 고유한 가치와 타자에 의해 부여된 가치의 종합이 필요하다고 여긴다. 그렇지만 트로일로스는 가치론자가 아니다.

그 여자가 지킬 가치가 있느냐고? 그래, 그녀는 진주야.

그 값이 천 척보다 더 많은 배를 띄웠고,

왕관을 쓴 왕들을 상인으로 만들었어.

— 2.2.80~82

'천 척의 배'는 가치 평가라기보다는 소중함에 대한 비유이다. 진주가 소중한 것은 희소성 때문이지 내재적 본질이나 사용가치 때문이 아니다. 그렇지만, 헬레네가 그만큼 소중한 것도 다른 기준의 평가에 따른 것일 뿐이다. 내재적이건 부가적이건 가치는 가치일 뿐이고, 결국 그 가치는 교환의 척도가 될 수 있다. 그렇지만 이 연극에는 가치와는 무관하게 인간을 존재 자체로 보는 이들이 있다. 크레시다와 그녀의 숙부 판다로스이다.

판다로스 그래, 내 말은 트로일로스는 트로일로스라는 거야.

크레시다 숙부님 말씀이 제 말이에요.

그가 헥토르가 아닌 것은 분명하니까요.

— 1.2.65-66

이러한 동어반복은 대상 자체를 훼손하지 않고 유일무이한 존재로 품어 안으려는 의지의 표현이지만, 어떤 것을 말하거나 정의할 때에는 불가피하게 다른 존재와의 비교를 끌어들일 수밖에 없다. 이런 점에서, 타자와의 비교를 거부할 수 있는 근거로 거론되는 개인의 고유성 즉 정체성은 공허한 개념일 수밖에 없다. 변질될 수 없는 것으로 상정된 정체성이나 그것과 결부된 명예도 시간에 의해 변질되거나 마모될 수밖에 없다. 투철한 현실주의자인 오디세우스는 공명심이 강한 아킬레우스에게 이런 사실을 분명히 알려준다.

장군, 시간은 자기 등에 가방을 지고 있는데,

거기에 망각을 위한 구원금을 넣어두는,

배은망덕한 거대한 괴물입니다.

그 내용물은 과거의 선행들인데, 그것들은

만들어지기가 무섭게 삼켜지고, 이루어지기가

무섭게 잊힙니다. 장군, 인내는 시간을

밝게 유지합니다. 이룬 것은 금세 유행에서 벗어납니다,

기념비적인 조롱거리가 되는 녹슨 갑옷처럼 말입니다.

— 3.3.145-153

자신의 것으로 영원히 기억되기 바라는 어떠한 선행도 망각에 묻히고, "기념비적인 조롱거리가 되는 녹슨 갑옷"처럼 되어버린다. 그래서 오디세우스는 '인내'를 내세우지만, 그것 역시 믿을 만한 것이 아니다. 이 연극에서 셰익스피어는 어떠한 행위도 그 주체에게 영원히 귀속될 수는 없다는 사실을 분명히 드러내고 있다. 모든 행위는 즉각적으로 타자의 맥락 속에 재기입되면서 변질되거나 소멸할 수밖에 없는 것이다.

이 연극에서 인간의 가치에 대한 담론이 반복되고 있는 까닭은 인간을 교환물로 전락시키는 전쟁이 지속되고 있기 때문이다. 전쟁은 물리적 힘을 앞세운 일종의 거래이다. 그것은 "왕관을 쓴 왕들을 상인들로" 만들어버린다. 이러한 사실을 꿰뚫어 보고 있는 사람은 오디세우스이다. 그가 생각하는 인간의 욕망은 '보편적인 늑대universal wolf'이기에, "우격다짐으로 보편적인 먹이를 만들어야 하고,/결국 자기 자신까지 먹어치운다."(1.3.124)

전쟁의 암담한 분위기 속에 낭만적인 입김을 불어넣는 것은 트로일로스와 크레시다이지만, 이들도 전쟁의 비운을 피해가지는 못한다. 크레시다는 그리스 진영에 포로로 잡혀 있는 트로이의 장군 안테노르와 교환될 운명에 처한다. 그녀는 비통하게 울부짖지만, 결국 눈앞의 현실을 냉정하게 받아들인다. 그리스 진영으로 넘어간 그녀는 마음속으로 트로일로스에게 작별을 고한다. 그리고 몸과 마음을 디오메데스에게 주어버린다. 이런 모습을 엿본 트로일로스는 다시는 여자를 믿지 않겠다고 다짐하지만, 그의 다짐은 너무도 공허해 보인다. 인간 자체가 거래의 대상이 되는 터에 사랑인들 온전할 수 있겠는가. 전쟁은 패배한 쪽이 모든 것을 잃게 되는 위험한 게임이다. 그러니 전쟁보다 사랑에 적대적인 현실은 없다.

전쟁 속의 사랑을 이만큼 사실적으로 다룬 작품이 또 있을까? 셰익스피어는 두 남녀의 사랑을 참담한 역사적 현실 속에 던져두고 냉정하게 관찰했다. 이러한 태도는 '비극'이라는 미학적 전형까지 넘어선 것으로 보인다. 그렇지만, 셰익스피어의 투철한 현실주의와 빛나는 실험 정신이 런던의 극장가에서 환영받은 것으로는 보이지 않는다. 대중은 냉혹한 현실 속에서 난파될 수밖에 없는 사랑 따위는 보고 싶지 않았는지도 모른다.

나는 다시 창밖을 내다보았다. 작은 섬 하나가 한 폭의 지도처럼 펼쳐졌다. 그것이 사라지자 다시 짙푸른 바다가 시야를 가득 채웠다.

해피엔드로 향하는 실수의 발걸음들 ─ 『실수 연발』

시칠리아, 코르시카, 사르데냐, 키프로스, 몰타, 레스보스, 사모스……. 로마에서 아테네로 가는 하늘에서는 이 섬들이 보이지 않는다. 나에게 섬들은 그 이름만으로도 아름답고, 슬프고, 아프다. 나는 섬들이 겪은 아픈 이야기를 써보고 싶다는 생각을 한 적이 있다. 조선시대 제주도 민중의 고통스러운 역사에 관한 논문을 읽고

난 다음이었다. 지중해의 섬들도 하나같이 그 나름의 아픈 역사를 지니고 있다. 그리스 고대 문명이 찬란하게 꽃피었던 크레타도 육지에서 몰려온 세력에게 무참히 짓밟힌 기억을 간직하고 있다.

아테네의 동남쪽 바다에는 내가 알지 못하는 수많은 섬들이 떠 있다. 그 섬들 사이로 나 있는 바닷길은 파란만장한 인생행로를 닮았다. 이 바닷길에서 한 가족이 폭풍을 만나 배가 난파되고 뿔뿔이 흩어지는 비운을 맞는다. 시라쿠사(고대 그리스인들이 건설한 도시국가로 시칠리아 동쪽 연안에 있다)가 고향인 이들은 한 세대의 시간이 흐른 후 우연히 에페수스(고대 그리스 도시, 현재 터키 이즈미르주에 있다)에 있게 된다. 여기까지가 『실수 연발』이 시작되기 전까지 이 가족에게 일어난 일이다.

연극이 시작되면, 늙은 죄수 한 사람이 에페수스 공작 앞에 불려 나온다. 그의 죄목은 불법 입국이고, 그에 대한 처벌은 사형이다. 시라쿠사의 공작이 에페수스 상인들을 무참히 처형한 후 두 나라 사이에는 반목의 골이 깊어졌고, 에페수스의 법령은 시라쿠사 사람이 나타나기만 하면 사형에 처하도록 되었다. 에페수스 공작이 시라쿠사 상인인 늙은 죄수 에게온에게 에페수스에 오게 된 연유를 묻는다. 그러자 에게온은 폭풍 속에서 배가 난파되어 가족이 뿔뿔이 흩어진 뒤 지중해 연안 도시들을 헤매며 쌍둥이 아들을 찾던 중 그곳까지 오게 된 사연을 늘어놓는다. 그 이야기에 동정심을 느낀 공작은 에게온에게 하루 동안의 여유를 주며 몸값 1천 마르크를 구해오면 목숨을 살려주겠노라고 말한다.

에게온의 두 아들은 쌍둥이에 이름(안티폴루스)도 같다. 이 쌍둥이 형제들은 도시 이름으로 구별된다. 에페수스의 안티폴루스는 오래전 이곳에 와서 아름다운 여성(아드리아나)과 결혼도 하고 행복하게 살고 있다. 시라쿠사의 안티폴루스는 최근에 이곳에 와서 형과 어머니를 찾고 있다. 그래서 외모가 같은 두 형제가 자기도 모르는 사이에 다른 형제의 삶의 조건 속으로 편입되면서 잠깐씩 운명이 뒤바뀌며 웃지 못할 실수와 코미디들이 벌어진다. 한 가지 예를 들면, 어느 날 아드리아나의 집에서 그녀의 남편(실제로는 남편의 쌍둥이 형제)이 그녀의 여동생 루치아나에게 사랑을 고백한다. 루치아나의 입장에서 보면, 형부가 언니의 집에서 자기에게 사랑을 고백하고 있는 것이다. 그래서 시라쿠사의 안티폴루스는 루치아나 앞에서 졸지에 파렴치한으로 전락한다.

이 쌍둥이 형제들은 다른 형제로 오해받거나 다른 형제에 의해 저질러진 일들이 고스란히 자신에게 돌아오는 이상한 경험을 하게 된다. 그들은 자신이 현존하는 곳에 자신이 부재하는 공포스러운 상황에 놓여 있는 것이다. 라캉도 이런 상황을 염두에 둔 듯한 발언을 한 바 있다. "있지 않아야 할 장소에 하나의 현존이 있게 된다고 가정한다면 그것이 유일한 부재이다."(에반스, 159쪽) 시라쿠사의 안티폴루스에게 "있지 않아야 할 장소"는 아드리아나의 집이고, 따라서 그곳에 있는 그는 그곳에 부재한다. 이런 조건 속에서 두 형제는 오해와 진실 사이를 오락가락한다. 시라쿠사의 안티폴루스는, 자신이 사랑하는 루치아나가 남편의 도리를 들먹이며 사랑이 '허물어져가는 건물' 같은 것이냐고 다그치자, 자신은 그녀의 이름조차 모른다며 이렇게 말한다.

가르쳐주세요, 사랑스러운 분, 생각하고 말하는 법을.

오류들에 질식하여, 여리고, 얕고, 약한

저의 부족하고 천박한 이해력에,

당신의 모호한 말이 숨기고 있는 뜻을 펼쳐놓으세요.

아가씨는 왜 내 영혼의 순수한 진실을 묵살하고

나를 미지의 벌판에서 헤매게 하려고 애쓰는 거죠?

— 『실수 연발』, 3.2.33-39

쌍둥이 형제의 경험이 시사하는 것은, 나의 존재를 증명하는 것은 나 자신이 아니라 나를 둘러싸고 있는 타자들이라는 사실이다. 그래서 이들은 오해와 실수 속에서 도덕적·사회적 문제(오해로 인한 잠정적 범죄)를 일으키고, 모두 공작 앞에 불려 나와 심문을 받게 된다. 그 과정에서 오해와 실수의 정황들이 드러나고, 그들은 삼십삼 년 만의 극적인 해후에 이르게 된다. 이 연극의 원제목은 'The Comedy of Errors', 그러니까 '오류들의 희극'이다. 헤겔은 '물자체는 인식할 수 없다'고 한 칸트가 '오류'에 대한 공포 때문에 진리로부터 끊임없이 도주했다고 비판한 바 있다. 지젝은 이러한 사실에서 '오류 없이는 진리에 도달할 수 없다'는 논지를 이끌어냈다(지젝, 321~322쪽). 그렇지만 오류 자체가 에게온의 가족들을 해후에 이르게 한 것은 아니다. 그것은 오류, 즉 실수의 두려움까지 물리치게 한 가족 간의 사랑이다.

새로운 사실이 드러날 때마다 구경꾼들 사이에서 탄성이 터져 나온다. 그리고 심문의 장소가 축제의 분위기를 띠게 된다. 루치아나는 형부로 오해했던 시라쿠사의 안티폴루스와 손을 잡고, 그 자리에서 한 쌍의 연인이 탄생한다. 시라쿠사의 안티폴루스가 도망쳐 들어간 수녀원의 원장도 극적인 반전에 한몫을 한다. 증인으로 등장한 그녀는 죄인들의 답변을 듣다가 자신이 다름 아닌 쌍둥이 형제의 어머니라는 사실을 알게 된다. 그녀는 공작을 비롯한 모든 구경꾼들을 가족 잔치에 초청한다. 그리고 공작은 에게온을 몸값도 받지 않고 사면해준다.

BBC가 DVD로 제작한 셰익스피어 연극 전집 속의 『실수 연발』은 다도해의 지도가 그려져 있는 광장에서 시작되고 마무리된다. 그 지도 위에서 군무群舞가 펼쳐진다. 가면을 쓰고 춤추는 사람들의 동작은 경쾌하다, 자신들이 휩쓸며 지나가는 바닷길도 인간의 운명을 바꿔놓을 수는 없다는 듯이.

아테네의 숲 —『한여름 밤의 꿈』

아테네의 공기는 북아프리카의 사막이 이렇지 않을까 싶을 만큼 뜨겁고 건조했다. 공항에서 아크로폴리스 기슭의 호텔까지 가는 동안 눈에 들어온 것은 민둥산에 가까운 낮은 산줄기들과 드문드문 나타나는 올리브 숲이었다. 그리스 작가 카잔차키스Nikos Kazantzakis는 크레타의 풍광을 묘사하면서 '올리브' 앞에 '은빛'이란 형용사만 올려놓았다, '은빛 올리브'. 그렇지만 내 눈에는 올리브 숲이 잿빛을 머금은 칙칙한 녹색으로 보였다.

호텔에 도착하여 찬물부터 뒤집어쓰고 곧바로 아크로폴리스로 향했다. 산기슭을 우회하는 도로를 건너자 올리브 숲이었다. 가늘고 길쭉한 얇은 나뭇잎들은 물기를 머금지 못한 채 조금 뒤틀려 있었다. 그 빛깔은 칙칙한 녹색 위에 은회색 가루를 살짝 뿌려놓은 듯 보였다. 숲은 울창했지만 한낮의 열기를 가려주지 못했고, 나무들이 뿌리 내린 땅은 메마른 잿빛 흙가루와 자갈투성이였다. 숲에서 빠져나오자 햇살이 따갑게 내리쬐었고, 나무 한 그루, 풀 한 포기 자랄 수 없는 바위산이 나타났다.

꼭대기에 오르자 파란 하늘을 배경으로 파르테논 신전의 앙상한 뼈대가 성큼 다가왔다. 거기까지 올라가야만 보이는 것이 또 있었다. 고개를 숙이자 발아래 검붉은 에나멜처럼 반짝이는 것이 있었다. 그것은 신전을 떠받치고 있는 거대한 바위의 속살, 아니 그 표면의 도드라진 부분들이었다. '우혈홍牛血紅'이라는 유약처럼 검붉은 핏빛으로 빛나는 그것은 사람들의 발길에 탁마된 바위의 볼록볼록한 살결이었다. 그것들은 수천 년의 시간을 지나와 지워질 수 없는 본성을 그렇게 드러내고 있었다.

아크로폴리스 산자락에 포근히 감싸인 '옛날 광장Ancient Agora'에는 키 큰 나무들이 발치에 널려 있는 고대 문명의 부스러기들을 무심히 굽어보고 있었다. 아고라 박물관에는 고대 조각품들이 많았다. 온전한 모습으로 남아 있는 것은 거의 없었지만, 머리와 팔이 잘려 나간 채 몸통만 남아 있는 것일지라도 옷의 주름까지 정교하게 표현한 솜씨는 놀랄 만큼 생생하게 남아 있었다. 이 박물관 앞에서 고개를 들면, 왼쪽으로는 파르테논 신전, 오른쪽으로는 완만

하게 펼쳐진 드넓은 산비탈을 가득 채운 울창한 숲이 보인다. 그 숲은 수천 년의 낮과 밤, 햇살과 비바람 속에서 한순간도 생명 활동을 멈추지 않은 채 조용히 숨 쉬고 있는 듯 보였다.

이런 숲속에 두 쌍의 남녀가 차례로 들어온다. 먼저, 아버지에게 결혼 승낙을 받지 못한 리산더와 헤르미아가 결혼할 수 있는 곳을 찾아 도망쳐 온다. 헤르미아를 짝사랑하는 데메트리우스는 그녀의 행방을 찾아서, 그리고 헬레나는 자신이 짝사랑하는 데메트리우스를 뒤쫓아 이 숲으로 들어온다. 요정 왕 오베론은 헬레나를 가엾게 여긴 나머지 퍽(장난꾸러기 요정)에게 '아테네 청년'(데메트리우스)의 눈에 사랑의 묘약을 바르라고 한다. 그런데 퍽은 데메트리우스가 아닌 리산더에게 약을 바르는 실수를 저지르고, 이것을 알아차린 오베론은 데메트리우스의 눈에 묘약을 바른다. 이 사내들이 처음 본 여인은 공교롭게도 헬레나이다. 그래서 헤르미아를 사랑하던 두 남자가 헬레나에게만 매달리는 이변이 일어난다. 조용하던 밤의 숲속이 네 남녀의 사랑싸움으로 갑자기 소란스러워진다. 남자들은 검으로 싸우고, 여자들은 서로의 약점을 꼬집으며 싸운다. 이 혼란은 묘약에서 비롯되었지만, 성적 욕망의 맹목성이 거침없이 분출되는 것처럼 보이기도 한다.

앙상한 뼈대만 남은 파르테논 신전

신전에 다다르니 발아래 검붉은 에나멜처럼 반짝이는 것이 있었다. 그것은 신전을 떠받치고 있는 거대한 바위의 속살, 사람들의 발길에 탁마된 바위의 볼록볼록한 살결이었다. 그것들은 수천 년의 시간을 지나와 지워질 수 없는 본성을 그렇게 드러내고 있었다.

이 연극에는 또 다른 차원의 혼란이 잠복해 있다. 요정 왕 오베론과 요정 왕비 티타니아는 연극이 시작되기 전부터 불화 상태에 빠져 있다. 그 원인은 오베론의 질투이다. 그는 티타니아가 테세우스를 사랑한다며 윽박지르고, 티타니아는 "그것은 질투가 꾸며낸 거짓말"(2.1.81)이라고 항의한다. 티타니아는 교란된 자연 질서의 징후들을 열거하며 그 원인이 자신들의 불화 때문이라고 말한다.

> 그래서 바람이, 우리에게 피리 불어주는 헛수고를 하느니,
> 복수를 하듯 바다에서 오염된 안개들을
> 빨아 올려 땅에 부어대니까,
> 보잘것없는 강들까지 모두 오만해져서
> 강둑들을 넘보게 된 거예요.
> 그래서 황소가 멍에를 진 것도 허사가 되었고,
> 쟁기질하는 사람의 땀도 허사가 되었고, 푸른 낟알이
> 수염 나는 청년기가 되기도 전에 썩어버렸죠.
> 물에 잠긴 들판의 양 우리는 비어 있고,
> 병들어 죽은 가축들로 까마귀들만 살이 쪘고요.
> 9인조 모리스 놀이터에는 진흙만 가득하고,
> 무성한 풀밭 속의 매혹적인 미로들은
> 발길이 끊겨 알아볼 수 없게 되었어요.
> (…)
> 그리고 이런 자연의 무질서 때문에
> 계절의 이변이 나타난 거예요. 백발의 서리가

진홍빛 장미의 청순한 무릎에 내리고,

늙은 겨울의 얇은 얼음 왕관 위에

어여쁜 여름 꽃봉오리들의 향기로운 화관이

조롱하듯, 얹히는 거죠. 봄, 여름,

결실의 가을, 분노의 겨울이 자기들이 늘 입던 옷들을

바꾸어 입고, 그래서 당황한 세상 사람들은

이제 그 생산물이 어느 계절의 것인지 알 수 없는 거죠.

그러니까 이 모든 불행의 자식들이

우리의 논쟁, 우리의 불화에서 태어나고 있는 거죠.

우리가 그것들의 부모이고 원조란 말예요.

—『한여름 밤의 꿈』, 2.1.88-117

티타니아가 드는 사례들은 대단히 구체적이고 실감이 넘친다. 독기 어린 안개, 범람하는 강둑, 텅 빈 양 우리, 널려 있는 가축의 시체들과 살진 까마귀 등은 청년 시절의 셰익스피어가 에이번 강 근처에서 보았음 직한 광경들이다. 티타니아의 말처럼, 교란된 자연 질서의 원인이 자신들의 불화라면, 그들의 사랑이 회복되면 자연 질서도 회복될 것이다. 그렇다면, 오베론과 티타니아는 단순한 요정이 아니라 자연을 감응시킬 수 있는 신적 존재들이란 말일까? 그렇지 않다. 이 연극의 전체 맥락에서 보면, 자연 속의 모든 존재는 상호감응의 연쇄 속에 있다.

티타니아가 자연 질서의 교란과 관련하여 자신들의 불화를 아프게 의식하고 있다면, 오베론은 자연 속 존재들 사이의 상호감응

을 예민하게 감지하고 있다. 오베론이 그런 장면 하나를 퍽에게 상
기시킨다.

> 너 기억하느냐,
>
> 언젠가 내가 곶에 앉아서 듣자니, 돌고래 등에서
>
> 인어가 감미롭고 조화로운 소리를 내자
>
> 거친 바다가 그 노래를 듣고 잠잠해졌고
>
> 어떤 별들은 그 인어의 음악을 들으려고
>
> 미친 듯이 제 궤도를 벗어났던 것을?
>
> ― 2.1.148-154

　오베론의 말에 의하면, 자연적 존재들은 아름다움에 감응하며
자신들의 궤도를 이탈하기까지 한다.

　엇갈린 사랑으로 인한 싸움과 질투로 인한 불화가 팽배한 밤의
숲속으로 아테네 노동자들 한 무리가 들어와서 대본을 외고 연기
를 연습하며 공작의 결혼 축하 공연을 준비한다. 이들 가운데 직조
공 바텀Bottom('밑바닥' 또는 '바탕'이라는 뜻을 지닌 이름이다)이 오베론의
짓궂은 장난에 걸려든다. 바텀은 잠이 들었다가 당나귀 머리를 가
진 채 깨어나고, 티타니아는 자는 동안 오베론이 눈에 바른 묘약
때문에 깨어나자마자 보게 된 당나귀 모습의 바텀을 사랑하게 된
다. 요정 왕비와 아테네 노동자는 꿈 같은 하룻밤을 보낸다. 이들
의 하룻밤은 '한여름 밤의 꿈' 또는 욕망의 '밑바닥'이 가감 없이 드
러나는 환상적 시간이다. 바텀이 티타니아에게 말한다. "요즘엔 이

성reason과 사랑이 함께 놀지 않아요."(3.1.136-137) 그래서 그는 자신의 새로운 몸을 편하게 받아들인다. 그는 다시 사람 모습으로 돌아온 후 자기가 꾸었던 꿈은 인간의 지능, 감각, 언어를 초월한 것이라고 생각하면서도 너무도 특이해서 친구들에게 말해주고 싶은 욕망을 억누르지 못한다.

> 난 참 희한한 환영을 보았어. 꿈을 꾸었는데 사람의 지능으로는 그게 무슨 꿈인지 알 수 없는 거야. 이 꿈을 설명하려 드는 자는 당나귀나 다름없는 놈이야. 내 생각에 나는—그걸 말할 수 있는 사람은 아무도 없어. 내 생각에 나는, 내 생각에 내가—내 생각에 내가 뭘 했는지를 말하려는 놈은 얼룩덜룩한 옷을 입은 광대일 뿐이야. 내 꿈이 뭐였는지는, 인간의 눈으로는 듣지 못하고, 인간의 귀로는 보지 못하고, 인간의 손으로는 맛볼 수 없고, 혀로는 상상할 수 없고, 심장으로는 말할 수 없는 거야. 피터 퀸스에게 이 꿈으로 발라드를 써보라고 할 거야. 제목은 '바텀의 꿈', 그건 밑바닥이 없으니까……
>
> ― 4.1.201-213

그의 말은 뒤죽박죽이다. 그의 꿈은 언어로는 옮겨질 수 있는 것이 아니기 때문이다. 그 꿈은 하나의 감각기관에 포착될 수 있는 것도 아니다. 이 불가능성을 표현하기 위해 바텀은 감각기관들과 그 기능들을 엇바꿔가며 설명하려고 애쓴다. 그의 꿈에는 바닥이 없고, 바닥이 없는 것을 측정할 수 있는 도구는 없다. 그래서 그는

J. 시몬스의 〈한여름 밤의 꿈〉(1873년, 개인 소장)

숲속 오솔길을 걷다가 잠시 벤치에 앉았다. 한여름 밤의 숲속으로 흘러가는 꿈 같은 이야기
로 인간의 무의식적 심연을 의식의 표층으로 끌어올려 현실 층위에 자연스럽게 배치한 작
가의 솜씨는 참으로 놀랍다. 그래서 이 작품이 한 인간의 손으로 씌었다는 사실 자체가 믿을
수 없는 꿈처럼 다가온다.

자신의 꿈은 시나 노래로 표현될 수밖에 없다고 생각한다. '피터 퀸스'는 노동자 연극 동아리의 연출자이자 작가이다.

결혼 피로연에서 테세우스는 아테네 노동자들의 「피라모스와 티스베」를 고른다. 공연 담당관이 그것은 "짧지만 지루한 것"이라고 만류하지만, 테세우스는 그걸 '듣겠다'고 우긴다(5.1.83). 히폴리타(테세우스의 신부)가 불평을 토로한다. "이런 시시한 연극은 처음 봐요." 그러자 테세우스가 그녀를 설득한다. "아무리 좋은 연극도 그림자일 뿐이고, 아무리 나쁜 연극도 상상력으로 고쳐보면 나쁘지 않아요."(5.1.210-211) 무대 위의 두 연인이 모두 죽자, 테세우스가 말한다. "달빛과 사자가 저 시신을 묻어야겠군." (이 연극에서는 배우가 등불을 들고 달빛을 연기하고, 장벽은 가슴팍에 장벽을 그린 사내가 연기하고, 사자 역할도 사람이 대신한다.) 데메트리우스가 끼어든다. "아, 장벽도 있잖아요." 그러자 배우 바텀이 말한다. "아닙니다, 분명히 말하지만, 그들의 아버지들을 갈라놓았던 장벽은 무너졌어요." (5.1.342-344) 이들의 어설픈 연극 장면에는 배우이자 극작가였던 셰익스피어 자신의 경험과 고뇌가 깊이 배어 있다.

숲속 오솔길을 걷다가 잠시 벤치에 앉았다. 티타니아는 자신들의 불화가 자연 질서를 교란했다고 말하고, 오베론은 아름다움에 감응하는 자연적 존재들의 궤도 이탈을 감지하고, 당나귀 머리를 지닌 채 깨어난 바텀은 그런 몸과 함께 자신의 본성을 자연스럽게 받아들인다. 한여름 밤의 숲속으로 흘러가는 꿈 같은 이야기로 인간의 무의식적 심연을 의식의 표층으로 끌어올려 현실 층위에 자연스럽게

배치한 작가의 솜씨는 참으로 놀랍다. 그래서 이 작품이 한 인간의
손으로 씌었다는 사실 자체가 믿을 수 없는 꿈처럼 다가온다.

아테네의 바다—『아테네의 티몬』

아크로폴리스 꼭대기에 올라가야만 보이는 것이 또 있다. 바다
이다. 그것은 아크로폴리스 산자락 아래 낮게 펼쳐진 오래된 도시
너머에서 가물거리고 있었다. 그 바다가 나의 상상 속에 펼쳐지며
'티몬'이란 사내가 떠올랐다. 그는 그 바닷가에서 자신의 헤픈 씀
씀이의 뒷맛을 쓸쓸하게 음미하며 돈과 그것에 지배되는 세상과
사람들을 저주한다. 그래서 티몬은 친구들을 불러 모아 뻑적지근
하게 연회를 베풀었던 그의 호화스러운 저택보다는 벌거벗은 몸
으로 헛된 명예와 재물을 저주하는 그 바닷가와 더 어울리는 것처
럼 보인다. 거기에서 티몬은 자기를 찾아온 원로들에게 다시는 찾
아오지 말라고 말하고 나서 이렇게 덧붙인다.

그렇지만 아테네 사람들에게 전해주시오,
티몬은 소금 물결 출렁이는 바닷가에,
자신의 영원한 저택을 지었다고,
그리고 하루 한 번 끓어오르는 거품으로
성난 파도가 그것을 덮어버린다고.
　―『아테네의 티몬』, 14장 749-753

그의 '영원한 저택'은 모래밭에 파놓은 구덩이이고, '성난 파도'
가 한번 휩쓸고 지나가면 가뭇없이 사라져버린다. 그러니 '영원한
저택'은 역설 또는 형용모순일 수밖에 없다. 그에게 영원한 것은
'저택'이 아니라 그것이 하루에 한 번씩 파도에 휩쓸려버린다는 사
실뿐이다. 돈이 지배하는 세상에서 영원한 것은 '영원한 것은 없
다'는 사실뿐이다. 돈은 '물결'처럼 유동적이고 '거품'처럼 덧없는
것이다. 그래서 '성난 파도'는 하루아침에 덮쳐올 수도 있는 경제
적 파탄에 대한 은유로 읽히고, 티몬은 몰락한 자본가의 이미지와
쉽게 겹쳐진다.

이 연극의 전반부는 친구들—시인, 화가, 보석상, 상인, 포목상,
정치가, 군인 등—을 불러 모아 베푸는 성찬들이 티몬을 빚쟁이
로 전락시키는 과정이다. 그는 친구들의 즐거움 속에서 황홀을 느
끼지만, 그런 기쁨은 과잉 투입 없이는 찾아오지 않는다. 거기에는
돈은 무엇이든 가능케 한다는 환상, 그리고 '자유'에 대한 환상이
깊이 침투해 있다.

티몬의 저택에서 넘치는 대접을 받고 있는 '시인'은 자신의 '자
유'를 다음과 같이 감지한다.

> 내 자유는 표류하지요
> 특정한 것에 얽매이지 않고, 스스로 움직이지요
> 드넓은 밀랍의 바다에서.
>
> —1장 45-47

'표류'는 정처를 알 수 없는 흐름이다. 그리고 '밀랍의 바다'는 돈과 자유의 잘 미끄러지는 속성에 상응한다. 그래서 돈을 '자유'로 여기는 사람은 뜻하지 않은 곳으로 표류할 수밖에 없다. 티몬이 그런 사람이다. 그는 자신의 의지와는 무관하게 빚더미 속으로 침몰하고, 마침내 '인간 혐오자'로 전락한다. "나는 인간 혐오자다, 나는 인간을 혐오한다."(14장 54) 타인에 대한 그의 베풂도 자신의 황홀한 기쁨을 위한 것이었을 뿐, 인간에 대한 진정한 관심과는 거리가 먼 것이었다. 티몬의 잔칫상에 모여든 사람들은 그의 환상 속에 등장하는 배우들이었을 뿐이다.

파산과 더불어 친구들이 등을 돌린 이후에야 티몬은 자신의 헛된 욕망과 돈의 속성을 꿰뚫어 보게 된다. 그가 알아차린 돈의 첫 번째 속성은 어떤 특수한 성질을 그것과 대립적이거나 정반대인 것으로 전도시킬 수도 있다는 것이다.

> 그리하여 이것은 흔히
> 검은 것을 희게, 더러운 것을 깨끗하게, 틀린 것을 옳게,
> 천한 것을 고상하게, 늙은이를 젊게, 비겁한 자를 용감하게 만든다.
> (…) 이 노란색 노예는
> 종교들을 만들고 부수고, 저주받은 자들을 축복하고,
> 허연 나병 환자를 칭송하고, 도둑들을 모셔다가
> 작위를 주고, 무릎을 꿇고,
> 의자에 앉은 원로원 의원들이라고 찬미한다.
> —14장 27-38

이처럼 엄청난 위력을 지닌 돈도 그 자체로서는 아무것도 아니다. 그렇지만, 일단 교환의 매개가 되면 사물들을 숫자로 환산하면서 그것들의 물질성과 특이성을 박탈해버린다. 그래서 사람들은 특이성을 잃고 균질화된 사물과 인간관계에 특별한 관심을 기울일 수 없게 된다. 이런 사실은 『공산당 선언』에 명징하게 요약되어 있다. "모든 견고한 것들은 기화氣化되고, 모든 성스러움은 모독되며, 인간은 어쩔 수 없이 자신의 생활환경과 인간관계를 냉정한 시선으로 바라보게 된다."(Marx·Engels, 465쪽) 이러한 조건에서는 종교적·예술적 아우라를 지닌 성직자나 예술가도 단순한 직업인으로 전락할 수밖에 없다. 그래서 보들레르는 「후광의 상실」에서 시인의 "머리에서 굴러떨어진 후광halo이 진창 속에 처박혀버렸다"고 한탄한다.

화폐는 또한 사람들 사이의 관계를 매개하면서 동시에 진정한 인간적 관계를 무너뜨린다. 마르크스Karl Marx는 이런 사실을 『아테네의 티몬』에서 읽어낸 바 있다.

> 만약 화폐가 나를 인간적 삶에 묶어주는, 사회를 나에게 묶어주는, 나와 자연 및 인간과 연결하는 끈이라면, 화폐는 모든 끈들의 끈이 아닐까? 그것은 모든 매듭을 풀고 묶는 것이 아닐까? 그러므로 그것은 또한 일반적인 분리의 대행자가 아닐까? 실제의 결속적 대행자—사회의 화학적인 힘—만큼이나 실제로 분리시키는 대행자는 주화鑄貨이다.

셰익스피어는 화폐의 두 가지 속성을 특별히 강조한다.

(1) 그것은 눈에 보이는 신성神性이다—모든 인간과 자연재를 대립적인 것들로 만드는 변형, 사물들의 일반적인 교란과 왜곡, 그것에 의해 불가능한 것들이 땜질된다.

(2) 그것은 인민과 국가의 공동 창녀, 공동 매춘부이다.

— Eagleton, 101쪽

　한마디로, 돈이 인간관계를 매개하면서 동시에 진정한 인간관계를 해체한다는 것이다. 그렇지만 인간은 이러한 사실을 알면서도 화폐를 자신들의 삶에서 추방해버릴 수 없게 되었다. 이런 점은 부르주아를 마술사로 비유한 마르크스의 지적에 명징하게 드러나 있다. "마술을 부린 듯 그렇게도 강력한 생산·교환 수단을 만들어낸 근대 부르주아 사회는 자신이 (주문으로) 불러낸 지하의 힘을 더는 감당할 수 없게 된 마술사와 같다."(Marx·Engels, 467쪽) 그러니, 돈을 '노란색 노예'나 '공동 창녀'로 부르는 것은 이러한 불가능성에 대한 심리적 반작용이 빚어낸 은유일 뿐이다. 돈은 티몬이나 마르크스의 말처럼 '노예'나 '창녀'가 아니다. 티몬은 두 가지 극단밖에 생각하지 못한다. 돈과 함께 허망한 꿈속에서 사느냐, 돈이 필요 없는 세계에서 홀로 사느냐. 그는 돈을 제대로 활용하면서 인간세계 속에 머물 수 있는 방법 따위는 생각조차 하지 않는다. 그래서 그는 결국 벌거벗은 몸으로 바닷가 '영원한 저택'에서 돈을 저주하며 살 수밖에 없다.

디오니소스 극장의 폐허에서

오후 6시가 다 되어서야 디오니소스 극장을 발견했다. 큰길에서 멀지 않은 곳에 있었지만, 잎이 무성한 가로수들에 가려져 있어 그 입구조차 찾기 어려웠다. 초라한 매표소와 극장 터 사이의 넓은 공간에는 아무것도 없었다. 메마른 잿빛 흙으로 덮여 있는 그 빈터에 가로 50센티미터 세로 30센티미터쯤 되어 보이는 하얀 대리석 하나가 놓여 있었다. '디오니소스 극장'이라는 글씨가 그리스어와 영어로 음각된 표지석이었다. 길을 따라 50여 미터쯤 걸어가자 극장 터의 벽면을 등진 채 하얀 석상 하나가 앉아 있었다. 디오니소스였다. 그 벽면을 지나자 옛날 극장 터가 한눈에 들어왔다. 아크로폴리스 산자락에서 중턱에 이르는 경사면과 우묵한 지세를 활용하여 지은 거대한 노천극장이었다. 계단식으로 배치한 좌석의 윗부분은 아직도 흙 속에 묻혀 있었다. 무대에서 제일 가까운 앞좌석 한 줄에는 낮은 등받이가 있는 대리석 의자들이 배치되어 있었고, 그 줄의 한가운데 바로 뒤쪽에는 둥글고 높은 등받이가 있는 대리석 의자 하나가 놓여 있었다. 맨 앞줄은 아마 귀족들의 자리이고, 등받이가 높고 둥근 의자는 아테네 최고 권력자의 자리였을 것 같았다. 그리고 그 뒤쪽으로 까마득히 올려다보이는 계단식 좌석들에는 등받이가 없었다. 아마 일반 시민들의 자리였을 것이다. 이러한 좌석 배치는 고대 아테네의 계급 체계를 그대로 드러내고 있는 듯 보였다.

이 극장은 3만 명 넘는 관객을 수용할 수 있었다. 소크라테스도

이 좌석들 가운데 하나를 차지하고 앉아 아가톤의 비극을 보았다. 플라톤의 대화편 『향연』에서 소크라테스는 아가톤의 지혜를 이렇게 칭찬한다.

"지혜가 충만한 사람에게서 비어 있는 사람에게 흘러갈 수 있다면 얼마나 좋겠나! 잔이 두 개 나란히 놓여 있을 때 물이 가득한 잔에서 비어 있는 잔으로 털실을 통해 이동하는 것처럼 말이야! 지혜가 그런 거라면, 내가 자네 곁에 있는 건 무척 소중한 일이겠지, 나에게 좋은 지혜가 채워질 테니 말이야. 내 지혜는 빈곤하고 의심스러워, 마치 꿈처럼 말이야. 하지만 자네의 것은 빛나고 빠르게 성장하고 있어. 그것이 아직 젊은 자네에게서 얼마나 눈부시게 뿜어져 나왔나, 그저께 3만 명이 넘는 우리 국민 앞에서 우리에게 말일세!"
— Plato, 62쪽

이 좌석들이 관객의 온기를 느껴보지 못한 채 흘려보낸 세월은 얼마나 되었을까? 돌 틈에 뿌리를 내리고 간신히 생명을 이어가는 풀들만이 텅 빈 무대를 무심히 내려다보고 있었다. 그 풀들 가운데 내가 이름을 아는 것은 바랭이뿐이었다. 그런데 보리나 밀에만 기생하는 줄 알았던 깜부기가 그 작은 풀씨들에 검댕처럼 잔뜩 붙어 있었다. 말라비틀어지기 직전인 풀들은 그래도 열매까지 매달고 있는 것들이 많았다. 나는 그 작은 생명들이 너무도 반가웠고, 짠했다. 흙이 덮여 있는 위쪽으로 올라가자 꽤 여러 종류의 풀들이 꽃이나 열매를 달고 있었다. 그리고 그 밑을 분주히 기어 다니는

디오니소스 극장의 전경과 표지석

아테네의 아크로폴리스 남쪽에 위치한 이 극장은 수용 인원 3만 명 이상의 대규모 건축물로, 디오니소스 신을 기리는 축제의 장소로 활용되기도 했다. 소크라테스도 이 좌석들 가운데 하나를 차지하고 앉아 아가톤의 비극을 보았을 것이다. 이 좌석들이 관객의 온기를 느껴보지 못한 채 흘려보낸 세월은 얼마나 되었을까? 돌 틈에 뿌리를 내리고 간신히 생명을 이어가는 풀들만이 텅 빈 무대를 무심히 내려다보고 있었다.

개미들이 있었고, 개미처럼 생긴 새빨간 곤충도 한 마리 보였다. 이 녀석은 왜 이토록 선명한 색깔로 자신의 존재를 과시하고 있는 것일까?

호텔로 돌아와 옥상으로 올라갔다. 저녁이 되면, 그곳은 꽤 낭만적이고 고급스러운 야외 식당으로 변했다. 가까이 건너다보이는 아크로폴리스의 신전과 오데옹은 서늘한 조명 속에서 휴식을 취하고 있었다. 나는 무사카(삶은 감자 위에 고기를 얹은 그리스 전통 음식)와 맥주를 주문해놓고, 휘황한 조명 속에 우뚝 서 있는 파르테논 신전을 바라보았다. 수많은 세월을 견뎌낸 그 기둥들이 안쓰러웠다. 사람들은 신전의 꼭대기까지 철제 구조물을 설치해놓고 엘리베이터를 타고 오르내리며 신전의 앞쪽 부분을 복원하고 있었다. 그 '복원'이 오래 흘러온 시간의 흔적들을 지우고 있는 것처럼 보였다. 게오르크 지멜Georg Simmel은 「폐허, 하나의 미학적 시론」에서 '폐허의 매력'은 인간이 만든 것을 자연물처럼 보이게 하는 것이라고 썼다. 이 부분을 인용하면서, 도미니크 핀켈데Dominik Finkelde는 폐허에 대해 이렇게 써놓았다.

폐허들은 하나의 경계 영역을 서술한다. 그 폐허들은 '순수한' 예술 작품이 아니다. 왜냐하면 폐허의 원래 형태들은 붕괴되었고 부분적으로는 상실되었기 때문이다. 그러나 그 폐허들은 또한 단순히 하나의 자연사적 붕괴의 표현만도 아니다. 왜냐하면 예술가의 본래 의도가 그 폐허들 속에서 여전히 경험될 수 있기 때문이다. 그래서 어떤 의미에서 폐허는 역사 또는 역사성 자체에 대한 하나의 은

유이다. 폐허는 자신의 고유한 현상 속에 있는 역사의 한 형태이다. 우리가 맨 처음 폐허로부터 인식하는 것은 시간이 **흘러갔다**는 사실이다. 말하자면 그 폐허가 연출하는 것은 역사적 간격이다. 이 간격이 우리에게 드러나고, 동시에 고찰의 한 대상이 된다.

— 핀켈데, 10쪽

아크로폴리스의 폐허들은 조용히 밤의 휴식을 취하고 있었다. 메마른 풀의 냄새, 그것들의 가녀린 신음 소리까지 들리는 듯했다. 훅 불면, 한순간에 사라져버릴 듯 메마른 흙 속에 뿌리내린 생명들! 그것들은 그렇게 잠시 자신들의 존재를 드러내고 사라진다, 푸른 하늘 쟁쟁한 빛 속으로, 또는 영원한 어둠 속으로. 그렇지만 그것들은 지금 거기에 있다, 우주 속의 유일무이한 존재들로. 셰익스피어의 소네트 한 구절이 떠올랐다. "당신의 가슴은 모든 마음들로 고귀해요/나의 상실감 때문에 죽은 줄 알았는데."(소네트 31)

이 극장에서 상연되었을 고대 그리스 비극들은 제의적인 세계와 그 이후의 사법제도 사이에 놓인 채 당대의 이념을 존속시키고 전파하는 기능을 했다. 『오이디푸스 왕』의 주인공은 등장하자마자 테바이에 기근과 질병을 몰고 온 범죄—친부 살해와 근친상간—를 저지른 자를 색출하기 위해 증인들을 하나씩 불러낸다. 그 과정에서 그는 자신이 범인임을 깨닫게 되고, 어머니이자 아내의 브로치로 두 눈을 후벼 판 후 딸 안티고네의 손을 잡고 궁전을 떠난다. 이 비극의 진행은 재판 과정과 흡사하다. 고대의 제의에서는 공동체에 위기가 닥치면 그 구성원들이 족장이나 왕의 신체를 맨 손으로 찢어발겼다. 고대의 어떤 기록은 '새벽 별이 지고 해가 뜨기까지의 짧은 시간에 왕의 몸이 형체도 없이 해체되었다'고 전해준다. 오이디푸스의 자기 처벌은 고대 제의 속의 희생과 제도화된 사법 체계에 의한 처벌 사이에 놓여 있다.

아테네에서의 마지막 밤이 깊어가는 동안 나의 의식은 연극 쪽으로 흘러갔다. 파스칼Blaise Pascal은 인간의 정념을 자극하고 조장한다는 이유로 연극을 위험시했다(파스칼, 361쪽). 셰익스피어의 시대에도 성직자들은 걸핏하면 연극을 공격했다. 그렇지만 그들은 많은 연극들이 기독교적인 시간관에 입각해 있다는 사실을 간과했다. 셰익스피어의 수많은 연극들의 대단원도 최후의 심판과 흡사하다. 그것은 시간의 흐름을 단절시키며 과거로부터 흘러온 삶의 방식을 전면적으로 돌이켜보게 한다. 이러한 반성의 계기는 시간의 단선적 구조에서 발생하는 맹점이기도 하다. 기독교 세계 체제가 성립된 이후 로마인들은 자기 시대와 이전 시대를 구분하기 위해 이전 시대를 '고대antique'로, 자기 시대를 '근대moderne'로 규정했다. 여기에서 과거와 현재 사이에 돌이킬 수 없는 단절이 생겨나고 시간에 대한 이해가 본질적으로 왜곡되었다. 이에 대한 반성에서 'anachronism'이라는 개념이 생겨났다. 이 낱말은 대개 '시대착오'로 번역되지만, 이러한 번역 역시 착오적이다. '현재'를 '과거로 이루어진 원뿔의 꼭짓점'으로 설명한 베르그송Henri Bergson의 시간관에 따르면, 과거의 기억들은 현재의 시간에 내재해 있다(Bergson, 197쪽). 그러니 시대를 달리하는 기억들의 공존은 '시간적 질서'를 교란하거나 '착오한' 것이 아니라 시간 자체의 속성이다. 이런 점에서 보면, 'anachronism'은 직선적 시간의 불가역不可逆적인 진행에서 발생한 왜곡 현상을 추후적으로 확인하기 위한 개념일 뿐이다. 어쨌든 기독교적 시간관에 입각한 연극들은 직선적인 시간에 극적인 단절을 초래하며 반성의 계기를 마련해준다. 여기에서 감성적·인식론적 가치 또는 의미가 발생한다. 이것이 그런 연극들의 효과이다.

시칠리아의 겨울─『겨울 이야기』

다시 로마로 가는 비행기는 그리스의 다도해를 뒤에 남겨둔 채 서쪽을 향해 날고 있었다. 아테네의 정서쪽에 있는 시칠리아는 나의 여정에는 들어 있지 않지만,『겨울 이야기』전반부와 마지막 장면의 무대이다. 지중해의 좌우 중앙에 놓여 있는 이 섬은 이 바다에 떠 있는 섬들 가운데 가장 크다. 그리스인들은 기원전 8세기에 이 섬을 개척했고, 타오르미나(시칠리아의 동북쪽에 위치)에는 그들이 만든 노천극장이 지금까지 잘 보존되어 있다. 시칠리아는 전형적인 지중해성 기후에 속한다. 여름에는 뜨겁고 건조하며, 비는 주로 겨울에 내린다. 한마디로, '겨울' 이미지와는 어울리지 않는 곳이다. 이 연극에서 '겨울'은 질투로 인해 오랜 세월 동안 얼어붙은 마음에 대한 은유이다.

막이 오르면, 레온테스(시칠리아의 왕)의 신하와 폴릭세네스(보헤미아의 왕)의 신하가 등장하여 두 왕 사이의 '우정'을 예찬한다. 그

아테네 아크로폴리스의 야경
폐허의 매력은 인간이 만든 것을 자연물처럼 보이게 한다는 데 있다. 아크로폴리스의 폐허
들은 조용히 밤의 휴식을 취하고 있었다. 메마른 풀의 냄새, 그것들의 가녀린 신음 소리까지
들리는 듯했다. 셰익스피어의 소네트 한 구절이 떠올랐다. "당신의 가슴은 모든 마음들로 고
귀해요. 나의 상실감 때문에 죽은 줄 알았는데."

런데 시칠리아에 와 있는 폴릭세네스가 자신이 없는 사이에 "조국에 찬바람이 불어닥치지나 않을까"(2.1.13) 걱정하며 귀국을 서두른다. 그는 떠나지 말라는 레온테스의 만류를 뿌리쳤지만 왕비 헤르미오네의 청을 받아들여 더 머무르기로 한다. 그러자 레온테스의 마음속에서 질투의 불길이 타오르기 시작한다. 두 사람 사이가 "너무 뜨겁다"고 생각한 레온테스는 "우정이 너무 섞이다보면, 피를 섞게 된다"(1.2.108)고 중얼거린다. 그는 대신大臣 카밀로에게 그것을 눈치 채지 못했느냐고 묻는다. 카밀로는 왕의 생각이 아주 위험한 병이라고 말한다. 그러자 레온테스는 카밀로를 거짓말쟁이, 선과 악을 구별하지 못하는 지각없는 자라고 몰아붙이며 질투의 증거들을 쏟아낸다.

속삭이는 게 아무것도 아니야?
뺨과 뺨을 비비는 게 아무것도 아니야? 코를 맞대도?
입술 깊숙이 키스하는 것도? 웃음을 갑자기 멈추고
한숨을 쉬어도? 이건 정절을 깨뜨렸다는
틀림없는 징표야! 발에 발을 포개어도?
모퉁이에 숨어도? 헤어져 있을 때 시간이 빨리 가기를 바라도?
시간이 분 같아도? 낮이 밤 같아도? 자기들만, 두 눈에
콩 껍질이 덮여 깜깜하고, 죄지은 게 안 보여도?
그럼 세상과 그 안의 모든 것들도 아무것도 아니고,
머리 위 하늘도 아무것도 아니고, 보헤미아도 아무것도 아니고,
내 아내도 아무것도 아니고, 아무것도 아닌 것은 아무것도 아닌 것

들을 가질 수 없어

그게 아무것도 아니라면 말이야.

— 『겨울 이야기』, 1.2.283-293

레온테스에게는 모든 것이 질투의 불쏘시개이고, 그것들이 아무것도 아니라면 세상의 모든 것이 아무것도 아니다. 그러니, 질투 대상을 죽인다고 해도 아무것도 한 것이 아니다. 레온테스는 카밀로에게 폴릭세네스의 잔에 독을 넣으라고 명령한다. 그렇지만 카밀로는 폴릭세네스에게 위험을 알리고 그와 함께 보헤미아로 탈출한다. 레온테스는 왕비가 낳은 아기도 폴릭세네스의 아이로 여겨 불 속에 던져버리라고 하지만, 주위 사람들의 끈질긴 만류에 못 이겨 그냥 내다 버리게 한다. 그리고 왕비를 재판에 회부한다.

레온테스는 왕비의 조리 있는 말들을 모두 거짓으로 몰아붙인다. 그러자 왕비가 항의한다. "추정에 의해 제가 비난받게 된다면, 모든 증거들은 잠들고 폐하의 질투만 깨어 있을 것이옵니다. 아뢰건대, 그것은 냉혹이지 법이 아니옵니다."(3.2.109-112) 일반적으로 법은 냉혹한 것이지만, 왕비에게는 그런 법조차 적용되지 않는다. 그러던 중 아폴론 신전에서 온 신탁이 낭독된다. "헤르미오네는 정숙하다, 폴릭세네스는 죄가 없다, 카밀로는 진실한 신하, 질투의 폭군 레온테스, 죄 없는 아기를 낳았고, 왕이 이 아기를 잃어버리고 찾지 못하면 왕은 후계자 없이 살 것이다."(3.2.130-134) 레온테스는 이 신탁도 거짓이라고 선포한다. 그때 왕자가 죽었다는 전갈이 오고, 왕비가 정신을 잃고 쓰러진다. 그제서야 레온테스는 자기가 신탁을 무시해서 벌을 받았다며 자신의 죄를 인정한다. 그때 왕비가 서거했다는 전갈이 온다. 왕은 왕자와 왕비를 한 무덤에 묻고 매일 참배하는 것을 낙으로 삼겠다고 말한다. 여기까지가 이 연극의 전반부이다.

후반부의 무대는 보헤미아이다. 레온테스의 버려진 딸, 지금은 보헤미아 목동의 딸로 살아가는 페르디타와 보헤미아의 왕자 플로리젤이 중심인물로 떠오른다. 풍요로운 여름 분위기에 감싸여 있는 후반부의 중요한 장면은 양털 깎기 축제이고, 페르디타가 그 축제의 진행을 맡게 된다. 왕자가 그녀와 사랑에 빠졌다는 소식을 들은 폴릭세네스는 카밀로와 함께 변장을 하고 축제에 끼어든다. 페르디타가 두 사람에게 꽃을 주며 인사말을 건넨다.

> 어르신들께 로즈마리와 루타를 드릴게요. 이 꽃들은
> 겨우내 모양과 향내를 유지한답니다.
> 두 분께 품위와 기억을 드릴 거예요,
> 그리고 축제에 오신 것을 환영합니다.
> ― 4.4.74-76

폴릭세네스가 응답한다. "우리 나이에 어울리게 겨울 꽃을 주는구나."(4.4.78-79) 그리고 페르디타와 폴릭세네스 사이의 대화가 길게 이어진다. 그 내용은 르네상스 시대의 중요한 주제인 기술과 자연의 관계에 관한 것이다. 폴릭세네스는 기술은 접붙이기에서처럼 자연을 변형시킬 수는 있지만, 자연은 그 자신을 변형하는 그 수단들까지 생산하고 포함한다고 말한다. '접붙이기'의 비유는 폴릭세네스의 의도와는 무관하게 시칠리아의 공주가 보헤미아의 야생적인 환경 속에서 건강하게 자랐다는 것을 암시한다.

변장한 폴릭세네스가 플로리젤에게 아버지의 뜻을 거스르면서 결혼하겠느냐고 묻는다. 플로리젤이 그러겠다고 대답하자, 아들을 괘씸하게 여긴 폴릭세네스가 자신의 정체를 드러내고 플로리젤과 페르디타의 결혼을 절대 용납하지 않겠다고 선언한다. 왕이 자리를 뜬 후, 페르디타는 왕에게 하고 싶었던 말을 왕자에게 들려준다. "폐하의 궁전을 비추는 똑같은 태양이/우리 오두막도 외면하지 않고,/똑같이 비춘답니다."(4.4.441-443) 그녀의 자연적 세계관에 비추어보면, 인간 사회의 계급적 차별은 무의미한 것이다. 페르디타와 플로리젤은 카밀로의 주선으로 시칠리아의 왕궁으로 달아난다. 그 과정에서 페르디타가 시칠리아의 공주라는 사실이 밝혀진다.

시칠리아 왕과 공주의 상봉 장면은 목격자의 입을 통해 전해진다. 이런 방식으로 셰익스피어는 부녀간의 감격을 두 겹으로 증폭시킨다. 그렇지만 카밀로가 레온테스에게 하는 말에는 감격보다는 회한이 깊게 서려 있다. "폐하, 폐하의 슬픔이 너무 아프게 내려앉아,/열여섯 번의 여름이 그만큼 많은 겨울을/날려버리지 못했습니다."(5.3.49-51) 카밀로는 16년이란 세월을 사무치게 떠올리면서 레온테스의 오랜 슬픔을 위로한다. 그렇지만 그의 말에는 회한과 함께 원망도 조금 섞여 있는 듯 보인다. 시칠리아는 여름과 더 어울리는 곳인데 레온테스가 그 여름을 겨울로 만들어버렸다는 암시로도 읽힐 수 있기 때문이다.

마지막으로, 등장인물들은 죽은 왕비 헤르미오네의 조각상 앞에 모인다. 레온테스가 헤르미오네의 조각상에 다가가서 손을 잡는다. 그리고 따뜻한 온기에 놀란다. 그러자 조각상이 움직이면서 말을 하기 시작한다. (그 조각상은 살아 있는 헤르미오네의 분장이었다.) 이와 함께, 오랜 슬픔이 기쁨으로 돌변한다. 그렇지만 나는 이 장면에 쉽게 동화될 수 없었다. 순결한 사람이 자신의 순결을 증명해야 하고 죄 없는 사람이 자신의 무죄를 증명해야 하는 사회는 불행한 사회라는 생각이 떠올랐기 때문이다. 그런 불행은 죽은 자를 살려내는 마법으로 위무될 수 있는 것이 아니다. 비극이든 희극이든 질투의 뒤끝은 언제나 씁쓸하다.

성적 욕망과 언어의 새끼치기—『십이야』

비행기 아래 펼쳐진 발칸반도의 서북쪽, 아드리아해에 맞닿아 있는 지역의 옛 이름은 일리리아Illyria이다. 바로 이곳이 『십이야』의 무대이다. 이 지역은 한동안 '유고슬라비아'로 불린 나라의 영토와 거의 일치하지만, 그 나라는 이미 존재하지 않는다. 유고슬라비아는 1918년에 건국된 세르비아·크로아티아·슬로베니아 왕국이 채택한 국호이지만, 이 나라는 제2차 세계대전이 진행 중이던 1941년 추축국(독일과 이탈리아)의 침공에 의해 멸망했다(종전 후에는 연방 체제로 유지되다가 1991년에 해체되었다). 셰익스피어의 시대에 일리리아에 존재했던 일련의 도시국가들은 베네치아 공화국의 지배 아래 있었다. 그러니까 『십이야』의 무대는 그 도시국가들 가운데 하나일 가능성이 크다. 그렇지만 이 연극에서 일리리아는 바닷가에 존재한다는 사실 이외에는 그 어떤 지리적·역사적 특성도 부여받지 못한다.

『십이야』에 등장하는 일리리아 공작의 이름 오르시노Orsino는 이탈리아식 이름이다. 연극이 시작되면, 그의 거실에서 악사들이 음악을 연주하고 있다. 공작이 등장하면서 말한다. "음악이 사랑의 음식이라면, 계속 연주하라."(1.1.1) 그렇지만 그는 곧 연주를 중단시킨다. 그의 관심은 음악보다는 사랑, 아니 사랑의 고통 쪽으로 기울어 있다.

> 오 사랑의 정신이여, 그대는 어찌 그리 날래고 상쾌한가,
> 용적은 보잘것없으나
> 모든 것을 무화시키는 한없는 바다처럼
> 아무리 가치 있고 고귀한 것도 삼켜버리니,
> 한순간에 가치가 떨어지고 값싸게 되는구나!
> ─『십이야』, 1.1.9-13

오르시노의 의식에 포착된 사랑은 날래고 상쾌하지만 다른 것들을 무가치하게 만들어버리는 부정적 속성도 지니고 있다. 그는 사랑하는 올리비아가 자기를 거들떠보지도 않기에, 자신이 하잘것없는 존재로 전락한 듯한 감정에 빠져 있다. 그는 새로 고용한

하인 체사리오를 사랑의 메신저로 보내지만 번번이 거절당하고, 올리비아가 체사리오를 사랑하게 만드는 결과만 초래한다.

체사리오는 남장한 비올라이다. 배가 난파되어 그곳에 오게 된 비올라는 오르시노 공작을 사랑하면서도 자신의 마음을 숨긴 채 메신저로서의 임무에 충실히 임한다. 이 세 사람은 짝사랑으로 이루어진 완벽한 삼각관계의 꼭짓점들이다. 그런데 비올라의 쌍둥이 오빠 세바스티안이 나타나자 이 삼각관계는 빠르게 해소되고 두 쌍의 연인이 탄생한다. 올리비아는 체사리오(비올라)와 외모가 같은 세바스티안과 맺어지고, 공작은 남장을 벗은 비올라와 결혼하게 된다.

폭풍으로 낯선 땅에 표류한 후 남자로 변장하고 공작의 하인이 되어 새로운 삶을 도모하는 여성의 은밀한 사랑, 미모와 교양을 겸비한 데다 홀로 막대한 유산까지 물려받은 귀족 여성, 그리고 그녀의 환심을 사려고 애태우는 남성들의 희비가 엇갈리는 이야기는 당시의 연극적 관행에서 멀리 벗어난 것은 아니다. 이 연극은 그러한 설정과는 무관하게 절제된 행동의 이면에 감추어진 욕망을 폭로하며 삶의 전혀 새로운 차원을 열어간다. 그것은 변화무쌍한 언어의 '음란한 새끼치기'의 드라마이다.

이 드라마는 조연들의 몫이다. 그 가운데 하나는 올리비아의 하녀 마리아이다. 그녀는 현실의 맥락에서 분리된 단어와 은유로 자신에게 추근거리는 앤드루 경(올리비아의 또 다른 구혼자)을 혼란에 빠뜨린다.

J. H. 람베르크의 〈올리비아, 마리아, 말볼리오〉(1789년, 예일 대학 브리티시 아트 센터 소장)

셰익스피어의 희극들은 거의가 결혼으로 마무리된다. 『십이야』 역시 두 쌍의 결혼으로 마무리된다. 희극의 예술성은 인간의 소망과 결부된 통속적 주제들을 어떠한 관점으로 조명하느냐에 달려 있을 것이다. 셰익스피어는 『십이야』에서 사랑과 결혼이라는 통속적 주제를 언어의 '새끼치기'와 대비시키면서 빼어난 희극으로 승화시켰다.

앤드루 경 아름다운 아가씨, 당신은 손에 광대들을 갖고 있다고 생각하십니까?

마리아 저는 손에 당신을 갖고 있지 않아요.

앤드루 경 저런, 하지만 당신은 갖게 될 거요, 여기 내 손이 있소.

마리아 하긴, 생각은 자유지요. 제발, 당신 손을 창고에 데려가서 술이나 마시게 하세요.

앤드루 경 왜요, 아가씨? 당신의 은유는 무슨 뜻이죠?

마리아 그건 건조한 거예요.

앤드루 경 아, 그렇군요. 저는 그런 바보는 아니니까 내 손을 건조하게 둘 수 있어요. 그런데 당신의 농담은 무슨 뜻이죠?

마리아 건조한 농담이죠.

앤드루 경 당신은 그런 것들에 몰두하나요?

마리아 아, 저는 그것들을 늘 준비해두죠. 이제, 당신의 손을 놓아주면 저는 석녀가 되는 거죠.

— 1.3.60-75

"손에 광대들을 갖고 있다"는 어색한 표현은 대화의 맥락과 의미를 살리기 위해 "have fools in hand"를 직역한 것이다. 그렇지만 'have ~ in hand'는 관용적으로 '무엇 또는 누군가를 다룬다'는 뜻을 지니고 있다. 그러니까, 앤드루 경은 마리아가 광대들을 쉽게 다루는지 묻고 있는 것이다. 그런데 마리아는 의도적으로 'in hand'를 단어의 뜻대로 해석하면서 앤드루 경을 '광대'로 만들어버린다. 마리아는 언어의 관용적 의미나 문법적 맥락을 제멋대로 바꾸면서 상대방을 혼란에 빠뜨린다. 그녀는 자신의 농담을 '건조한 농담dry jest', 즉 재미없는 농담이라고 말하면서도 실제로는 자기만의 의미 맥락을 새롭게 만들어내며 말놀이를 즐기고 있다. 마리아는 '건조하다dry'를 '척박하다barren'와 연관 지으며 자신의 말을 마무리하는데, 이때 '척박하다'는 것은 아이를 못 낳는 여자 즉 '석녀'를 의미하기도 한다. 그래서 앤드루 경의 손을 놓아주면 자신이 석녀가 된다는 말에는 미묘한 성적 암시가 실리게 된다. 그녀는 앤드루 경을 밀어내면서 동시에 성적으로 자극하고 있는 것이다. 마리아의 말들은 아무것도 생산할 수 없는 '건조한 농담'이지만, 언어적 층위에서는 무엇이든 쉽게 교환될 수 있다는 사실을 명징하게 보여준다.

'건조한 농담'보다 더 비생산적인 어법은 동어반복이다. 앤드루 경은 토비 경(올리비아의 친척)의 현학적인 지껄임을 미연에 방지하기 위해 동어반복의 어법을 사용한다.

> **토비 경** 이리 오시오, 앤드루 경. 자정 이후까지 잠자리에 들지 않는 것은 잠잘 시간에 깨어 있는 것인데, 새벽에 깨어 있는 건 건강에 좋소, 당신도 아시다시피.
>
> **앤드루 경** 아니오, 맹세코, 나는 모르오. 하지만 이건 알고 있소, 늦게 자는 건 늦게 자는 것이오.
>
> **토비 경** 결론이 틀렸소! 난 그게 싫소 비어 있는 통 같아서.
>
> — 2.3.1–6

동어반복은 거짓말은 아니지만 내용이 없는 '비어 있는 통' 같은 것이다. 그래서 사람들은 빈 곳을 무엇인가로 채우려 한다. 그렇게 부가되는 말은 사실 자체를 왜곡하거나 맥락에서 이탈하여 그 자체로만 존재하게 될 위험성을 지니고 있다. 이러한 언어적 속성을 잘 알고 있는 사람은 "단어들을 부패시키는 자"(3.1.35)로 자처하는 어릿광대 페스테이다. 그는 체사리오로 변장한 비올라에게 이렇게 말한다. "문장이란 재치 있는 사람에게는 부드러운 가죽 장갑일 뿐이지요. 안쪽이 바깥쪽으로 얼마나 빨리 뒤집힙니까!"(3.1.10-12) 그의 말처럼, 재치 있는 사람들은 너무도 쉽게 일상 언어의 의미를 전도시킨다. 그래서 비올라는 언어를 '잘 부리는' 것은 성적인 방종과 유사하다고 생각한다.

> **비올라** 말들을 교묘하게 잘 부리는 사람들은 어쩌면 말들을 빨리 방종하게 만들 거야.
> **페스테** 그래서 저는 제 누이가 이름이 없으면 좋겠어요.
> **비올라** 대체, 왜요?
> **페스테** 왜라니요, 그 애 이름은 하나의 단어인데, 그 단어를 교묘하게 부리면 내 누이를 방종하게 만들 테니까요.
> ― 3.1.13-18

'방종하다'는 'wanton'을 번역한 것인데, 이 단어는 여성의 음탕한 행위를 형용하기도 한다. 언어의 방종한 속성은 돈의 새끼치기와 유사한 속성을 지니고 있다. 페스테는 비올라에게서 동전 한 닢을 얻어낸 다음, 또 한 닢을 요구하면서 이렇게 말한다. "이것들도 짝을 맞춰야 새끼를 치지 않겠어요?"(3.1.47) 페스테는 언어와 돈의 유사성을 증명하기 위해 동전들의 뚜쟁이 노릇까지 자처한다.

화폐가 없는 것을 있는 것처럼 만들 수 있듯이, 언어 역시 없는 것을 있는 것처럼 만들기도 한다. 언어의 이러한 속성을 악의적으로 활용하면, 한 인간을 손쉽게 파멸로 이끌 수도 있다. 올리비아의 집사 말볼리오는 그녀가 자신에게 보낸 것처럼 보이는 연애편지를 줍게 되면서 장난꾼들이 파놓은 함정에 빠져든다. 이 편지 형식의 텍스트는 마리아, 토비 경, 앤드루 경, 그리고 페스테의 합작이다. 이 언어체는 말볼리오의 감추어진 성적 욕망과 신분 상승의 야심을 표층으로 이끌어내 그를 어두운 지하 감옥으로 떨어지게 한다.

가해자들의 악의적인 장난은 한 걸음 더 나아간다. 페스테가 사제로 변장하고 암흑 속에 갇혀 있는 말볼리오를 찾아가서 그가 미쳤다는 것을 증명한다. 페스테는 광대이고, 광대는 '바보'로 불린다. 말볼리오가 자신을 변호하기 위해 자기도 사제(변장한 페스테)만큼 멀쩡하다고 말한다. 그러자, 페스테가 변장을 벗고 최종 결론을 내린다. "그럼 당신은 정말 미쳤군요, 당신의 분별력이 바보보다 낫지 않다면 말이죠."(4.2.89-90) 말볼리오가 어떻게 대답하든 그의 말들은 페스테의 게임 법칙에 의해 왜곡될 수밖에 없다. 그래서 말볼리오는 지하 감옥에서 빠져나올 수 없다. 말볼리오에게 진짜 감옥은 언어 자체이다.

페스테는 사회적 형식으로 굳어진 허위의 체계에 균열을 내기도 한다. 그는 다른 사람들이 당연하게 여기는 삶의 방식들을 낯설게 연기하면서 관행으로 굳어진 의미를 전복시키는 것이다. 그는 현자와 바보를 이렇게 전도시킨다. "자신이 영리하다고 생각하는 사람들은 툭하면 바보짓을 하지요, 그러니 분명히 영리하지 않은 내가 현자로 통할 수도 있어요."(1.5.30-31) 그래서 그는 '멋진 바보짓'으로 자족한다.

왜 희극들은 하나같이 결혼으로 종결되는 것일까? 『십이야』역시 두 쌍의 결혼으로 마무리된다. 프로프Vladimir Propp의 『민담 형태론』에 따르면, 세계의 모든 민담은 대관식이나 결혼으로 끝난다. 민담이 집단적 무의식의 소산이라면, 민담의 행복한 결말들에는 인간의 근원적 욕망이 투사되어 있을 것이다. 셰익스피어의 희극들은 거의가 결혼으로 마무리된다. 이런 점에서, 민담과 희극에 내재된 인간의 근원적 욕망은 동일한 것처럼 보인다. 그렇지만 연극은 개인의 창작물이기에, 관객은 연극에서 일정한 예술적 성취를 기대하게 된다. 그렇다면 희극의 예술성은 인간의 소망과 결부된 통속적 주제들을 어떠한 관점으로 조명하느냐에 달려 있을 것이다. 셰익스피어는 이 연극에서 사랑과 결혼을 언어와 돈의 방종한 '새끼치기'와 겹쳐놓고 상호 조명의 효과를 빚어냈다. 그렇게 하여, 통속적 주제를 빼어난 희극으로 승화시켰다.

사랑에 대한 경멸과 예찬—『헛소동』

시칠리아는 정삼각형 모양이고, 그 꼭짓점에 해당하는 동북쪽 끝에 메시나가 자리 잡고 있다. 이 섬과 본토 사이의 좁은 바닷길은 메시나 해협으로 불린다. 이 오래된 도시는 지중해에서 가장 깊숙하고 안전한 항구로서, 오랜 세월 상인과 선원들의 중요한 안식처였다. 옛날의 지도나 최근에 찍은 사진을 보면, 오른팔처럼 길게 뻗어 나온 곳이 메시나의 내항을 포근히 감싸고 있다. 이러한 지세는 전략적으로도 매우 중요한 기능을 해냈다.

『헛소동』은 메시나의 총독 레오나토가, 전투에서 승리하고 돌아오는 아라곤(스페인 동북부 지역)의 왕자 돈 페드로 일행을 영접하는 장면에서 시작된다. 레오나토의 궁전은 거듭된 지진으로 사라지고 없지만, 지금의 시청 자리에 실제로 있었다. 지금의 고베르놀로 광장의 끝자락에 해당하는 자리에서 그 궁전은 항구의 출입구와 란테르나로 불린 등대를 마주 보고 있었다고 한다.

돈 페드로에게는 그를 수행하는 베네딕과 클라우디오가 있고, 레오나토에게는 정숙하고 아름다운 딸 헤로와 언행이 날카롭고 거침이 없는 조카딸 베아트리체가 있다. 이 두 쌍의 젊은 남녀들 사이에서 사랑과 갈등이 싹튼다. 클라우디오는 헤로에게 첫눈에 반한다. 욕망에 감전된 언어는 날뛰는 경향이 있듯이, 단정했던 클라우디오의 언어도 마구 헝클어진다. 그의 이런 모습이 베네딕의 눈에 들어온다. "그는 솔직하고 정확하게 말하는 버릇이 있었지, 정직한 사람이나 군인처럼. 그런데 지금 그는 어법이 뒤죽박죽이야. 그의 말들은 아주 환상적인 성찬이야, 아주 다양한 이상스러운 음식들처럼."(2.3.18-22)

클라우디오와 헤로의 사랑은 순탄하게 이루어진다. 이들과는 달리, 베네딕과 베아트리체는 만나기만 하면 날카로운 말로 서로에게 상처를 준다. 첫 장면부터 그렇다. 베네딕이 그녀를 '경멸 양'으로 부르자, 베아트리체는 '경멸 양'을 '그녀'라는 삼인칭으로 부르며 베네딕과 연관시킨다. "당신이 그녀 앞에 나타나면 예절이 경멸로 바뀔 수밖에 없겠네요."(1.1.118-119) 베아트리체는 숙부 앞에서도 자기 의견을 거침없이 말한다. 숙부 레오나토가 결혼을 부추기자, 그녀는 기다렸다는 듯이 결혼의 불가능성을 당당하게 피력한다.

> 하느님께서 남자를 흙이 아닌 다른 물질로 만들 때까진 안 해요. 한 여자가 그 대단한 흙 조각에 지배되고, 자기 삶을 제멋대로 굴러다 니는 흙덩어리에게 맡기는 건 슬픈 일 아녜요? 안 돼요, 숙부, 전 안 할래요. 아담의 아들들은 제 남자 형제들이에요. 그러니 저는 그들 을 제 친척과 맺어주는 건 정말 죄악이라고 생각해요.
>
> —『헛소동』, 2.1.58-63

베아트리체는 흙으로 빚은 남자보다 인간의 뼈로 빚은 여자가 더 우월하다는 생각으로 창세기의 구절에 담긴 가부장제적 함축 을 전복시킨다. 그녀는 남녀의 관계가 아담과 이브로 인해 혈연적 으로 밀착되었기 때문에, 결혼을 말려야 할 것으로 생각한다. 셰익 스피어의 작품 세계에서 이만큼 개성이 뚜렷하고 날카로운 비판 정신을 소유한 여성은 아마 없을 것이다.

그녀는 청혼을 받고 들떠 있는 헤로에게 결혼의 부정적인 측면 을 말해주기도 한다.

그러니까 헤로, 구애, 결혼, 후회는 스코틀랜드 다섯 박자 춤처럼
속도가 빨라. 첫 단계 구애는 뜨겁고 성급해, 스코틀랜드 춤처럼.
그리고 환상으로 충만하지. 결혼은 법도처럼 바르고 점잖고, 근엄
과 고풍으로 충만해. 그리고 후회가 찾아오는데, 그놈의 못된 발들
이 다섯 박자에 맞춰 점점 빨라지다가 결국 무덤 속으로 굴러떨어
지는 거야.

— 2.1.70-77

무도회에서 베아트리체는 가면을 쓴 베네딕에게 당신이 베네딕
이냐고 묻는다. 그러자 베네딕은 그가 누구냐고 반문하며 시치미
를 뗀다. 그러자 베아트리체는 짐짓 속은 척하며 베네딕을 모욕적
으로 폄하한다. "아, 그 사람은 왕자의 광대인데, 아주 둔하고 멍청
해요."(2.1.137) 누구보다 활달하고 공격적인 베네딕조차 마음의 상
처를 입고 물러선다. 숙소로 돌아온 베네딕은 "그녀의 말 한마디
한마디는 비수처럼 찌르고", "그녀의 숨결은 종결자 같아서 그녀
곁에서는 살아남을 자가 없"으며, 그것이 "북극성까지 오염시킬
거"라고 투덜거린다(2.1.246-249).
　이 연극은 마테오 반델로Matteo Bandello의 『단편소설집 Novella』을 참
조한 작품이지만, 베아트리체와 베네딕은 셰익스피어가 새롭게
창조한 인물들이다. 날카로운 비판 의식을 지닌 이들의 서로에 대
한 감정은 양가적이고 뫼비우스의 띠처럼 꼬여 있다. 그렇지만 그
꼬임이 풀리게 되면, 서로에 대한 험담은 찬사로 돌변하도록 되
어 있다. 이들의 날카로운 비판과 독설은 사랑과 결혼의 상투성에

시칠리아 메시나 항구의 해 질 녘

시칠리아는 정삼각형 모양이고, 그 꼭짓점에 해당하는 동북쪽 끝에 메시나가 자리 잡고 있다. 이 섬과 본토 사이의 좁은 바닷길은 메시나 해협으로 불린다. 『헛소동』의 배경이 되는 이 오래된 도시는 지중해에서 가장 깊숙하고 안전한 항구로서, 오랜 세월 상인과 선원들의 중요한 안식처였다.

뿌리는 매운 양념일 뿐이다. 두 쌍의 연인들은 결국 결혼에 이르게 된다. 베아트리체와 베네딕의 말싸움, 그리고 헤로와 클라우디오 사이에 끼어드는 방해 공작―헤로를 부정한 여자로 만들어 거짓 자살로 이끌 만큼 치밀하고 악의적인 계략―은 결국 말 그대로 '헛소동'이 되고 만다.

잃어버린 세계로의 귀환―『폭풍』

비행기는 잔잔한 바다 위를 꿈결처럼 날아가고 있었다. 셰익스피어는 이 바다 어딘가에 상상의 섬 하나를 마련하고, 이 섬을 무대 삼아 유토피아적 판타지, 신세계에 대한 식민적 지배 방식, 그리고 인간의 권력의지를 시험하였다. 그리고 복수의 미학과 구세계로의 귀환이라는 또 다른 주제를 새롭게 조명하였다. 그렇게 탄생한 것이 어떠한 문학적 원본도 없는 것으로 평가되는 그의 마지막 작품 『폭풍』이다.

이 연극은 첫 장면부터 엄청난 충격이 휘몰아친다. 번개와 천둥소리가 울리고, 고함 소리가 들려온다. 배가 폭풍우에 덜미를 잡힌 것이다. 이 배에는 나폴리의 왕과 그 신하들이 타고 있다. 그렇지만 이런 상황에서는 왕이나 고관대작의 이름이나 권세 따위는 무용지물이다.

알론소 갑판장, 조심하게. 선장은 어디 있나?

갑판장 제발, 내려가세요.

안토니오스 선장은 어디 있나, 갑판장?

갑판장 그가 소리치는 거 안 들리세요? 일에 방해됩니다. 선실에 계세요. 당신들은 폭풍을 돕고 있어요.

곤잘로 어허, 진정하게.

갑판장 바다가 진정해야죠. 가세요! 이 으르렁거리는 것들한테 왕의 명칭이 무슨 소용이오? 선실로 가세요. 조용히 계세요! 우리를 귀찮게 하지 말고.

곤잘로 좋네, 하지만 이 배에 어떤 분이 타셨는지는 명심하게.

갑판장 누구라고 내 한 목숨보다 소중할까. 당신은 의원이니 이것들한테 명령하여 이 사태를 진정시킬 수 있다면, 밧줄 따윈 안 잡아도 되겠네요. 당신 권세를 써보세요. 그러지 못할 거면, 선실에 틀어박혀 닥쳐올 불운에나 대비하세요.

—『폭풍』, 1.1.9-25

왕이나 귀족들에 대한 갑판장의 태도는 거칠고, 그의 말에는 비아냥까지 섞여 있다. 자연의 난폭한 힘 앞에서 왕과 귀족들의 권세는 무력하고, 그들의 말은 무용지물이다. 폭풍은 이름 따위는 알지 못한다. 원로원 의원인 곤잘로는 "이 배에 어떤 분이 타셨는지는 명심하"라고 을러대지만, 갑판장은 그들에게 계급에 맞는 예우를 해줄 수 없다. 그의 말은 거칠고 실제적이다. 그래서 오히려 곤잘로의 눈에는 갑판장이 죽을 사람으로는 보이지 않지만, 평상시라면 교수형감이라고 생각한다.

다음 장면에서 이들은 낯선 섬에서 깨어난다. 이 섬의 지배자인 프로스페로가 마법으로 폭풍을 일으켜 이들을 섬으로 데려온 것이다. 그의 마법적 권력은 "어두운 과거와 시간의 심연"(1.2.50)에서 잉태된 것이다. '어두운 과거'란 동생인 안토니우스에게 밀라노 공작 지위를 찬탈당한 것이고, '시간의 심연'은 복수를 위해 자신의 마법을 연마한 시간이다.

프로스페로에게는 자신의 마법적 대리자인 아리엘이 있다. 정령精靈인 아리엘은 프로스페로의 수족처럼 움직이지만, 이따금 주인의 명령에 불만을 표출하거나 자유를 호소하기도 한다. 프로스페로에게는 노예도 있다. 이 섬의 유일한 원주민인 칼리반이다. '물고기'처럼 기형적으로 생긴 그는 이 섬의 원래 주인이었던 마녀 시코락스의 아들이다. 프로스페로는 소나무 속에 12년 동안 갇혀 있던 그를 꺼내주고 노예로 삼았다. 칼리반은 자기가 프로스페로에게 이 섬의 아름답고 좋은 것들을 다 안내해주었는데 그가 이 섬을 빼앗아갔다며 항의한다. 그리고 자기도 한때는 '자신의 왕'이었다고 주장한다. 프로스페로에게는 미란다라는 딸이 있다. 미란다는 반항하는 칼리반을 '혐오스러운 노예'라고 부르며 자기가 야만 상태에 있던 그에게 말을 가르쳤다는 사실을 내세운다. 그렇지만 칼리반은 미란다가 가르쳐준 말로써 그녀를 저주할 뿐이다.

셰익스피어는 먼저 원로원 의원인 곤잘로의 '꿈'을 시험대에 올린다. 곤잘로는 이 섬이 무인도인 줄 알고, 자신이 왕이라고 상상하며 이상 국가론을 펼친다.

그 나라에서는 모든 것을

반대로 시행할 겁니다, 어떠한 상거래도

허용하지 않을 겁니다. 행정관이란 명칭도 없애고,

글을 배우게 해서는 안 됩니다. 부자도, 가난한 자도,

하인을 부리는 것도 없어요. 계약, 상속,

영역, 토지 구획, 경작, 포도밭, 그런 것도 없어요.

금속, 곡물, 또는 포도주, 또는 기름도 안 써요.

직업도 없고, 모두 빈둥대죠, 모두,

그리고 여자들도, 하지만 순진하고 순수해요,

권력도 없고.

— 2.1.145-154

곤잘로가 '상거래'를 금지하려는 까닭은, 앞서 『아테네의 티몬』에서 보았듯이, 거래를 매개하는 돈이 사물의 특수성을 박탈하고 진정한 인간관계를 타락시킨다고 여기기 때문일 것이다. 그리고 경작은 자연에 대한 가장 근원적인 착취 방식이고, 생존에 필수적이지 않은 것들(금속, 곡물, 포도주, 기름)을 사용하는 것 역시 궁극적으로는 자연 착취로 이어지기 때문에 금지 목록에 들어갈 수밖에 없을 것이다. 곤잘로의 이상적 국가는 자연 질서에 바탕을 둔 원시공동체를 연상시킨다. 그래서 그의 말은 현재의 왕이나 왕족들에게는 가소롭게 들릴 수밖에 없다. 먼저, 세바스찬(나폴리 왕의 동생)이 퉁을 놓는다. "당신이 왕이 될 거라면서." 그러자 왕 자신도 끼어든다. "그 국가론은 뒷부분이 첫 부분을 까먹는 거로군."(2.1.155-157)

존 윌리엄 워터하우스의 〈미란다〉(1916년, 개인 소장)

셰익스피어의 마지막 작품 『폭풍』의 한 장면으로, 주인공 프로스페로의 딸 미란다가 폭풍에 침몰한 배를 바라보고 있다. 셰익스피어는 복수가 가능한 상황에서 용서와 화해를 통해 구세계로 귀환하는 프로스페로와 미란다의 모습을 보여주면서 연극을 마무리한다. 그러나 미란다가 맞이할 '신세계'는 그녀를 제외한 모든 사람들의 구세계일 뿐이다. 그래서 그녀의 '멋진 신세계'는 어딘가 불안해 보인다.

곤잘로의 이상 국가론은 셰익스피어의 독창적인 상상에서 비롯된 것이 아니다. 그것은 『몽테뉴 수상록』에 들어 있는 「야만에 대하여」의 한 부분과 흡사해 보인다.

> 나는 플라톤에게 그 사람들은 어떤 종류의 상거래도 하지 않고, 글을 쓸 줄도 모르고, 숫자도 모르고, 행정관이나 정치적 지배자에 대한 개념도 없고, 예속이나 부나 가난의 관행도 없고, 계약도 없고, 유산도 없고, 분배된 재산도 없고, 직업은 없지만 여가가 있고, 연대감에 대한 관심도 없고—그들 모두에 대한 공통된 관심만 있고—, 의복도 없고, 농업도 없고, 금속도 없고, 포도주나 곡물도 사용하지 않는다고 말해주고 싶다. 그들에게서는 속임수, 거짓말, 사기, 탐욕, 시기심, 험담이나 용서에 관한 말을 들을 수 없다.
>
> — Montaigne, 233쪽

이 인용문과 비교해보면, 곤잘로의 생각은 몽테뉴Michel de Montaigne에게서 빌려온 것이 분명해 보인다. 그렇다면 셰익스피어가 그 부분을 표절한 것일까? 그렇지 않다. 셰익스피어는 곤잘로의 입을 통해 원시사회를 이상화하는 국가론의 비현실성을 폭로하고 있을 뿐이다. 곤잘로는 몽테뉴의 생각을 자신의 것인 양 말하면서도 그 핵심을 왜곡하고 있다. '행정관'조차 없는 국가에서 자신이 왕이라고 가정하고 있기 때문이다. 그러니, 그의 말은 세바스찬과 알론소의 비아냥거리가 될 수밖에 없다.

왕족들을 지배하는 것은 최고 권력에 대한 야망이다. 모두 잠들었을 때, 안토니우스가 세바스찬을 꼬드긴다. "내 강력한 상상력이 공의 머리 위에 왕관이 떨어지는 것을 보고 있소."(2.1.4-5) 세바스찬이 맞장구친다. "당신이 밀라노를 얻은 것처럼 나는 나폴리를 얻겠소."(2.1.289-290) 왕이 잠든 사이에 펼쳐지는 차남들의 음모이다. 그런데 이들의 암살 계획은 아리엘의 방해 때문에 수포로 돌아간다.

이처럼 이 섬에는 누구나 헛꿈을 꾸게 하는 모종의 여백이 있다. 왕족이나 귀족이 아닌 자들은 '왕 놀이'를 즐긴다. 술 취한 집사 스테파노, 어릿광대 트린쿨로, 칼리반이 그런 놀이에 빠져 있을 때 난데없이 북소리와 피리 선율이 들려온다. 스테파노와 트린쿨로가 깜짝 놀라자, 칼리반이 그들을 안심시키며 이렇게 말한다.

겁먹을 것 없어요, 이 섬은 소음과 소리,
그리고 달콤한 선율들이 가득해요, 기쁨을 주지 아프게는 안 해요.
어떤 때는 천 개의 앵앵거리는 악기들이
내 귀에 윙윙거려요. 그리고 어떤 때는 목소리가 들리는데,
그럴 때 오랜 잠에서 깨어나면,
나는 다시 잠들게 되고, 그리고 꿈속에서
구름이 열리고 진귀한 것들이 보이는데
금방 내게 쏟아질 것 같아, 잠에서 깨고 나서
다시 꿈꾸고 싶어 울었어요.

— 3.2.133-141

이처럼 소리와 음악에 민감한 칼리반을 프로스페로와 미란다는 '흉물스러운 노예'로 부르고, 스테파노와 트린쿨로는 '괴물'이라 부른다. 칼리반을 처음 본 트린쿨로는 "괴상한 물고기다!" 외치고 나서, 이렇게 중얼거린다. "여기가, 내가 예전에 한 번 가본 잉글랜드라면, 이 물고기에 색칠만 해놓아도, 휴일 바보들이 너나없이 은전 한 닢씩 내놓을 텐데. 거기라면 이 괴물이 한밑천 될 텐데―거기선 이상한 짐승이면 한밑천 되니까. 절름발이 거지한테는 한 푼도 안 주면서, 죽은 인디언 구경에는 열 푼도 내니까."(2.2.27-32) 실제로 셰익스피어 시대의 런던에서 최고의 흥행거리는 연극이 아니라 '곰 싸움'과 같은 저속하고 야만적인 구경거리들이었다.

이 연극의 중간 부분에 해당하는 3막 3장은 프로스페로의 원수들에 대한 강력한 질책의 장이다. 그렇지만 이 질책은 프로스페로의 말이 아니라 환상적인 연극적 장치를 통해 이루어진다. 알론소, 세바스찬, 안토니우스, 곤잘로, 아드리아누스, 프란치스코 앞에 마법의 식탁이 차려진다. 그리고 하피(로마 신화에 나오는 독수리 날개를 가지고 여자의 얼굴을 한 괴물)로 변신한 아리엘이 나타나 알론소, 세바스찬, 안토니우스의 죄상을 준준히 꾸짖고 나서 허공으로 사라져버린다. 곤잘로가 넋이 나간 알론소에게 왜 그렇게 서 있느냐고 묻자, 알론소의 입에서 이런 말들이 튀어나온다.

오, 기괴하구나, 기괴해!
파도가 입을 열고 내게 말하는 것 같았어,
바람이 내게 노래 부르는 것 같았어. 그리고 천둥이,

그 깊고 무서운 파이프오르간이,

프로스페로의 이름을 발음했어. 그게 내 과오를 깊은 목소리로 말

했어.

— 3.3.95-99

이후, 프로스페로의 마음속에서 용서가 움트기 시작한다. 그리고 4막 1장에서 아름다운 음악과 춤이 펼쳐지며 화해의 분위기가 고조된다. 프로스페로가 페르디난드(미란다를 사랑하게 된 나폴리의 왕자)에게 말한다.

우리의 여흥은 이제 끝났네. 이 배우들은,

내가 자네에게 말했듯, 모두 정령들이었어, 그리고

공기 속으로 녹아버렸지, 허공 속으로,

그리고, 이 광경의 바탕 없는 구조물처럼,

구름 모자를 쓴 탑들, 웅장한 궁전들,

장엄한 사원들, 거대한 지구 자체도,

그래, 물려받는 그 모든 것들도, 용해되는 거라네,

그리고, 이 실체 없는 야외극이 사라지듯,

받침대 하나 남기지 않는 거라네. 우리는

꿈들을 빚어내는 그런 재료들이지, 우리의 작은 생명은

잠으로 둘러싸여 있고 말이야.

— 4.1.148-158

프로스페로는 웅장한 궁전이나 장엄한 사원들은 말할 것도 없고 지구 자체까지 잠에서 깨어나면 사라져버리는 꿈 같은 것으로 여기고 있다. 용서와 화해의 단계로 접어들면서 허무감에 빠져든 것이다. 이러한 감정을 그는 여흥이 끝났을 때 엄습해오는 허탈감으로 표현했다. 이러한 심리적 바탕에서 '자비'가 움트고, 프로스페로는 결국 "복수보다 덕을 베푸는 것이 고귀한 행동"(5.1.27-28)이라고 말하게 된다. 그리고 이 섬의 모든 존재들과의 작별을 예비한다.

> 너희들 언덕의, 개울의, 한결같은 호수와 숲의 요정들이여,
> 너희는 자국 없는 발로 모래밭에서
> 썰물 넵튠을 쫓아가고, 그리고
> 그것이 돌아올 때면 달아나지. 너희는 반쯤 꼭두각시들,
> 암양이 뜯어 먹지 않도록 시큼한 녹색 반지를
> 달빛 속에서 만들지. 그리고 밤중이면 취미 삼아
> 버섯들을 기르고, 엄격한 소등 종이 울리면,
> 환호하는 너희들, 너희들의 도움―너희는
> 비록 약한 것들이지만―으로 나는 정오의 태양을
> 흐리게 하고, 사나운 바람을 일으켰지,
> 그리고 초록 바다와 푸른 하늘 사이에
> 으르렁대는 싸움을 일으켰지. 무섭게 으르렁거리는 천둥에게
> 나는 불을 주었고, 그리고 주피터의 벼락으로
> 그 자신의 단단한 떡갈나무를 쪼갰지.

단단히 버티고 선 곳을

뒤흔들고, 그리고 박차를 가해

소나무와 삼나무를 뿌리째 뽑아버렸지. 내 명령에 무덤들이

잠자는 자들을 깨우고, 입을 벌려, 그들을 토해내게 할 만큼

내 마법은 강력했지. 그렇지만 이 격렬한 마법을

나는 이제 버리겠노라. 그리고 나는 천상의 음악을

불러내 ─ 지금 내가 하고 있듯이 ─

이 선율 마법으로 그들의 감각들에

내 뜻을 심어주고 나면, 내 지팡이를 분질러,

땅속 깊이 파묻겠노라,

그리고 지금껏 측량추가 닿아본 곳보다 더 깊이

내 책을 빠뜨리겠노라.

─ 5.1.33-57

그리고 나서 프로스페로는 구세계에서 데려온 인물들을 한자리에 불러 모아 선 채로 마법을 걸어놓고, 자신의 뜻을 심어준다. 그는 쓸데없는 생각들로 들끓는 알론소의 두뇌를 진정시켜주고, 곤잘로의 우정과 은혜에 감사하고, 혈육이면서도 '동생'이라 부르고 싶지 않은 안토니우스를 용서해준다. 그리고 칼리반과 아리엘도 해방시켜준다.

프로스페로가 알론소에게 말한다. "밀라노에 돌아가면,/내 생각의 세 번에 한 번은 무덤이 될 겁니다."(5.1.310-311) 이 대목에서 드러나듯이, 프로스페로에게 이 섬은 잃어버린 세계로의 귀환을 준

비하는 장소였다. 『햄릿』에서처럼 이 연극에서도 복수의 모티프는 생의 본질적인 부분을 드러내기 위한 장치일 뿐이다. 셰익스피어는 곤잘로와 나폴리 왕족들을 통해서는 이상 국가론의 허점을, 칼리반을 대하는 프로스페로와 미란다를 통해서는 식민주의적 태도를 폭로한다. 식민주의자들은 선진적인 지식과 기술로써 원주민의 삶의 터전을 유린하면서 그들을 '가르쳤다'고 주장한다. 그런 다음, 작가는 인간의 권력의지를 시험한다. 나폴리 왕에 대한 안토니우스와 세바스찬의 시해 음모, 이것은 실제의 역사에서 흔히 일어나는 권력 찬탈의 전형적인 방법이다. 그리고 트린쿨로, 스테파노, 칼리반, 이 어리석은 자들이 펼치는 왕 놀이는 왕과 신하 및 백성과의 관계, 특히 왕권과 자발적 복종에 대한 알레고리처럼 읽힌다.

마지막으로, 작가는 복수가 가능한 상황에서 용서와 화해를 통해 구세계로 귀환하는 프로스페로를 보여주면서 연극을 마무리한다. 용서의 전제 조건 속에는 프로스페로가 섬으로 데려온 사람들의 질적 변화도 포함되어 있다. 그런데 이들의 변화는 자발적인 것이 아니라 프로스페로의 마법에 의한 감각과 의식의 순치를 통해 이루어진 것이다. 그러니 그들이 지난날의 과오를 되풀이하지 않으리라는 보장은 없다. 게다가 프로스페로와 미란다가 돌아가게 될 밀라노는 구악이 청산되지 않은 구세계일 뿐이다. 그런데도 많은 사람들을 처음 본 미란다는 이렇게 외친다. "인간이란 참 아름답구나! 오 멋진 신세계야/이런 사람들이 있는 곳은!"(5.1.183-184) 그렇지만 그녀가 생각하는 '신세계'는 그녀를 제외한 모든 사람들의 구세계일 뿐이다. 그래서 미란다가 맞이할 '멋진 신세계brave new world'는 불안해 보인다. 올더스 헉슬리Aldous Huxley도 그녀의 말에서 그런 불안을 느꼈던 것일까? 그래서 그는 자신의 『멋진 신세계』를 끔찍한 디스토피아로 그려냈던 것일까?

로마, 문명의 사막 또는 오아시스

로마가 다가오고 있었다. 몽롱한 머릿속에 늑대의 젖을 빠는 쌍둥이 아기들이 떠올랐다. 로물루스와 레무스다. 이 아이들은 태어나자마자 숙부에 의해 티베르 강에 버려진다. 그런데 강물이 이 아이들을 안전한 곳으로 데려다주고, 암늑대가 이 아이들에게 젖을 먹이며 길러주고, 딱따구리는 이 아이들에게 먹이를 날라다 주고, 양치기 부부가 이 아이들을 훌륭한 목동으로 키워준다. 이들은 자신들의 출생의 비밀을 알게 되고, 숙부 아물루스를 죽인다. 형제는 출생지를 떠나 새로운 도시를 건설하는 쪽으로 뜻을 모으지만, 서로 다른 장소를 놓고 다투다가 로물루스가 레무스를 죽이게 된다. 로물루스가 세운 도시는 로마라는 이름으로 불리게 된다. 나에게는 이 건국신화가 충격적이다. 특히 형제 살해의 모티프가 그렇다.

택시에서 내리자, 한여름의 햇살이 그 오래된 석조 미궁을 뜨겁게 달구고 있었다. 더위를 식힐 겸 핀초 언덕으로 올라갔다. 거기에는 키 큰 나무들의 시원한 그늘이 있었고, 산들바람도 불어왔다. 공원 끝자락 절벽 위에서 바라보는 풍경 속에는 고대, 중세, 르네상스와 바로크, 신고전주의, 심지어는 파시스트 건축물들까지 있다. 500년 넘게 유럽 세계를 지배해온 제국의 심장부가 내 눈 아래 펼쳐져 있었다.

기원전 2세기 말부터 이곳에서는 갈등과 음모, 내전이 1세기 동안 계속되었다. 그러는 동안 군사력이 이탈리아 밖으로까지 뻗어 나갔다. 기원전 44년, 줄리어스 시저는 브루투스를 비롯한 공화파에게 피살되고 그의 짧은 독재는 막을 내린다. 그 후, 안토니우스와 옥타비우스(시저의 양자)의 연합군이 브루투스를 비롯한 암살자들의 군대를 무찌르고 로마를 분할 통치했다. 그렇지만 이들의 협력 관계는 오래 지속되지 못하고 전쟁으로 돌입한다. 기원전 31년 악티움 해전에서 옥타비우스 군대는 안토니우스와 클레오파트라의 군대를 격파한다. 원로원과 로마 시민은 옥타비우스를 '첫 번째 시민princeps'으로 추대하고 통치권과 함께 '아우구스투스'(공경할 만한 사람)란 칭호를 부여한다. 아우구스투스는 1세기 동안의 내전을 종식시켰고, 로마인들은 그의 통치 이후 200년간을 '로마의 평화Pax Romana'로 부르게 되었다.

이튿날 오전, 나는 로마의 중심에서 뻗어나간 길들 가운데 가장 넓게 틔어 있는 길로 들어섰다. 그 길목의 왼쪽에 평지보다 7미터쯤 낮은 곳에 폭 100미터 길이 1킬로미터쯤 되어 보이는 넓고 기다란 터가 있었다. 로마제국의 초석을 놓은 아우구스투스의 유적지였다. 그곳에는 온전한 건물은 한 채도 없었고, 허물어진 벽들과 크고 작은 돌들만 가득했다. 그런 모습을 보자, 젊은 날의 기억 하나가 떠올랐다. 로마 여행 중인 친구에게서 온 엽서의 한 구절이었다. "로마는 썩어가는 대리석들의 무덤 같다." 이곳에 오면 누구나 그런 느낌이 들 만하다는 생각이 들었다.

그 길을 따라가자 콜로세움이 웅장한 모습을 드러냈다. 그 앞에서 오른쪽으로 꺾어 10여 분쯤 걷다보니, 드넓은 전차 경기장이 나왔다. 소년 시절의 기억 하나가 떠올랐다. 〈벤허〉(윌리엄 와일러 감독, 1959)의 스펙터클한 전차 경기 장면이었다. 경주자들은 1인용 마차를 타고 먼지와 함성 속에서 숨 가쁘게 내달리다가 회전하는 곳에서 바깥쪽으로 튕겨 나가기도 했다. 자신들이 정복한 나라의 사람들을 잡아 와서 살인 병기들을 쥐여주고 서로 싸우게 했던 콜로세움이나 전차 경기장에서 로마 시민들은 가슴을 졸이거나 함성을 지르며 정치에 대한 환멸이나 삶의 고통을 잠시 잊었을 것이다. 로마의 지배자들은 끊임없는 정복 전쟁의 성과를 스펙터클하게 보여줌으로써 시민들의 불만을 달랠 줄 알았다.

한 시간 정도 걷는 동안 내 눈에 들어온 로마의 유적들은 오랜 시간이 흘러왔다는 사실을 눈 시리게 보여주었지만, 나는 그것들의 옛 모습을 떠올릴 수는 없었다. 내 마음속의 콜로세움은 시엔키에비츠Henryk Sienkiewicz의 소설 『쿠오 바디스』와 머빈 르로이Mervyn LeRoy 감독의 영화 〈쿠오 바디스〉가 보여준 모습들이 조합된 것이다. 그것들은 물론 가짜이지만, 아직도 내 마음속에 생생하게 남아 있다. 중학생 시절에 본 영화에서 내 기억에 가장 생생하게 남아 있는 것은 마지막 장면이다. 콜로세움의 마당에 수많은 기둥이 서 있다. 그 기둥들 위쪽에 기독교 신자들이 묶여 있고, 그들의 발치에는 섶나무가 수북이 쌓여 있다. 로마 병정들이 거기에 불을 지른다. 타오르는 불길 속에서 누군가의 노랫소리가 들려온다. 다른 목소리가 그 노래를 하나둘씩 따라 부르고, 마침내 모든 목소리가 그 노래를 함께 부른다. 나는 공포와 전율을 느꼈다. 그리고 엄청난 열패감에 빠져들었다. 기독교 신자가 아닌 내가 그런 불길 속에 있다면, 내 입에서 터져 나올 것은 비명밖에 없으리라는 생각 때문이었다.

바티칸 박물관의 첫 번째 방에는 이집트 유물이 가득했다. 이상할 것은 없었다. 유럽의 거대한 박물관들은 거의가 이집트 유물을 1층에 진열해놓으니까. 그렇지만 미라는 나를 잠시 혼란에 빠뜨렸다. 미라는 고대 이집트인의 종교적 의식이 깃들어 있는 대표적인 상징물이 아닌가! 그러자 이집트의 모든 유물들이 낯설어 보이기 시작했다. 바티칸은 가톨릭의 본산인데, 도대체 무엇 때문에 이런 이교적 상징물들까지 전시하고 있는 것일까? 혹시, 성모 마리아와 연관된 이집트 고대 신화를 환기시키려고? 그럴 리 없었지만, 내 의식은 이시스Isis 쪽으로 흐르기 시작했다. 고대 이집트에서 이시스는 어머니 신이자 대지의 신이었다. 이시스는 죽은 자들의 보호자, 어린이들의 신, 노예·죄수·장인들의 벗이었다. 이런 이미지는 가톨릭의 성모 마리아 이미지와 쉽게 겹쳐진다. 이시스가 아들 호루스의 시신을 안고 있는 모습은 그 구도가 피에타상과 너무도 흡사하다. 기독교에 의해 이교도 신으로 탄압받기 전까지 이시스는 그리스·로마에서도 매우 중요한 신이었다.

로마의 방사형 도로는 그 중심에서 조금만 빗나가도 목적지와 동떨어진 곳에 데려다놓는다. 그럴 때 로마는 거대한 석조 미궁이 된다. 그런데 바로 그 빗나감이 나에게 예기치 못한 선물을 안겨주

로마의 콜로세움과 바티칸 박물관

로마의 유적들은 오랜 시간이 흘러왔다는 사실을 눈 시리게 보여주었지만, 그것들의 옛 모습을 떠올릴 수는 없었다. "로마는 썩어가는 대리석들의 무덤 같다." 로마 여행 중인 친구에게서 온 엽서의 한 구절이다. 이곳에 오면 누구나 그런 느낌이 들 만하다는 생각이 들었다. 보르게세 미술관 아래쪽으로 넓게 펼쳐진 소나무 숲이 없었다면, 로마는 문명의 사막처럼 보일 수도 있을 것 같았다.

었다. 보르게세 미술관 아래쪽으로 넓게 펼쳐진 소나무 숲이다. 키가 20여 미터에 이르는 그 소나무들은 줄기들이 민숭했고, 그 꼭대기의 우듬지들만 하늘에 둥실둥실 떠 있었다. 그것들은 거대한 화선지에 먹을 뭉개놓은 추상적인 수묵화처럼 보였다. 이런 나무들이 없었다면, 로마는 문명의 사막처럼 보일 수도 있을 것 같았다. 이런 생각을 하며 숲길을 걷다보니 하얀 석상 하나가 눈에 들어왔다. 의외로 영국 시인 바이런George Gordon Byron의 것이었다. 그 석상 아래에는 이런 문구가 새겨져 있었다. "아름다운 이탈리아! 그대는 세계의 정원." 이런 찬사가 없었다면 그는 거기에 서 있지 못했을 것이다. 공원 입구 기둥 위에 앉아 있는 독수리상이 저물어가는 숲속의 어둠을 응시하고 있었다. 꽤나 험상궂고 음산한 모습이었지만, 그래도 기사상이나 사자상, 심지어는 시인상보다 더 깊은 느낌을 주었다. 그 독수리는 자연의 일부처럼 보였다.

　나는 로마의 소나무와 독수리상을 마음속에 간직한 채 호텔로 돌아갔다. 자리에 눕자, 거미줄 같은 로마의 도로들과 그 사이를 가득 메운 석조 건물들이 떠올랐다. 그리고 핀초 언덕에서 내려가는 길에 보았던 오벨리스크도 떠올랐다. 까마득히 올려다보이는 꼭대기 위에 갈매기 한 마리가 앉아 있었다. 다른 나라의 대도시에서도 오벨리스크는 네 모서리들이 직선으로 뻗어 오른 단순한 모습으로, 저 높은 곳을 가리키며, 신성한 느낌을 자아내고 있었다.

웅변술과 수사학의 근원—『줄리어스 시저』

로마는 장군들의 이미지와 썩 잘 어울린다. 이 도시는 기원전 6세기부터 기원전 3세기까지 황제가 없는 국가였고, 매년 선출되는 집정관과 원로원에 의해 통치되었다. 집정관들의 군사력은 로마의 법률적 개념인 '통솔imperium'에 기초하고 있었고, 때때로 성공적인 집정관들에게는 '사령관imperator'이란 칭호가 부여되었다. 바로이 'imperator'가 '황제empire'의 어원이다. 그러니까 '사령관'들의 '통솔' 아래 있었던 고대 로마는 장군들의 국가였다. 그렇지만 고대로마의 정치적 질서는 오늘날의 관점으로 보아도 꽤나 민주적이었다. 이를테면, 원로원에 의해 집정관으로 추대된 사람은 연설을 통해 시민의 동의를 얻는 절차를 거쳐야 했다. 그래서 로마의 지도자들은 연설의 대가이기도 했다. 그들은 말의 힘으로 자기 자신만이 아니라 국가의 운명까지 좌우할 수 있었다.

『줄리어스 시저』에서 브루투스와 안토니우스가 펼치는 연설 대결은 이러한 사실을 잘 보여준다. 브루투스가 시저를 죽이고 나자, 그의 공모자들이 그에게 안토니우스보다 먼저 연단에 오르라고 권유한다. 누가 먼저 연단에 오르느냐에 따라 자신들의 운명이 결정될 수 있기 때문이다. 그래서 브루투스가 먼저 연단에 오른다.

여기 모인 사람들 가운데, 시저의 사랑하는 친구가 있다면, 나는 그 사람에게 말하겠습니다, 시저에 대한 브루투스의 사랑도 그에 못지않다고. 그리고 그 친구가 왜 시저에게 반기를 들었느냐고 묻는

다면, 나는 이렇게 대답할 것입니다. 나는 시저를 덜 사랑한 것이
아니라, 로마를 더 사랑했습니다. 여러분은 시저가 죽고 모두 자유
인으로 사는 것보다, 시저가 살아 있고 모두 노예로 죽는 것이 더
낫습니까? 나는 시저를 사랑했기에 그를 위해 눈물을 흘립니다.
(…) 그렇지만 그가 야심을 드러냈기 때문에 나는 그를 베었습니다.
— 『줄리어스 시저』, 3.2.17-26

청중은 브루투스를 연호하며 열광에 빠진다. 뒤이어 안토니우
스가 연단에 오른다. 그는 시저의 덕행을 하나하나 열거하면서, 청
중에게 "이것이 야심입니까?" 하고 반문한다. 그러면서 "브루투스
는 명예로운 사람입니다"라는 말도 꼬박꼬박 덧붙인다. 그런 다음,
그는 연단에서 내려가서 시저의 시신을 덮어놓은 겉옷을 들어올려
청중에게 암살자들의 단도가 꿰뚫은 구멍들과 옷을 물들인 핏자국
을 보여준다. 청중 하나가 외친다. "애통한 모습이야!"(3.2.195) 마지
막으로 그는 시저의 인장이 찍혀 있는 유서를 펼쳐 두 번에 나누어
읽어준다. 그의 입에서, 시저가 로마의 시민들에게 75드라크마씩
남겼다는 말이 떨어지기 무섭게, 청중 사이에서 "그의 죽음에 복수
하자!"(3.2.236)는 외침이 터져 나온다. 그리고 시저의 "목초지들, 개
인 소유의 정자들, 그리고 새로 조성된 과수원들"을 로마 시민에게
남겼다고 말한 후, "이런 분이 또 있겠습니까?" 하고 묻는다. 군중
이 응답한다. "결코, 결코 없어요!"(3.2.240-245)

안토니우스는 말뿐만 아니라 시각적 효과까지 활용한다. 단도
가 관통한 구멍과 피로 물든 시저의 옷을 본 사람의 입에서 터져

빈센조 카무치니의 〈시저의 암살〉(1804년, 로마 국립 현대 미술관 소장)

고대 로마는 장군들의 국가였다. 그렇지만 원로원에 의해 집정관으로 추대된 사람은 연설을 통해 시민의 동의를 얻는 절차를 거쳐야 했다. 그래서 로마의 지도자들은 연설의 대가이기도 했다. 그들은 말의 힘으로 자기 자신만이 아니라 국가의 운명까지 좌우할 수 있었다. 셰익스피어는 시저가 살해당한 후 브루투스와 안토니우스가 펼치는 연설 대결을 인상적으로 묘사한다. 브루투스의 연설이 논리적이라면 안토니우스의 연설은 선동적이다. 웅변술과 수사학은 한배 새끼들이고, 그 어미의 이름은 지배욕이다.

나온 말이 그것을 증명한다. "애통한 모습이야!" 이 말의 원문은 "Petious spectacle!"이다. 그러니까 안토니우스는 연설을 하면서 '스펙터클'의 심리적 효과까지 이용한 것이다. 단도에 꿰뚫린 피 묻은 옷, 이런 모습이 끼치는 심리적 영향은 말보다 직접적이고 강력하다. 이런 '스펙터클의 정치'는 근대국가, 특히 국민을 전쟁터로 꾀어낸 제국주의 국가들에서 폭넓게 활용되었다. 도쿄 야스쿠니 신사 곁에 있는 전쟁 기념 박물관에도 가슴 부분에 총탄이 꿰뚫은 자국이 남은 전투복이 전시되어 있다. 일본인들은 그 군복 앞에서 눈물을 흘린다.

브루투스의 연설이 논리적이라면, 안토니우스의 것은 선동적이다. 이들의 연설 대결에 비하면, 이 연극의 대단원은 소란스러운 전투와 상투적이고 과장된 목소리만 가득하다. 브루투스의 자결, 그에 대한 안토니우스의 의례적인 칭송—"가장 고결한 로마인" (5.5.69)—은 허망한 느낌만 자아낸다.

웅변술과 수사학은 한배 새끼들이고, 그 어미의 이름은 지배욕이다. 이 세련된 지배 기술이 일반화되기 전의 지배 방식은 훨씬 더 폭력적이었을 것이다. 나는 그런 사례 하나를 바티칸 박물관에서 보고 가슴이 멍멍했다. 거기에는, 무거운 짐을 지고 걸어가는 노예들의 등 뒤에서 채찍을 휘두르는 자가 새겨진 부조가 있다. 그것이 바티칸 박물관의 소장품들 가운데에서 유독 내 눈길을 끌었다. 그 부조는 너무도 오랜 세월을 견뎌온 탓에 많이 마모되었지만 자세히 들여다보면 한 노예의 머리에 떨어지기 직전의 채찍을 발견할 수 있다.

고귀함, 오만의 다른 이름—『코리올라누스』

셰익스피어의 창조적 재능은 장군들의 웅변보다 반란을 도모하는 민중의 묘사에서 더욱 빛난다. 거리를 몰려다니는 군중의 불평, 반란으로 치닫기 직전에 벌어지는 시민들 사이의 시국담, 이런 평민과 마주친 귀족의 설득과 논박, 또는 협박의 장면들에 대한 묘사는 놀랄 만큼 생동감이 넘친다.

『코리올라누스』의 첫머리에는 몽둥이, 곤봉 등의 무기를 든 성난 군중이 등장한다. 한 시민이 외친다. "여러분은 모두 굶어 죽느니 차라리 (싸우다) 죽을 각오가 돼 있습니까?"(1.1.4) 그러자 군중 속에서 같은 대답이 터져 나온다. "그렇소, 그렇소."(1.1.6) 군중의 호응을 얻어낸 '첫 번째 시민'은 카이우스 마르티우스(나중에 '코리올라누스'로 불리게 된다)를 민중의 적으로 몰아붙인다. 그리고 "그를 죽이고, 우리가 원하는 가격으로 곡물을 사자"(1.1.10-11)고 시민들을 선동한다.

반란을 모의하는 군중 앞에 원로원 의원 메네니우스 아그리파가 나타난다. 그는 온화한 말씨로 원로원을 두둔하며 성난 시민들을 설득한다. 그의 논지는 유기체론에 토대를 두고 있다. 우리 몸에서 원로원에 해당하는 위장은 음식을 혼자만 갖고 있는 듯 보이지만, 음식을 소화시켜 핏줄을 통해 신체 각 기관들에 보내고 나면 자신이 차지하는 것은 '찌끄러기'뿐이라는 것이다.

뒤이어, 카이우스 마르티우스가 나타난다. 그의 말은 군인답게 직설적이고 공격적이다. 그가 내뱉은 첫마디는 이렇다. "무슨 일이냐, 논쟁 좋아하는 불한당들아,/의견을 말한답시고 가려운 데를 긁어/부스럼이나 만들겠다는 거냐?"(1.1.161-163) 그리고 평민들을 설득하려고 애를 쓰는 아그리파까지 싸잡아 비난한다. "너희들에게 귀에 솔깃한 소리를 하는 자는:/혐오감을 감추고 아부를 떨고 있는 거란 말이야."(1.1.164-165) 그러고 나서 전쟁 중에는 비겁하고 평화 시에는 불평만 터뜨린다고 군중을 꾸짖고 나서, "다들 집으로 돌아가, 이 넝마 같은 것들아"(1.1.220) 하고 외친다.

카이우스 마르티우스는 '코리올리'(이탈리아 중서부에 있었던 볼스치의 도시)를 정복하고, '코리올라누스'란 이름으로 불리게 된다. 원로원들은 코리올라누스를 집정관으로 추대하고 그에게 연설로 시민의 동의를 얻는 관례를 거치라고 요구한다. 평민을 경멸하는 그는 이 요청을 거부하다가 마지못해 수락하지만, 시민들에게 모욕감만 안겨주고 만다. 그는 결국 원로원 의원들까지 모욕하게 되고, 원로원은 그를 로마의 법과 관례를 무시한 '반역자'로 낙인찍어 로마에서 추방해버린다. 집정관 코미니우스의 말처럼, "불타는 로마"(5.1.5)에서 자신의 이름을 다시 빚어내지 않는 한, 그는 아무것도 아니고 어떠한 칭호도 가질 수 없게 된 것이다. 그렇지만 코리올라누스는 자신의 이름을 다시 빚어내려 하기는커녕 적국인 볼스치로 넘어가서 로마를 공격하는 선봉장이 된다. 로마 원로원은 코리올라누스에게 그의 어머니와 아내를 보내 평화조약을 맺게 한다. 그 일 때문에 그는 결국 볼스치의 장군 아우피디우스의 손에 죽게 된다.

코리올라누스는 자기 마음의 실체가 무엇인지 알지 못한다. 그가 맞이하는 비참한 종말은 평민을 천하게 여기는 그 자신의 '고귀한 마음noble heart' 또는 '가장 깊숙이 내재하는 바탕most inherent baseness' 때문이다. 그의 이러한 자만심은 뼛속 깊이 침투해 있는 계급의식과 다르지 않다. 그래서 그는 평민들을 능멸하고 로마의 법과 충돌할 수밖에 없다. 그가 다른 귀족들에게 비난받게 된 것도 그의 '오만' 때문이다.

코리올라누스가 비타협적일 수밖에 없는 까닭은 그의 내면에서 공허하게 순환하는 자신에 대한 관념 ─'나는 고귀하다, 그것은 나의 본성이다, 따라서 나는 무엇과도 타협할 수 없다'─때문이다. 그는 다른 사람들과의 관계 속에서 자기 생각이 수정될 수 있다는 사실을 인정하지 않는다. 그래서 그는 다른 사람과의 교섭이나 의견 조정이 불가능하다. 이러한 성격은 적을 무찔러야 하는 전투에서는 불퇴의 기상으로 작용하지만, 정치의 영역으로 들어서면 무능이 될 수밖에 없다. 그에 비해, 볼스치의 장군 아우피디우스는 정치의 변화무쌍한 속성을 꿰뚫어 알고 있다. 그는 자기 부관에게 이렇게 말한다. "하나의 불이 하나의 불을 내쫓고, 하나의 못이 하나의 못을,/정의는 정의에 의해 휘청거리고, 힘은 힘에 의해 패배하네."(4.7.54-55) 바로 이것이, 셰익스피어가 이 연극 속에 심어놓은 도저한 정치의식이다.

반성 없이 굴러가는 역사의 수레바퀴
—『티투스 안드로니쿠스』

로마에서의 마지막 밤을 자축하기 위해 독한 술까지 마신 탓인지 어느덧 잠 속으로 빠져들었다. 그런데 잠결에 시트가 발가락에 걸려 찢어졌다. 이불과 시트를 대충 고른 다음 다시 잠자리에 들었지만, 내 발가락은 찢어진 곳을 피하지 못했다. 시트가 더 많이 찢어졌다. 잠이 싹 달아나버렸다. 치밀어오른 분노 때문인지 나의 의식은 잔혹하기로 악명 높은 연극『티투스 안드로니쿠스』쪽으로 흐르기 시작했다. 이 연극은 줄거리까지 복잡하다. 이 피비린내 나는 복수극의 중심에는 로마의 개선장군 티투스 안드로니쿠스와 고트족 여왕 신분으로 포로로 잡혀 와서 황후가 되는 타모라가 있다.

로마의 개선장군 티투스 안드로니쿠스가 고트족을 정복하고 데려온 포로들 가운데에는 고트족의 여왕 타모라와 그녀의 세 아들이 있다. 그런데 티투스의 장남 루키우스가 전쟁터에서 죽은 로마 군인들의 혼을 위무하기 위해 고트족 포로들 가운데 가장 지체 높은 자의 팔다리를 잘라 제물로 바치자고 제안한다. 그러자 티투스가 타모라의 첫아들을 데려가라고 말한다. 타모라가 항의한다. "조국을 위한 용감한 행동 때문에/내 아들들이 거리에서 처형되어야 합니까?" 그리고 탄원한다. "너그러운 자비는 고귀함의 징표입니다./세 곱으로 고귀한 티투스여, 내 첫아들을 살려주세요." 그녀는 눈물로 호소하지만 티투스는 "죽은 자들이 종교적 희생을 요구한다"며 타모라의 간청을 묵살해버린다. 타모라가 절규한다. "오

잔인한, 반종교적 충성심!"(1.1.112-130)

　　타모라와 그녀의 두 아들은 "가혹한 복수"(1.1.137)를 다짐한다. 로마의 정치권력도 이들에게 유리한 쪽으로 급변한다. 로마 황제가 서거하자 티투스의 주변 인물들은 그를 황제의 자리에 오르도록 권유하지만, 티투스는 황제의 두 아들 가운데 장남인 사투르니누스가 황제의 자리에 오르도록 도와준다. 사투르니누스는 티투스에게 감사하고 라비니아(티투스의 딸)를 황후로 맞이하겠다며 티투스의 동의를 얻는다. 그런데 황제가 된 사투르니누스는 타모라를 황후로 맞아들이고 티투스와 그의 아들들에게 노골적인 반감을 드러낸다.

　　그리고 예측할 수 없는 사건들이 잇따라 일어난다. 바시아누스(사투르니누스의 동생)가 "이 여자는 내 것"(1.1.276)이라며 라비니아의 손을 잡고, 황제는 반역자라며 악을 쓰고, 라비니아를 데려가려고 바시아누스에게 다가가는 티투스를 그의 막내아들 무티우스가 막아서고, 티투스는 그 자리에서 막내아들 무티우스를 죽여버린다. 황제는 티투스와 그의 아들들을 비난한다. 그렇지만 타모라는 짐짓 티투스는 잘못한 게 없으니 잘 대해주라고 황제에게 말하고 나서, "그들 모두를 도륙할 날을 찾겠다"(1.1.450)고 마음속으로 다짐한다. 그녀는 로마 시민의 전폭적인 지지를 받고 있는 티투스에게 공개적으로 적의를 드러내는 것은 위험하다는 것을 잘 알고 있다. 타모라는 티투스와 그의 측근들에게 덕담을 해주고, 티투스는 화해 분위기를 틈타 황제에게 사냥을 제안한다.

　　사냥터의 어두운 숲속은 금지된 욕망이 분출하고 피비린내 나는 폭력이 자행되는 공간으로 돌변한다. 그 숲속에서 타모라와 그녀의 연인 아론은 밀회를 즐기고, 그녀의 두 아들은 바시아누스를 죽이고 그의 아내가 되어 있는 라비니아를 능욕한다. 그리고 그녀의 혀와 두 손목까지 잘라버린다.

겨우 목숨을 건진 후 참담한 나날을 보내던 라비니아는 어느 날 몸짓언어로 조카에게 오비디우스의 『변신』을 가져오게 하여, 자기가 당한 것과 유사한 내용을 읽게 한다. 티투스는 그 책의 내용을 알고 있기에, 그 대목의 전후 맥락을 통해 라비니아가 강간당했다는 사실을 알게 된다. 마르쿠스(티투스의 동생)가 라비니아에게 작대기를 주며 마당의 모래 바닥 위에 가해자의 이름을 쓰게 한다. 라비니아는 입과 두 손목을 이용해 어렵사리 그들의 이름을 쓴다. 티투스의 분노가 폭발한다. 그렇지만 그는 검을 뽑아 들고 달려가는 대신 복수의 계략을 짠다. 타모라의 두 아들을 유인하여 죽이고 그들의 살로 만두를 빚어 타모라에게 먹이려는 것이다.

이 연극의 복잡한 사건들을 다 걷어내고 나면, 사건 당사자들이 모두 둘러앉아 있는 티투스네 집 만찬 식탁이 나온다. 셰익스피어의 연극에 익숙한 관객이라면 이 연극이 대단원에 이르렀음을 알아차릴 만한 장면이다. 이 작가는 종횡으로 얽혀 있는 복잡한 사건들을 대단원까지 끌고 가서 한꺼번에 해결하는 경향이 있다. 우리의 눈에는 부자연스럽게 보이지만, 이런 장면은 당시의 관객들에게는 오래 기다린 잔칫상과 같은 것이었다. 거기에서 타모라는 자기 자식들의 살로 빚은 만두를 먹게 되고, 티투스는 만두의 재료가 무엇인지 알려주면서 타모라의 가슴을 찌른다. 그리고 황제는 티투스를 찌른다. 두 가족을 처참한 복수극으로 몰고 간 장본인들이 죽은 것이다. 그렇지만 이것으로 연극이 끝난 것은 아니다. 이 연극은 사건들이 너무도 복잡하게 얽혀 있기에, 작가는 남은 인물들을 광장의 시민들 앞에 불러 모은다. 그리고 마르쿠스와 새로운 황제로 등극할 루키우스에게 사건의 전말을 밝힐 기회를 준다.

작가는 급박하게 휘몰아치는 복수의 연쇄 속에 타모라와 아론 사이에서 태어난 아이 이야기를 넣어두었다. 어느 날 황후의 *"시녀가 검둥이 아이를 안고 들어온다."*(4.2.51, 52 사이의 지문) 이 지문에서 작가는 지금은 금기어가 되어 있는 '검둥이blackmoor'라는 낱말을 쓰고 있지만, 아론의 입을 통해 다시 이 낱말을 경멸의 구렁텅이에서 건져올린다. 아론이 시녀에게 "포대기에 싸서 안고 있는 게 뭐냐"고 묻는다. 시녀가 대답한다. "오, 하늘의 눈을 가리고 싶은 것,/우리 황후의 수치이자 위대한 로마의 수치예요./황후께서 출산하셨어요, 출산하셨다고요." 그러자 아론이 다시 묻는다. "하느님께서 내려주신 게 뭐냐?" 시녀의 입에서 놀랍게도 "악마"(4.2.51-65)라는 말이 튀어나온다. 시녀가 아이를 안고 나타난 이유를 아직 모르는 아론이 아쉬움을 표한다. "아니, 그런데 그녀가 악마의 저주를 받다니, 기쁨을 주는 아이인데." 그러자 시녀가 아이에 대한 저주의 말과 함께 그 아이를 찔러 죽이라고 한 황후의 명령을 전한다.

기쁨을 앗아가는, 음울하고, 새까맣고, 슬픈 아이죠.
여기 아이 받으세요, 우리나라 기후에서 태어난

얼굴 하얀 아이들 속에서는 두꺼비처럼 혐오스러워요.

황후께서 이 아이, 당신의 소인消印, 당신의 인장을 보내면서,

당신의 단도 끝으로 세례를 주라고 명령하셨어요.

— 『티투스 안드로니쿠스』, 4.2.66-70

그제서야 정황을 파악한 아론이 격노한다. "이 창녀 같은 년! 검은색이 그토록 천한 색이냐?" 그리고 나서, 아이의 얼굴을 들여다보며 말한다. "사랑스러운 아이야, 너는 정말 아름다운 꽃송이로구나."(4.2.65-72) 그 유명한 '검은 것이 아름답다'는 말은 여기에서 유래했다. 아론은 셰익스피어가 가장 온전하게 그려낸 최초의 흑인이다.

"오 잔인한, 반종교적 충성심!" 적어도 이 말을 할 때만큼은 타모라가 옳았다. 충성심은 동질 집단 내부의 연대감에 갇혀 있기에 종교의 보편적 진리와 충돌할 수밖에 없다. 충성심은 집단의 울타리 밖으로 나가면 맹목적인 잔인성으로 돌변하고, 부메랑처럼 그 당사자에게 다시 돌아올 때가 많다. 지나친 충성심은 인격을 분열시켜 한 사람의 행위를 파탄으로 몰아넣을 수도 있다. 40년간 로마를 지켜온 티투스의 충성심은 자타가 공인하는 바이다. 그러한 충성심의 연장선에서 그는 자신의 몫이 될 수 있는 황제의 자리도 사투르니누스에게 내어준다. 그렇지만 티투스는 충성과 명예를 위해 살아오느라 인간적 진실을 볼 수 있는 눈을 잃어버렸다. 그래서 사랑하는 사람들을 보호하기 위해 자신을 막아선 아들에게서 '불명예'밖에 보지 못한다.

티투스와 타모라, 이 두 인물과 그들의 가족이 펼치는 복수의 악순환 속에서 작가의 마음은 티투스 쪽으로 기울어 있는 듯 보인다. 그렇지만 셰익스피어는 어느 한쪽을 편들거나 역사적 사실에 대해 정치적이거나 윤리적인 판단을 앞세우지 않는다. 실제의 역사에서는 흔히 물리적 힘이 정치적 이념이나 종교적 신념 위에 군림한다. 그에 대한 윤리적인 판단이나 평가는 언제나 역사의 수레바퀴가 지나간 다음에야 이루어진다. 이러한 반성의 부재 속에서 역사의 수레바퀴는 과거의 부정성을 되풀이하며 굴러간다, "한 번은 비극으로, 다시 한번은 소극笑劇으로."(Marx, 1쪽)

나의 기행은 장군들의 도시 로마에서 끝났다.
아디오, 로마! 장군들이여, 안녕!

글로브 극장의 포스터가 걸린 건물 외벽

한 시대가 아니라
모든 시대를 위해 존재한 작가

프랑크푸르트에서 귀국 비행기에 올랐다. 밤이 다가왔고, 나는 날짜와 시간을 놓쳐버렸다. 멀리 태평양 위에 떠 있을 태양을 향해 날아가고 있으니, 경도에 따른 시간 계산법은 무의미했다. 나의 시간은 흐름 속에서 지워져버렸다. 나는 그것이 차라리 편했고, 뒤죽박죽 뒤엉켜 있는 상념들까지 지워져버리면 좋겠다고 생각했다. 나는 나 자신을 어떤 정체성을 지닌 주체가 아니라 끊임없이 유동하는 물질처럼 풀어놓아야 한다는 생각에 자주 빠져들었다. 그것이 내가 겪고 있는 혼란의 가장 큰 원인이었다. 머릿속에서 부유하는 상념들이 잠 속에서 조용히 가라앉으면 좋겠다고 생각했지만, 잠은 오지 않았다. 비좁은 좌석의 불편함 탓만은 아니었다. 눈을 감자 기다렸다는 듯이 보고 듣고 읽은 것들이 한꺼번에 쏟아져 들어와 북새통을 이루었다. 그것들은 속삭이고, 투덜거리고, 아우성치고, 비명을 질러댔다. 꼼짝없이 앉아 있는 내 몸 속에서 고통의 입자들이 몰려다녔다. 비행기가 아시아 대륙의 동쪽 하늘을 날고 있을 때 동이 트기 시작했다. 구름 위에서 맞이한 아침놀은 너무도 눈이 부셔서 마주 볼 수 없었다.

풍경들 속으로 질주하는 동안, 앞선 인상이 뒤따르는 인상에 의해 끊임없이 지워졌다. 이따금 어지러움을 느꼈고, 느린 시간 속으로 되돌아가 쉬고 싶은 마음이 들기도 했다. 나는 안정된 공간과 느리게 흐르는 시간이 그리웠다. 그럴 때면, 최초의 생명체는 끊임없이 유동하는 바다가 아니라 육지의 표면에 괴어 있는 물에서 형성되었다는 학설이 위안처럼 떠오르기도 했다. 나는 많은 것들을 보았지만, 보는 시간은 생각하는 시간과 좀처럼 겹쳐지지 않았다. 나는 아우성치는 광경들, 소리들, 사건들, 이야기들과 다시 만나고 대화할 수 있는 시간을 가져야 했다. 그것은 또 다른 여행의 시작이었다, 더 길고 더 아득한. 그리고 광대무변한 텍스트의 세계 속으로 나 자신의 존재를 다시 던져 넣어야 했다. 나는 그 세계 속에서 오랫동안 헤맸다, 부족한 시간과 약속된 시간을 동시에 의식하면서.

여행에서 돌아온 뒤, 나는 시인 김정환과 만났다. 그는 셰익스피어의 희곡을 스물두 편 번역했다. 스트랫퍼드에 다녀왔다는 말을 꺼내자마자 그의 질문이 툭 튀어나왔다.

— 잘해놨어?

— 응, 200프로. 100프로는 불가능하지만, 200프로는 가능하잖

아, 그건 물론 양적인 것이지만. 작은 도시 하나가 오직 셰익스피어 한 사람을 위해 존재한다는 느낌이 들더라. 기념이 될 만한 장소들에는 빠짐없이 기념품 가게가 있고, 관광객들을 위한 숙박업에 요식업에 명품 가게들까지. 생가의 낡은 마룻바닥도 오랜 세월을 견뎌낸 흔적이 뚜렷했지만, 내가 뭉클하게 느꼈던 건 셰익스피어의 사위가 장인이 심어놓은 뽕나무 가지를 잘라다 자기네 집 뜰에 심어놓은 것이었어. 이제는 너무 크고 늙어서 길게 뻗어 나간 늙은 가지들을 주체하지 못하고 돌무더기 위에 걸쳐놓고 있더라. 비가 많이 내리고 있었는데, 검붉은 오디 하나를 땄어, 맛보고 싶어서. 그런데, 그게 뭉크러지며 비에 젖은 손바닥에 핏물처럼 번졌어. 그래도 입에 넣고 씹었더니 아주 달콤했어. 뭔가 온몸을 찌르르하게 훑고 지나가는 느낌이 들더라. 가슴도 좀 뭉클했고.

— 그 뽕나무 가짜 아닐까?

— 그럴지도 모르지. 그렇지만 그 나무는 늙은 사람보다 웅숭깊어 보이더라. 작은 동산처럼 수많은 가지들을 넓게 드리운 게 그 안에 세월의 그늘까지 간직하고 있는 것 같았어. 그래서 그것만은 진짜 같았어. 아니, 진짜라고 믿고 싶었어.

— 셰익스피어는 문학의 대중성이 무엇인지를 가장 풍부하게 보여주지.

— 맞아. 그 대중성에는 근대문학이 삭제해버린 인간의 세속적 욕망이나 본성 같은 것이 생생하게 살아 있지. 실제로 그의 작품들에는 '본성'이란 단어가 놀랄 만큼 많이 나와.

'대중성이 풍부하다'는 말은 일차적으로 당대의 대중적 현실과 일상적 생활감각이 풍부하게 녹아들어 있다는 것을 의미한다. 그렇지만, 예술성을 담보하지 못한 대중성은 문학작품을 통속적 수준에 머물게 한다. 대중성과 예술성은 하나가 결핍되면 다른 쪽도 상처를 입게 되는 그런 관계 속에서 작동한다. 셰익스피어가 빚어낸 대중성과 예술성 사이의 상호작용은 세계문학사에서 그 유례를 찾아볼 수 없을 만큼 진폭이 크다. 그래서 그의 작품세계는 당시 대중의 환호와 지금 비평가의 탄성이 동시에 터져나오는 시공간이 된다! 이것은 결코 나 하나만의 상상이 아니다.

2016년 4월 24일, 나는 CNN 뉴스를 보다가 낯익은 장소 하나가 갑자기 등장해서 깜짝 놀랐다. 셰익스피어 글로브의 무대였다. 그곳에 미국의 오바마 대통령이 찰스 왕세자와 함께 서 있었다. 그러고 보니 그날이 셰익스피어 서거 400주기였다. 런던 시간으로 4월 23일. 텔레비전 화면에는 런던과 스트랫퍼드에서 펼쳐지는 다양한 기념행사들이 지나갔다. 마지막으로 셰익스피어의 초상화와 친필 사인, 그리고 영어권 사람들이 일상적으로 쓰고 있는 셰익스피어의 구절들이 작품명과 함께 주루룩 나열된 다음, 다른 뉴스로 넘어갔다.

셰익스피어는 어쩌면 자신이 이룩한 세계가 영원히 사라지지 않을 것을 알고 있었을 것이다. 아리엘의 노래가 그런 느낌을 준다.

꽉 찬 다섯 길 아래 네 아버지가 누워 있지.

그의 뼈들은 산호가 되었단다.

그의 눈은 이제 진주들이야.

그의 것은 아무것도 사라지지 않아,

다만 바닷속 변화를 겪고

진귀하고 신기한 것으로 되는 거지.

—『폭풍』, 1.2.397~402

　그렇다. 그의 작품들은 지금도 '진귀하고 신기한 것으로' 끊임없이 되살아나고 있다. 그래서 2014년에 스트랫퍼드 주민들은 그를 '450년 젊은 셰익스피어'라고 불렀다. 그렇지만 셰익스피어와 동시대에 그의 문학의 영원성을 꿰뚫어 본 이는 그 자신도, 스트랫퍼드 주민도 아니었다. 그를 신랄하게 비판하기도 했던 벤 존슨이었다. "셰익스피어는 한 시대가 아니라 모든 시대를 위해 존재했다." 나는 셰익스피어 문학의 불멸성에 관해 이 말보다 더 적절한 표현은 알지 못한다.

01 극장

셰익스피어는 당대의 다른 극작가들과 마찬가지로 극장에 오는 관객을 위해 글을 썼다. 배우들이 무대에서 대사를 말하는 순간 관객이 알아들을 수 있도록 배려하면서 글을 쓴 것이다. 무대 위에서 말하는 언어는 정형화되어 뚜렷한 리듬과 반복되는 단어, 특정한 문구 등을 가지고 있다. 셰익스피어의 희곡은 공연을 위해 집필된 대본이므로, 그 온전한 의미는 무대 위에서만 실현될 수 있다.

02 르네상스

셰익스피어의 시대는 르네상스, 즉 구시대의 속박으로부터 인간의 해방이 이루어진 시대로 규정된다. 15세기 후반부터 예술, 문화, 종교, 과학 등의 영역에서 뚜렷한 변화의 징후가 나타났고, 휴머니즘, 프로테스탄티즘, 합리주의가 점차 대세를 이루어가기 시작했다. 20세기의 저명한 문화사학자인 크레인 브린튼은 셰익스피어의 작품 세계가 그러한 르네상스적 세계관을 완벽하게 반영한 것으로 보았다.

03 비극

셰익스피어의 비극은 주로 사회에서 권력과 권위를 행사하는 사람들을 다룬다. 그의 비극은 사회 안에서 권력이 어떻게 행사되는지, 권력자들이 자신들의 통치를 어떻게 정당화하는지, 즉 권력의 본질에 대한 담론을 보여준다. 또한 그의 비극은, 20세기의 저명한 문화연구가 레이먼드 윌리엄스의 지적대로, 독자로 하여금 우리가 고통을 안겨주는 사람들 또한 우리와 마찬가지로 인간이라는 비극적 인식을 갖게 한다.

04 사극

영국을 배경으로 한 셰익스피어의 사극을 가로지르고 있는 것은 전쟁이다. 『헨리 6세』(1591)에서 시작해 『헨리 8세』(1613)에 이르기까지 셰익스피어는 전쟁으로 얼룩진 영국을 배경으로 드라마를 전개한다. 그는 사극을 통해 '역사'가 덧씌운 영웅의 허울을 벗겨버리고 권선징악의 틀을 해체한다. 또한 역사적 인물들의 언어를 현실의 토대 위에서 심문하며 왕족들의 역사를 평민들의 삶과 의식에 투사한다.

05 소네트

셰익스피어의 소네트는 근대적 사랑시의 원형 또
는 새로운 시작으로 볼 수 있다. 오랫동안 비평의
관심을 끌지 못했던 그의 소네트는 낭만주의 시
대를 거치면서 주목을 받았고, 19세기 이후 줄곧
명성을 쌓아가며 오늘에 이르렀다. 이제 비평가
들은 셰익스피어의 소네트를 사랑의 본성, 성적
인 열정, 출산과 죽음 그리고 시간에 관한 심오한
성찰이라고 찬미한다.

06 언어

셰익스피어의 문학적 위대성은 인간의 욕망처럼 변화무쌍한 언어의 속성을 탁월하게 활
용할 수 있는 능력에서 비롯되었다. 그의 작품을 읽을 때마다 놀라게 되는 것은 언어의
풍부한 함축성과 생동감이다. 그의 언어는 지배 계급의 권력 투쟁에서 산골 목동의 사랑
의 숨결에 이르기까지 풍부한 현실성과 삶의 실감을 불러일으킨다.

07 유언

셰익스피어의 유언장은 지금 런던 국립 문서 보관소에 보관되어 있다. 유언은 서로 크기가 다른 3장의 양피지에 쓰여 있으며, 고칠 때마다 새로 작성한 유서가 무려 134통이나 된다. 유언장의 내용은 주로 유산과 관련된 것이다. 그는 첫째 딸 수재너에게 뉴 플레이스와 헨리 가의 주택 등을 남겨주었다. 반면 아내 앤에게는 두 번째로 좋은 침대와 은을 입사入絲한 사발 한 개만 남겼으며, 둘째 딸 주디스에게는 한 푼도 남기지 않았다.

08 희극

셰익스피어의 희극은 사건의 복잡다단한 가닥과 인물들의 뒤얽힌 운명의 실타래가 한꺼번에 가지런히 풀리면서 마무리된다. 이러한 결말은 앞에 존재했던 갈등과 뒤얽힌 사건들의 이유와 곡절들이 아무것도 아니었다는 듯이 도래할 때가 많다. 인간의 세속적 욕망과 긴밀하게 연관된 이러한 결말은, 세계의 모든 민담이 취하고 있는 마무리 방식이기도 하다. 그렇지만 셰익스피어는 희극의 통속적 주제들을 비판적으로 바라볼 수 있는 다양한 관점들을 작품 속에 주입해놓았다.

셰익스피어 문학의 특징과 현재적 의미

이 글은 셰익스피어 문학의 일반적 특징을 알고 싶어 하는 독자들을 위해 쓴 것이다. 셰익스피어의 문학 또는 그의 작품 세계를 깔끔하게 정리한 글을 읽고 싶다면 '위키피디아'와 같은 백과사전을 읽으면 된다. 그런데 그런 글은 작품들과 교감하면서 쓴 것이 아니라 수백 년간 축적되어온 연구와 정보들을 말 그대로 '일목요연하게' 정리한 것일 뿐이다. 그렇지만 이 글은 셰익스피어의 삶과 작품에 담긴 장소들에서 보고 읽고 생각한 것을 떠올리며 쓴 것이다. 그러니 나 자신의 느낌과 사유가 깊이 침투해 있고, 그런 만큼 단순한 안내의 글일 수만은 없을 것이다.

셰익스피어의 문학과 관련하여 가장 먼저 떠오르는 것은 원본과 새로운 작품 사이의 관계이다. 이 둘 사이에는 상상력이 개입되어 있고, 그 정도와 깊이에 따라 독창적인 작품과 아류 또는 표절작으로 나뉠 수도 있다. 상상력은 창작뿐만 아니라 감상에서도 핵심적인 동력이 된다. 셰익스피어는 '청중'(관객)에게 상상하면서 연극을 보라고 권유한다. 그런데 상상은 감상의 차원에만 머물지 않고 다양한 형태의 공연 쪽으로 길을 터가기도 한다. 한 편의 대본과 다양한 공연 사이의 관계는 하나의 원본(마스터 플롯)과 수많은 판본들 사이의 관계와 유사한 면이 있다. 이러한 지적 · 미학적 확산 운동에는 인류의 지적 자산에 대한 공동소유 의식이 흐르고 있다. 이런 현상은 '인클로저' 이전까지 많은 산과 들이 마을공동체의 공동소유로 여겨졌던 것과 유사하다.

셰익스피어의 거의 모든 작품들에도 원전이 있다. 그렇지만 셰익스피어를 시대를 초월한 작가로 만들어준 것은 현실의식, 다시 말해 그 자신만의 특이한 경험적 요소들과 상상력이다. 셰익스피어는 새로운 해석과 생동하는 언어로써 원전에 내재해 있는 씨앗의 싹을 틔우고 길러서 새로운 열매를 맺게 해주었다. 바로 이것이 진정한 의미의 문화적 진보일 것이다. 한 가지 예를 들어보자. 셰익스피어의 첫 번째 출판물인 장시 『비너스와 아도니스』(1593)는 오비디우스의 『변신』 10권에 들어 있는 '비너스와 아도니스'에서 착상을 얻은 것으로 알려져 있다. 그렇지만, 오비디우스의 것은 51행에 지나지 않는 데 비해 셰익스피어의 것은 무려 1,194행에 달한다. 이러한 증폭 현상은 질적인 측면에서 훨씬 더 두드러진다. 셰익스피어는 과거의 문화적 유산과 자기 시대의 문화적 양식을 자신의 미의식과 경험적 요소로 녹여내 빼어난 작품들로 빚어낸 것이다.

셰익스피어는 당대의 어떤 극작가들보다 삶의 현실과 경험적 요소를 중시했다. 그는 삶
의 이질적 요소들과 복잡성을 훼손하지 않은 채 작품에 담아내는 탁월한 재능을 발휘했
다. 그는 세계의 중층성과 인간의 복잡한 심리를 하나의 세계관이나 이념으로 통합하지
않고 서로 대립시키거나 병렬하면서 작품의 모티프로 활용하거나 극적인 효과를 빚어
냈다. 선과 악(대다수의 작품들), 아름다운 것과 추한 것(『맥베스』), 현실과 환상(『한여름 밤
의 꿈』), 사랑과 질투(『오셀로』 『겨울 이야기』), 언어의 활용과 남용(『십이야』), 역사와 거짓말
(『헨리 4세(2)』), 억압과 자유(『법에는 법으로』), 본성과 이성(『한여름 밤의 꿈』 『안토니우스와
클레오파트라』), 화폐에 의한 물질적 유대와 진정한 인간관계의 해체(『아테네의 티몬』), 개
인의 정체성과 교환 가능성(『트로일로스와 크레시다』), 법과 자비(『베니스의 상인』 『법에는 법
으로』), 본성과 야심(『리처드 3세』 『리어 왕』), 영웅과 허수아비(『헨리 6세(1)』), 주체와 타자
(『실수 연발』 『트로일로스와 크레시다』), 행동과 회의(『햄릿』), 언어의 환상성과 물질성(『리처
드 2세』), 복수와 용서(『폭풍』), 구세계와 신세계 또는 문명과 야만(『폭풍』)……. 셰익스피
어는 이 수많은 대립적 주제들을 하나의 이념으로 수렴하지 않은 채 작품 속에 배치했다.
그래서 때로는 작가 자신의 인식론과 사회적 신념 사이의 괴리를 수습하지 못한 채 방치
하고 있는 듯한 인상을 주기도 한다. 테리 이글턴의 말을 들어보자.

셰익스피어의 대담한 말장난, 비유와 생략은 의문을 불러일으킬 만큼 위협적이다. 사
회적 안정에 대한 그의 신념은 발화되는 바로 그 언어에 의해 위협받는다. 그래서, 셰익
스피어에게는 글쓰기의 행위 자체가 자신의 정치적 이념과 불화하는 인식론(또는 지식
이론)을 함축하는 것처럼 보인다. 이것은 몹시 당혹스러운 딜레마이며, 셰익스피어의
연극 대다수가 그것을 해소하기 위한 전략들을 이해하는 데 바쳐졌다는 것은 놀랄 일
이 아니다.
— Eagleton, 1쪽

실제로 셰익스피어의 작품에는 '정치적 이념과 인식론' 사이의 모순과 괴리가 존재한다. 그렇지만 그것은 '당혹스러운 딜레마'도 아니고 따라서 반드시 '해소'되어야 할 것도 아니다. 작품에 반영되어 있는 그의 인식론은 자연적 세계관과 현실주의 사이에 자리 잡고 있는 것으로 보인다. 이러한 인식론으로 보면, 자연은 모든 대립적·이질적 요소들을 그 자체의 운동적 요소로서 품어 안는다. 『겨울 이야기』에서 폴릭세네스(보헤미아의 왕)가 말하듯이, 인간이 자연에 가하는 모든 변형들까지도 자연의 원리에 내재해 있기 때문이다. 이런 세계관의 연장선에서 보면, 사회에 존재하는 이질적 요소들은 하나의 이념으로 수렴될 수 있는 것이 아니다. 그래서 셰익스피어는 삶의 현실에 존재하는 대립적인 현상들을 자신의 '신념'으로 수렴하지 않았고, 관객들은 하나의 모범 답안 대신 복잡한 현실 너머까지 상상할 수 있게 된 것이다.

셰익스피어는 자신의 상상이 환상적이거나 형이상학적인 방향으로 뻗어 나갈 때에도 일상으로 통하는 문은 늘 열어두었다. 『한여름 밤의 꿈』에서 보았듯이, 그의 환상적 세계는 일상적 현실과의 관계 속에서 더 심오한 느낌과 의미를 함축하게 된다. 그는 보통 사람들의 작은 이야기들, 사소한 욕구들, 그리고 어리석은 농담들에 귀를 기울였지만, 일상적 현실에 안주한 것은 아니었다. 『폭풍』에는 그 작품 이전까지의 모든 문헌들에 들어 있지 않은 단어들이 400개나 나오는 것으로 조사된 바 있다. 그는 삶의 극적인 단면들에서 맞닥뜨리게 되는 무無의 심연에 새로운 기호들을 기입하며 또 다른 세계로 건너가려는 열망도 지니고 있었던 것이다.

셰익스피어 희극의 특징을 살펴보기 위해서는 희극에 대한 일반적 정의를 잠깐 들춰볼 필요가 있다. 희극은 비극과 함께 하나의 개념 쌍을 이루지만, 그동안의 이론적 조명은 주로 비극에 집중되어 왔다. 아리스토텔레스의 『시학』에서도 '희극'에 대한 정의는 비극과의 비교적 관점에서 간략히 소개되고 있을 뿐이다. "희극은 실제 이하의 악인을 모방하려 하고 비극은 실제 이상의 선인을 모방하려"(아리스토텔레스, 31쪽) 한다. 그리고 한참 뒤에 이렇게 보완된다. "보통 이하의 악인이라 함은 모든 종류의 악惡과 관련해서 그런 것이 아니라 어떤 특정한 종류, 즉 우스꽝스러운 것과 관련해서 그런 것인데 우스꽝스러운 것은 추악의 일종이다. 우스꽝스러운 것은 남에게 고통이나 해를 끼치지 않는 일종의 실수 또는 기형이다. 비근한 예를 들면 우스꽝스러운 가면은 추악하고 비뚤어졌지만 고통을 주지는 않는다."(같은 책, 53쪽) 이것이 『시학』에 들어 있는 희극에 대한 설명의 전부이지만, '우스꽝스러움'에 대한 설명일 뿐 희극에 대한 올바른 정의로는 보이지 않는다. 아리스토텔레스는 비극에 대해서는 놀라운 통찰을 보여주었다. "비극은 드라마적 형식을 취하고 서술적 형식을 취하지 않으며, 연민과 공포를 환기시키는 사건에 의하여 바로 이러한 감정의 카타르시스를 행한다."(같은 책, 49쪽) 이 정의는 고대 그리스 비극에 관한 것이지만, 지금까지도 별다른 의문 없이 수용되고 있다. 20세기의 저명한 비평가 노스럽 프라이Herman Northrop Frye도 아리스토텔레스의 비극에 대한 정의를 원용하여 희극을 정의한다. "비극에 공포와 연민의 카타르시스가 있듯이, 구희극에도 그에 대응되는 희극적 감정, 즉 공감과 조소의 카타르시스가 있다."(프라이, 116쪽) 프라이의 정의에 따르면, '구희극'이란 상위 모방 양식, 즉 보통 사람보다 우월한 인물이 주인공인 희극이고, '신희극'이란 하위 모방 양식, 즉 보통 사람보다 열등한 인물이 주인공인 희극이다. 그렇지만 이러한 정의들은 셰익스피어의 희극을 이해하는 데에는 별다른 도움을 주지 못한다.

윌리엄 블레이크, 〈한여름 밤의 꿈〉(1786년경)

셰익스피어의 희극은 사건의 복잡다단한 가닥과 인물들의 뒤얽힌 운명의 실타래가 한꺼번에 가지런히 풀리면서 마무리된다. 이러한 결말들은 앞에 존재했던 갈등과 뒤얽힌 사건들의 이유와 곡절들이 아무것도 아니었다는 듯이 도래할 때가 많다. 이러한 결말은 인간의 세속적 욕망과 긴밀하게 연관되어 있고, 세계의 모든 민담들이 취하고 있는 마무리 방식이다. 민담들은 결혼이나 대관식으로 마무리되고, 셰익스피어의 희극들은 거의가 결혼으로 마무리된다. 그렇지만 셰익스피어는 희극의 통속적 주제들(결혼이나 재산이나 가족의 화목과 같은)을 비판적으로 바라볼 수 있는 다양한 관점들을 작품 속에 주입해놓았다. 두 쌍의 결혼으로 마무리되는 『십이야』에서는 언어의 '음란한 새끼치기'(어떤 의미든 발생시킬 수 있는 단어의 활용)로 방종한 성적 욕망을 은유하면서, 세 쌍의 결혼으로 마무리되는 『한여름 밤의 꿈』에서는 사랑의 묘약을 통해 성적 욕망을 자유롭게 분출시키면서 결혼 제도가 무엇을 억압하거나 은폐하고 있는지 들여다보게 한다.

이글턴은 『윌리엄 셰익스피어』를 마무리하면서 셰익스피어 시대의 물가物價에 관한 자료를 인용한다. 그는 그 시대의 서민들이 엄청난 인플레이션 속에서 기아에 허덕였음을 지적하고 나서, 거기에 햄릿의 말장난('언어의 미끄러짐'), 안토니우스와 클레오파트라의 '일탈적 사랑'을 겹쳐놓는다(Eagleton, 103쪽). 셰익스피어가 민중의 참혹한 현실을 반영하지 않았다는 것을 간접적으로 비판한 것이다. 1570년대의 인플레이션 때문에 존 셰익스피어의 사업도 몰락했으니, 셰익스피어가 그런 현실을 몰랐을 리 없다. 그럼에도 불구하고 셰익스피어가 민중의 고통스러운 현실을 비켜갔다면, 창작에 대한 작가들의 관념과 태도 역시 시대적 제약—여기에는 당시의 엄격한 검열도 포함된다—에서 벗어나기 어렵다는 사실에서 그 원인을 찾아볼 수 있을 것이다. 그 시대까지 유럽의 문학사에서 서민이 문학작품, 특히 비극의 주인공이 된 예는 없다. 그 시대의 민중은 산발적으로 폭동을 일으키기는 했지만, 그 시대의 산업구조상 계급투쟁의 이념이나 역량을 갖추는 것은 불가능했다. 이러한 제약에도 불구하고, 셰익스피어는 『헨리 6세(2)』의 4막 거의 전부를 민중을 선동하여 폭동을 일으키고 '평민의 나라'를 선포한 잭 케이드에 할애하였고, 로마의 역사를 다룬 연극들(『줄리어스 시저』『코리올라누스』)에서는 폭동으로 치닫는 시민들의 모습을 생생히 그려냈다.
게오르크 루카치Gyögy Lukács는 셰익스피어의 작품 세계를 자신의 문학적 이상의 구현으로 보았다. 비평가 정남영은 「냉전 이후의 루카치」라는 글에서 셰익스피어를 하나의 문학적 이상으로 떠올린 루카치의 관점을 조명했다. 그가 인용한 루카치의 글은 「셰익스피어의 현재성의 한 측면에 대하여」이다. 이 글에서 루카치는 셰익스피어의 연극을 고대 그리스의 연극이나 부르주아 연극과는 다른 '거대한 제3의 가능성'으로 보면서, 그 문학사적 의미를 이렇게 서술했다.

그는 인간이 자신의 실체가 완전히 부서지지는 않도록 절망적인 싸움을 해야 하는 세계의 앞에 이제는 멸망한 인간적 성취의 황금시대로서, 또한 동시에 미래로부터 빛나는 먼 유토피아적 목표이기도 한 황금시대로서 서 있다.
— Lukács, 633쪽

정남영은 이 인용문 밑에 이렇게 써놓았다. "루카치는 자신이 사회적 실천을 통해서 이루려고 하였던 것—헤겔의 용어로 '주객동일성'—이 셰익스피어에게서 구현된 것으로 본 것이다. 그래서 루카치에게 셰익스피어의 작품 세계는 지나간 과거의 '황금시대'인 동시에 '미래로부터 빛나는 먼 유토피아적 목표이기도 한 황금시대'"인 것이다. 이런 점에서, 루카치는 이글턴보다 '문학의 정치성'을 좀 더 포괄적이고 근원적인 관점에서 이해하고 있었던 것으로 보인다. 셰익스피어의 문학적 위대성은 놀라운 상상력과 인간의 욕망처럼 변화무쌍한 언어의 속성을 탁월하게 활용할 수 있는 능력에서 비롯되었다. 그의 작품을 읽을 때마다 놀라게 되는 것은 언어의 풍부한 함축성과 생동감이다. 그의 언어는 지배계급의 권력투쟁에서 산골 목동의 사랑의 숨결에까지 풍부한 현실감과 생동감을 불어넣는다. 그의 작품들은 근대문학의 개념이 성립되기 이전에 생산되었지만, 근대문학의 이후까지 이어갈 수 있는 생명력을 지니고 있다. 근대문학의 역사에서 보면, 모더니즘의 흐름은 미학적으로, 리얼리즘의 흐름은 정치적으로 편협해지는 경향성을 보여왔다. 그렇지만, 셰익스피어는 삶의 현실 속에 존재하는 다양한 이질성들을 하나의 이념으로 수렴하지 않았다. 그것들 하나하나가 그 나름의 현실성을 지닌 역사적 존재들이기 때문이다. 그래서 나는 어떠한 편향성도 보이지 않는, 따라서 역사적 현실을 어느 쪽으로도 왜곡하지 않은 채 풍부하게 담고 있는 셰익스피어의 문학이 근대문학의 편협성을 극복하는 데 좋은 참고가 될 수 있을 것이라고 생각한다.

셰익스피어 생애의 결정적 장면

1564 셰익스피어가 태어난 정확한 날짜는 알려져 있지 않다. 잉글랜드 워릭셔 카운티에 있는 스트랫퍼드어폰에이번에서 4월 23일에 태어났다는 견해가 우세하다. 출생일과 관련해서 알 수 있는 사실은 그가 4월 26일에 세례를 받았다는 것뿐이다. 부친 존 셰익스피어는 장갑 제조업자, 모친 메리 아든은 유서 깊은 농가 출신이었다.

1571 ~79 스트랫퍼드의 그래머 스쿨인 '킹스 뉴 스쿨'에 15세까지 다니면서 베르길리우스, 호라티우스, 오비디우스, 루크레티우스 등을 읽고, 그리스어 신약성서도 배우다.

1582 11월, 스트랫퍼드 인근인 쇼터리 출신이자 여덟 살 연상인 앤 해서웨이와 결혼하다. 두 사람은 세 자녀를 두었고, 결혼 생활은 셰익스피어가 사망할 때까지 유지되었다.

1583 5월, 큰딸 수재너가 태어나다.

1585 2월, 쌍둥이 햄넷과 주디스가 태어나다.

1585~1592 잃어버린 시절

스트랫퍼드를 떠난 이후 셰익스피어가 런던 극단의 배우 명단에 이름을 올리게 되기까지 무슨 일이 있었는지를 알려주는 단서는 거의 없다. 이 공백을 메우려는 여러 견해들이 있지만 어느 것도 확실하지 않다. 셰익스피어 평전을 쓴 파크 호넌과 스티븐 그린블랫은 셰익스피어가 귀족 집안의 하인 생활을 하면서 극단의 배우로 갔을 것으로 추정한다.

1580 년대 후반 연극배우로 활동하다

런던에 도착해 연극배우로 활동한다. 1592, 1598, 1603, 1608년의 서류에 그의 이름이 배우로 기록되어 있다. 그가 어떤 역을 맡았었는지는 알려져 있지 않다. 극작가로서 대본을 썼으므로 지나치게 어렵지 않은 배역을 주로 맡은 것으로 추정된다. 1598년에 공연된 벤 존슨의 『누구나 제 기질대로』와 1603년에 공연된 『시저너스, 그의 몰락』에서는 주연을 맡은 것으로 알려져 있다.

1590 년경　작가 생활을 시작하다

첫 희곡 작품이 무엇인지에 대해서는 의견이 분분하다. 미국의 셰익스피어 권위자 실반 바넷은 『실수 연발』을, 『옥스퍼드 셰익스피어 전집』을 편집한 스탠리 웰스와 게리 테일러는 『베로나의 두 신사』를 첫 작품으로 꼽지만, 그들 스스로 인정하듯이 어떤 문헌적 증거가 있는 것은 아니다. 아래 작품들의 창작 연대는 G. B. 해리슨Harrison이 작성한 〈셰익스피어의 작품 목록〉을 참고해 추정한 것이다.

1590 ~94	『헨리 6세』(3부작) 『베로나의 두 신사』 『실수 연발』 『말괄량이 길들이기』 『리처드 3세』 『티투스 안드로니쿠스』 『사랑의 헛수고』
1596	8월, 외아들 햄넷이 사망하다. 10월, 부친 존 셰익스피어가 잉글랜드 정부로부터 '신사gentleman'의 칭호를 받다.
1594 ~97	『로미오와 줄리엣』 『한여름 밤의 꿈』 『리처드 2세』 『존 왕』 『베니스의 상인』

1597　부와 명성을 얻다

고향 스트랫퍼드에 저택 '뉴 플레이스'를 구입한다. 이 집은 마을에서 두 번째로 큰 주거용 건물이었다. 또한 셰익스피어는 집안의 문장紋章을 만들어 자신이 획득한 사회적 지위를 분명히 드러냈다. 이 무렵에 그가 어느 정도로 부유했는지는 정확하게 알 수 없지만, 30대 초반에 존경을 받을 만한 부유한 시민이 되었다는 사실에는 의심할 여지가 없다.

| 1597 ~1600 | 『헨리 4세』(2부작) 『헨리 5세』 『헛소동』 『윈저의 즐거운 아낙네들』 『뜻대로 하세요』 『줄리어스 시저』 『트로일로스와 크레시다』 |

1599 글로브 극장이 문을 열다

훗날 셰익스피어 글로브 극장으로 명칭이 변경되는 글로브 극장이 개관한다. 셰익스피어가 속했던 극단의 단원들이 극장의 공동 소유주가 되었고 셰익스피어도 주주로 참여한다. 이 극장은 1613년 화재로 소실되기 전까지 10여 년간 황금시대를 누렸다. 이듬해에 같은 장소에 재건되었지만 1642년에 폐관했고, 1997년에 새로 건립되면서 현재의 이름으로 바뀌었다.

| 1601 | 부친 존 셰익스피어가 별세하다. |

1601~1608 4대 비극을 저술하다

세계문학사에 길이 남을 명작들을 연이어 발표한다. 1600년 이전에도 비극 작가로서 잘 알려진 유명인이었지만, 『햄릿』은 그에게 새로운 시대를 열어준 획기적인 작품으로 평가받는다. 『햄릿』 이후에도 『오셀로』 『리어 왕』 『맥베스』를 연속적으로 써내며 극작가로서 탁월한 성취를 이루어낸다. 오늘날 그는 아이스킬로스, 소포클레스, 에우리피데스 등과 함께 가장 위대한 비극 작가 중 한 명으로 손꼽힌다.
『햄릿』 『십이야』 『법에는 법으로』 『끝이 좋으면 다 좋다』 『오셀로』 『리어 왕』 『맥베스』 『아테네의 티몬』 『안토니우스와 클레오파트라』 『코리올라누스』

1607	맏딸 수재너가 의사인 존 홀과 결혼하다.
	첫 외손녀 엘리자베스가 출생하고 모친 메리 아든이 별세하다.
1608 ~12	『페리클레스』 『심벌린』 『겨울 이야기』 『폭풍』
1613	런던의 연극계에서 은퇴하고 고향 스트랫퍼드로 돌아가다.
	『헨리 8세』 이 작품은 존 플레처와 공동 집필한 것으로 추정된다.

1616 2월, 둘째 딸 주디스가 결혼하다.
3월 25일, 유언장에 서명하다.
4월 23일, 스트랫퍼드에서 사망하다. 사흘 뒤 성삼위일체 교회의 성단에 안치되다.

1623 퍼스트 폴리오가 출간되다

셰익스피어의 친구이자 동료인 존 헤밍즈와 헨리 콘델이 셰익스피어의 모든 희곡을 담은 퍼스트 폴리오First Folio를 출판한다. 퍼스트 폴리오는 '잎 또는 장'이라는 뜻의 라틴어 폴리엄folium에서 온 말로 전지의 가운데를 한 번 접어서 만든 책을 말한다. 퍼스트 폴리오 판은 약 1천 권이 인쇄되었다는 것이 통상적인 추측이다.

1847 찰스 디킨스를 비롯한 사람들이 셰익스피어 연극 공연으로 모금한 3천 파운드로 셰익스피어의 생가를 사들여 보존하다.

1997 글로브 극장이 새로 건립되면서 셰익스피어 글로브 극장으로 명칭을 변경하다. 수용 인원은 과거의 절반 정도이며, 목조로 지은 원통형의 모양은 옛날 모습을 그대로 재현한 것이다.

2014 4월 23일, 서거 400주기 행사가 런던과 스트랫퍼드에서 열리다.

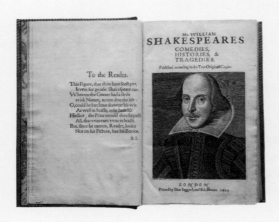

참고 문헌

괴테, 요한 볼프강 폰, 『문학론』 안삼환 옮김, 민음사, 2010.

괴테, 요한 볼프강 폰, 『빌헬름 마이스터의 수업 시대』 안삼환 옮김, 민음사, 1999.

데리다, 자크 · 애트리지, 데릭 엮음, 『문학의 행위』 정승훈 · 진주영 옮김, 문학과지성사, 2013.

매커보이, 션, 『셰익스피어 깊이 읽기』 이종인 옮김, 작은사람, 2015.

발자크, 오노레 드, 『고리오 영감』 임희근 옮김, 열린책들, 2009.

보들레르, 샤를, 『파리의 우울』 윤영애 옮김, 민음사, 2008.

브라이슨, 빌, 『빌 브라이슨의 셰익스피어 순례』 황의방 옮김, 까치, 2009.

브로델, 페르낭, 『지중해의 기억』 강주헌 옮김, 한길사, 2012.

브리튼, 크레인, 『서양 사상의 역사』 최명관 · 박은구 옮김, 을유문화사, 1984.

시엔키에비츠, 헨릭, 『쿠오 바디스』 최성은 옮김, 민음사, 2005.

아리스토텔레스, 『시학』 천병희 옮김, 문예출판사, 2000.

알리기에리, 단테, 『신곡』 김운찬 옮김, 열린책들, 2009.

에반스, 딜런, 『라깡 정신분석 사전』 김종주 외 옮김, 인간사랑, 1998.

에커만, 요한 페터, 『괴테와의 대화』 장희창 옮김, 민음사, 2008.

위고, 빅토르, 『레 미제라블』 이형식 옮김, 펭귄클래식코리아, 2010.

임철규, 『고전-인류의 계보학』 한길사, 2016.

졸라, 에밀, 『목로주점』 박명숙 옮김, 문학동네, 2011.

지젝, 슬라보예, 『이데올로기라는 숭고한 대상』 이수련 옮김, 인간사랑, 2002.

카프카, 프란츠, 『변신』 이주동 옮김, 솔출판사, 2017.

파스칼, 블레즈, 『팡세』 이환 옮김, 민음사, 2003.

포크너, 윌리엄, 『소리와 분노』, 공진호 옮김, 문학동네, 2013.

폴 로, 리처드, 『셰익스피어의 이탈리아 기행』 유향란 옮김, 오브제, 2013.

프라이, 노스럽, 『비평의 해부』 임철규 옮김, 한길사, 2000.

핀켈데, 도미니크, 『바울의 정치적 종말론』 오진석 옮김, b, 2015.

헉슬리, 올더스, 『멋진 신세계』 이덕형 옮김, 문예출판사, 1998.

호넌, 파크, 『셰익스피어 평전』 김정환 옮김, 북폴리오, 2003.

호메로스, 『오디세이아』 이상훈 옮김, 동서문화출판, 2016.

호메로스, 『일리아스』 천병희 옮김, 숲, 2015.

Alighieri, Dante, *The Divine Comedy*, Oxford University Press, 1998.

Auerbach, Erich, *Mimesis*, trans. by Willard R. Trask, Princeton University Press, 2003.

Bergson, Henri, *Matter and Memory*, trans. by Nancy Margaret and W. Scott Palmer, Dover Publications, INC, New York, 2004.

Damasio, Antonio, *Looking for Spinza*, New York: A Harvest Book, 2003.

Eagleton, Terry, *William Shakespeare*, Oxford University Press, 1986.

Eastman, Athur M., *A Short History of Shakespearean Criticism*, New York: The Norton Library, 1986.

Eliot, T. S., *The Waste Land and Other Poems*, Penguin Books, 2003.

Greenblatt, Stephen, *Will in the World*, London: Random House, 2004.

Harrison, G. B., *Introducing Shakespeare*, England: Harmondsworth, 1977.

Homer, *The Iliad*, trans. by Robert Fagles, Penguin Books, 1998.

Homer, *The Odyssey*, trans. by Robert Fagles, Penguin Books, 1997.

Honan, Park, *Shakespeare: A Life*, Oxford University Press, 1999.

Lucács, György, *Probleme des Realismus III*, Berlin: Aufbau-Verlag, 1955.

Marlowe, Christopher, *The Complete Plays*, Penguin Books, 2003.

Martin, J. M., *Midland History*, 7, 1982.

Marx, Karl, *The Eighteenth Brumaire of Louis Bonaparte*, New York: Cosino Inc., 2008(원본, 1852).

Marx, Karl·Engels, Friedrich, *Manifest der Kommunistischen Partei*, Marx·Engels, Werke, Bd.4, 1990.

Momtaigne, Michel de, *The Complete Essays*, trans. by M.A. Screech, Penguin Books, 1987.

Ovid, *Metamorphoses*, trans. by A.D. Melville, Oxford University Press, 1986.

Shakespeare, William, *The Sonnets and A Lover's Complaint*, Penguin Books, 1986.

Shakespeare, William, *Venus and Adonis, The Rape of Lucrece and Other Poems*, New York: The Macmillan Company, 1913.

Sterne, Laurence, *A Sentimental Journey*, Penguin classics, 2002.

Zezmer, D. M., *Guide to Shakespeare*, New York, 1976.

작품 색인

사진 크레디트

이승원

8, 21, 31, 37, 41, 47, 50-51, 54, 55, 59, 65, 70, 80, 83, 101, 133, 140, 153, 161, 174, 244, 259, 299

클래식 클라우드 001

셰익스피어

1판 1쇄 발행 2018년 4월 17일
1판 5쇄 발행 2024년 2월 1일

지은이 황광수
펴낸이 김영곤
펴낸곳 (주)북이십일 아르테

TF팀 이사 신승철
TF팀 이종배
책임편집 여임동 윤자영 클래식클라우드팀 임정우
출판마케팅영업본부장 한충희
마케팅1팀 남정한 한경화 김신우 강효원 출판영업팀 최명열 김다운 김도연
제작 이영민 권경민

출판등록 2000년 5월 6일 제406-2003-061호
주소 (10881) 경기도 파주시 회동길 201(문발동)
대표전화 031-955-2100 팩스 031-955-2151

ISBN 978-89-509-7410-7 04840
ISBN 978-89-509-7413-8 (세트)

아르테는 (주)북이십일의 문학 브랜드입니다.

(주)북이십일 경계를 허무는 콘텐츠 리더

네이버오디오클립/팟캐스트 [김태훈의 책보다 여행], 유튜브 [클래식클라우드]를 검색하세요!
네이버포스트 post.naver.com/classic_cloud
페이스북 www.facebook.com/21classiccloud
인스타그램 www.instagram.com/classic_cloud21

· 책값은 뒤표지에 있습니다.
· 이 책 내용의 일부 또는 전부를 재사용하려면 반드시 (주)북이십일의 동의를 얻어야 합니다.
· 잘못 만들어진 책은 구입하신 서점에서 교환해드립니다.